一笑

古龍自署

國際學術研討會

古龍武俠小說 領先時代半世紀

【記者賴素鈴／報導】江湖代有才人出，這廂古龍凋零二十載，那廂今朝懸賞百萬獎新秀，浪淘不盡，唯有武俠熱愛，不隨時間變易，在學術研討會上更見分明。以「一代鬼才：古龍與武俠小說」爲主題，淡江大學第九屆文學與美學國際學術研討會昨起在國家圖書館，展開爲期兩天的議程，紀念武俠小說家古龍逝世二十周年，新生代學者與古龍故舊齊聚一堂，以文論劍話武俠。

日前與淡大中文系教授林保淳共同發表《台灣武俠小說發展史》，武俠小說評論家葉洪生昨天在專題演講中，直批胡適1959年底發表「武俠小說下流論」是「胡說」，學界泰斗的不當發言以及隨即展開的「暴雨專案」，反而促成1960年起台灣武俠新秀的繁興，「武俠小說迷人的地方，恰恰在門道之上。」，葉洪生認定，武俠小說審美四原則在文筆、意構、雜學、原創性，他強調：「武俠小說，是一種『上流美』。」

集多年心血完成《台灣武俠小說發展史》，葉洪生認爲他已爲從十歲起迷上武俠小說的半世紀畫上完美句點，並且宣布他「以後決心退出武俠論壇，封劍退隱江湖」。

雖然葉洪生回顧武俠小說名家此起彼落，套太史公名言「固一世之雄也，而今安在哉？」，認爲這是值得深思的嚴肅課題，昨天意外現身研討會而備受矚目的溫世禮，則爲了紀念同是武俠迷的哥哥溫世仁，推出第一屆「溫世仁武俠小說百萬大賞」，即日起至今年10月3日截止收件，經兩階段評選後於明年12月7日公布首獎得主，預料將會是一場武林新秀的龍虎爭霸戰。

看明日誰領風騷？風雲時代出版社發行人陳曉林眼中的古龍，其實領先他的時代半世紀，以致如今雖然古龍逝世20年，陳曉林認爲大家對古龍的了解仍然有限，預言未來世代更能和古龍的後設風格共鳴。

昨天這場研討會，也凸顯武俠小說作爲一項文學研究門類，仍有待開發學習空間。多位與會者都指出，武俠小說的發表、出版方式和管道具考證難度，學術理論與論文格式的建立待加強。而武俠名家的版權之爭、市場競爭力，也增加出版推廣困難，古龍武俠小說的版權糾紛、司馬翎作品的版權官司也成爲研討會的場外話題。

與

武俠小說

第九屆文學與美
一代鬼
古

古龍兄為人慷慨豪邁，跌蕩自如，變化多端，文如其人，且復多奇氣。惜英年早逝，余與古兄當年交好，且喜讀其書，今既不見其人，又無新作可讀，深自嘆惜。

金庸

一九九六、十、十一 香港

陸小鳳傳奇

(四)

幽靈山莊

【導讀推薦】

武俠與懸疑、推理的完美結合

——陸小鳳傳奇之《繡花大盜》《決戰前後》《銀鈎賭坊》《幽靈山莊》導讀

武俠評論家、國立台灣師範大學中文系教授
林保淳

一 繡花大盜

《繡花大盜》是陸小鳳系列的第二個故事。在這個故事中，陸小鳳半正式地成爲了「神探」的角色——一時受激，說溜了嘴，在眾人的笑聲中承擔了破案的任務。

既是「神探」，所破的自當是非同小可、內情複雜的「大案」，古龍拿手的「離奇」風格，在此不但獲得了極度的發揮，而且與讀者鬥智，考驗了讀者的智慧。

眾所皆知，古龍小說的一大特色是包融了「偵探推理」的特色，案件愈是離奇，推理方才愈顯細膩。「繡花大盜」就是一件離奇的案件。案件的離奇，可分爲「人奇」與「事奇」兩種：「人奇」指犯案的人詭奇，一個大熱天穿棉襖、滿臉鬍子，「專心繡花，就好像是個春心已動的大姑娘，坐在閨房裡趕著繡她的嫁衣一樣」，究竟此人是男是女?簡直毫無線索，其人顯然「詭奇」;「事奇」指事件離奇，在不可能的地方，發生不可能的事，平南王府禁衛森嚴、三道一尺七寸鐵門扃鎖、連一隻螞蟻也進不去的寶庫，居然有人潛入，而且盜走了無數珍寶，簡直令人匪夷所思，其事果然也「離奇」。寫詭奇的人、離奇的事，並不算難，難的是合乎情理——既要事件的來龍去脈說得合理，又要破案破得令人心服口服。古龍寫《繡花大盜》，在這點上可以說是相當成功的。

金九齡是「繡花大盜」事件的幕後主使者，他原是「天下第一名捕」，「六扇門」中「三百年來的第一高手」，陸小鳳之涉入此案，事實上也是他「設計」出來的。身兼犯案者與查案者角色的金九齡，始終「窺視」著一切案情的調查進度，甚至故設陷阱，步步誘導繡花大盜誤入歧途。因此，陸小鳳所面對的不是一件「既成」的劫案，而是一樁處心積慮、陷阱重重的「陰謀」。儘管古龍將金九齡之所以犯案的動機，解說成「從我十九歲的時候開始，我就覺得那些被人抓住的強盜都是笨豬，我久已想做一件天衣無縫的罪案出來」，未必讓人心服，但由於金九齡的加入，使整個查案的過程中，橫生許多變數，因而更集中地展現出陸小鳳的才智及故事的波瀾起伏。

金九齡「陰謀」的重心，在於企圖將全案的罪責導向公孫大娘——這個曾化身千萬、劍器高明的「紅鞋子」組織首腦，因此，無論是故布疑陣地以「拆花」代替「繡花」、逼請司空摘星盜繡花牡丹、脅迫蛇王捏造西園之約、擄掠薛冰，或是以緞帶勒斃蛇王、假裝中毒，皆是有計劃的安排。金九齡自詡「天衣無縫」，並非虛誇，陸小鳳名為查案，其實步步都在他算計之中。不僅陸小鳳宛如被玩弄於股掌之間，就連讀者，也難免一時受愚。

在「偵探」之中夾雜「陰謀」，是古龍最喜歡的寫作方式，也最能顯見古龍敘事的細膩與思慮的周詳。以如此嚴密的陰謀而論，原來是無從破起的，但古龍就在情節營造中，處處留下了可供破案的線索，而且，故意以淡化的方式，輕筆帶過，留作後續發展的張本。

破解任何案件，都須安排線索，古龍在線索的營造上，著實花費了一些心思。在此書中，有兩種不同作用的線索：一是金九齡刻意營造的假線索，一是古龍讓陸小鳳擺脫金九齡窺伺的真線索。而在假線索中，處處不經心地點逗出真線索。真假夾雜，確乎造成故事的張力。

金九齡以現場唯一的證物繡花牡丹布假局，引逗出針神的孫女兒薛冰；再藉司空摘星的偷盜繡牡丹，引逗出江輕霞，發現「紅鞋子」組織；再從「紅鞋子」組織，引逗出公孫大娘；又擄走薛冰，坐實公孫大娘的罪責。整個佈局，層層遞進，一氣呵成，可以說是精心巧構而成——卻完全是假的。

真的線索，反而就隱藏在假線索中，古龍淡化的處理方式，不是精熟的讀者，往往無法立刻發現。以薛冰爲例，古龍將她描繪成一個所謂的「母老虎」（冷羅剎），兇悍而潑辣，因此，當孫中出言調戲她時，薛冰冷然砍斷孫中的手，頗爲順理成章；其後，薛冰突然失蹤，而斷手卻出現在薛冰房中的桌上。讀者原以爲此一斷手必然與薛冰失蹤有關，正在揣想之際，薛冰居然大懷醋勁地出現在棲霞庵。斷手在此「淡化」後，自此不作任何交代，幾令讀者疑心古龍「遺忘」了它，任誰也料不到它卻是古龍精心安排的破案線索。甚至直到在小樓中，三娘拿出一包袱的「人鼻子」，讀者也未必會與斷手產生聯繫。古龍的淡化處理方式，已與整個情節發展、人物性格完全融滙爲一，若非最後藉陸小鳳之口道出底蘊（原來薛冰是「紅鞋子」成員的八妹，如此，公孫大娘自不可能擄她），讀者不可能恍然大悟。類似的淡化處理方式，如勒斃蛇王的緞帶、蛇王房間的燈火、匣蓋上的鐘鼎文，古龍皆閑閑道來，若不經意，但卻都成了最關鍵的所在。

在真、假線索交互滲透中，古龍淋漓盡致地發揮了他詭奇的特殊風格，尤其是整個案件最後的偵破，古龍不動聲色地將真實的線索掩飾殆盡，將押解公孫大娘「繳案」的底蘊，密而不宣（細心的讀者可能會對公孫大娘被「捕」時的坦然態度，稍作質疑，卻未必能料及陸小鳳實際已與公孫大娘串通），先央請孟偉發遣信鴿告知金九齡，又真的讓公孫大娘服下「七日醉」的迷藥，使讀者誤信公孫大娘就是真正的幕後主使者；然後才藉志得意滿的金九齡親口道出整個陰謀，又令讀者幾乎以爲金九齡的計劃果真是「天衣無縫」了。最後，陸小鳳突然出現，才讓讀者鬆了一口氣。可謂緊緊扣住了讀者的心弦。至於金九齡最後的反撲——反咬一口，則諷刺意味甚濃，古龍藉安排人證的方式消解，也餘波蕩漾，令讀者回味無窮。

從以上的描述中，我們不難看出，古龍的確靈活而成功地將偵探小說的技巧，化入了武俠小說當中。古龍曾謂「偵探推理小說中沒有武俠，武俠小說中卻能有偵探推理」，放眼武壇，恐怕也只有古龍能夠說得如此理直氣壯！

眾所周知，古龍筆下的女性向來不受青睞，誠如古龍自己招供的：

女人就應該是個女人。

這一點看法我和張徹先生完全相同，我的小說是完全以男人為中心的。

在很小的時候，我就不喜歡看那種女人寫得比男人還厲害的武俠小說。

……

女人可以令男人降服的，應該是她的智慧、體貼和溫柔，絕不該是她的刀劍。我尊敬聰明溫柔的女人，就和我尊敬正直俠義的男人一樣。

在古龍心目中，女人重要的是溫柔可愛（**智慧一事，古龍恐怕未必真的重視**），而且絕不能凌駕於男性之上，因此，其筆下的女子，往往乏善可陳，也因之召致許多非議。不過，在陸小鳳系列中，古龍一度企圖創造另一形態的女性，這就是公孫大娘。

在《陸小鳳傳奇》中，古龍安排公孫大娘爲四大配角之一，又在故事的結尾，安排了驚鴻一瞥的「摘野菜的老太婆」，就是蓄意在讓公孫大娘在「繡花大盜」中嶄露頭角。從本故事中，我們可以看到公孫大娘超卓的劍器、精湛的易容術、聰慧的頭腦及神秘性十足的「紅鞋子」組織，已初步展現了另一種迥異於以往的女性形象；同時，也隱約透露了另一個更可以讓公孫大娘發揮的後續故事（**如霍休的產業究竟落入誰的掌控、「紅鞋子」組織究竟是怎樣的集團等**）。可惜的是，古龍中途「變節」，讓公孫大娘在下個故事《決戰前後》中，不明不白地就香消玉殞了，失去了一次開創的機會，不免令讀者扼腕。

二 決戰前後

月圓之夜，紫金之巔，一劍西來，天外飛仙……

這是《繡花大盜》中餘音嫋嫋的一段偈語，預告著一場三百年來難得一見的「決戰」。爲了安排這場「決戰」的情節，古龍蓄勢已久，從陸小鳳夜探王府埋下線索，到金九齡藉詞遣開花滿樓及陸小鳳，一直延續到此書，可謂已經綳緊了讀者的心弦。《決戰前後》是古龍陸小鳳系列中最精心結撰的作品。

「決戰」是白雲城主葉孤城與西門吹雪的「對決」，兩個性格相仿、名動天下的劍術名家，「葉孤城與西門吹雪有很多相同的地方」——孤獨、驕傲、輕視性命、殺人的劍法、雪白的衣服、冷得像遠山上的冰雪；地點在天子駐蹕的紫禁城之巔（太和殿屋頂）；時間選在淒迷的月圓之夜。無疑，這將是個極富傳奇意味的故事。

本故事的開展，依循的是「陰謀」模式，但佈局的手法，則完全仰仗「懸念」——在敍說故事的過程中，故意點出某人、事的關鍵性，卻始終不加以說破，有如懸在一邊，卻使故事中的人與讀者屢屢費神去思索的手法。本故事有幾個運用得極成功的「懸念」，一是城南小杜身側的黑衣人；一是葉孤城的傷勢；而最大的懸念就是「決戰」本身。

神秘黑衣人之所以降尊紆貴，隨侍在城南小杜之側，明眼人一望即知其中定有陰謀，但是，作者密而不宣，故意造成懸疑；葉孤城的傷勢如何，幾經轉折，讀者與陸小鳳都已知道其受傷爲真，因此，此一「決戰」能否如約進行，深感憂慮。這兩個「懸念」，最後在揭穿了假葉孤城的身分後，以令人「驚詫」的方式收束，十足造成了意外的效果。殊不知這兩個「懸念」，卻是爲「決戰」本身鋪路。從李燕北與小杜的賭局變化、黑衣人的身分、公孫大娘等人之死於蛇啃、緞帶風波，到太和殿頂出現的十三個蒙面人，情節一路發展下來，陰謀的味道愈濃，究意此戰有何陰謀？古龍用層層進逼的方式，牢牢繫住讀者的關注，直到真葉孤城出現，才肯揭破，更吊足了讀者的胃口。

「決戰」原是最引人矚目的大事，古龍偏偏不寫葉孤城與西門吹雪爲此三百年來第一戰的準備工作，反而藉周邊的許多事件，如賭局、兇殺、緞帶……等，烘托出一股緊張而神秘的氣氛，書名之所以強調「前後」二字，正是古龍最高明的地方。

在整個「決戰前」的佈局中，古龍讓老實和尙發揮了相當大的「疑陣」作用。老實和尙雖名爲「老實」，但是古龍卻處處有意暗示出他的名實不符，甚至還讓身在局中的陸小鳳虛擬出一個「白襪子」的組織，欲坐實老實和尙的「陰謀」，似真似假，頗具煙雲繚繞的效果。可惜的是，老實和尙雖獲得發揮，卻平白犧牲了公孫大娘。

很顯然地，本故事主要還是寫西門吹雪和葉孤城。古龍的武俠小說，在武學上開創了「手中無劍，心中有劍」的境界，一直頗蒙佳譽。不過，這還不是古龍的絕境，在此故事中，古龍更進一層，展示了「人即是劍」的新境界。

如果我們將「決戰前」視作「迷局」，陰雲密布，眼見即將有急雷暴雨發生，則「決戰後」就是個「悟局」，不僅雲開天霽，一如陸小鳳等人爽朗的笑聲，更透顯出古龍欲藉「決戰」過程寫「劍道」的「悟」。

「決戰」是本故事的主體，但主體的顯現，卻僅在電光石火的一刹那間完成。西門吹雪決戰葉孤城的場面，古龍以旁觀的陸小鳳眼中道出，而身在決戰中的二人，反而語言的機鋒較之刀劍博擊更爲驚險。

葉孤城與西門吹雪都是以「劍道」爲性命的人，「劍道」其實就是「性命之道」，也是他們身心性命的安頓之處。西門吹雪幽居萬梅山莊，葉孤城隱遁南海孤島，欲探求「劍道」；殊不知「劍」是「入世」的，故其「道」僅能於人世間的歷練上探求。於是他們飄然而出，踏臨人世，藉兩柄寂寞孤冷的劍，相互印證。陸小鳳一直不願，也不懂「決戰」的發生及意義，但經由一句，「正因爲他是西門吹雪，我是葉孤城」，陸小鳳啞然無言。他們都是獨一無二的大宗師，不但世間僅能有其一，而且也唯有藉其交迸出來的火花，才能照亮「道」途轍。因此，此戰勢在必行，這已是追求「劍道」者的宿命。

「劍道」的精義何在？在於「誠」！

「誠」是什麼？西門吹雪說：「唯有誠心正意，才能達到劍術的巔峰，不誠的人，根本不足論劍。」西門吹雪入世的結果，牽連起心中冰藏已久的感情，故他所體會出的「劍道」精義落實於人與人誠摯真實的相處之道。這是「入世」了，然而「入而不出」，西門吹雪的劍，「像是繫住了一條看不見的線——他的妻子、他的家、他的感情，就是這條看不見的線」，有牽繫，就難免有羈絆。

西門吹雪以「性命之道」爲「劍道」極致，得道而失劍。

葉孤城說：「學劍的人，只要誠於劍，並不必誠於人。」葉孤城「入世」的結果，依然了無牽掛，體會出「生命就是劍，劍就是生命」，「人而能出」，以「劍道」爲「性命之道」，得劍而失道。

「劍道」的精義應該誠於人還是誠於劍？古龍在此未加說破，卻隱隱約約透露了若干訊息——「路的盡頭是天涯，話的盡頭就是劍」，「道」無須言說，僅須體悟。

從「決戰」的結果看來，是西門吹雪勝了，「冰冷的劍鋒，已刺入葉孤城的胸膛」；但是，這是否代表了劍當誠於人呢？葉孤城敗北，真是技不如人，象徵著劍道境界的高下之別嗎？古龍寫道：「葉孤城自己知道自己的生與死之間，已沒有距離。」這場「決戰」，無論是勝是負，葉孤城都必死無疑，「既然要死，爲什麼不死在西門吹雪的劍下？」所以葉孤城的劍勢略作偏差，而滿懷感激地承受了西門吹雪的劍鋒——葉孤城不敗而敗，原因何在？在這裡，古龍事實上已否定了「劍道」與「性命之道」的關聯性，劍道的極致是「誠於劍」，而「性命之道」的極致才是「誠於人」。問題是，人生當追求「劍道」還是「性命之道」？葉孤城臨戰心亂，西門吹雪耐心等候；葉孤城臨戰一語，視破壞了他周詳計畫的陸小鳳爲「朋友」，葉孤城早已決心死於西門吹雪劍下，因爲他已無所遺憾，「劍道」對他而言已經印證完成，但人生在世，或者「性命之道」才是更具意義的——這是最後的「悟」。

葉孤城是否「不誠」於人呢？當陸小鳳窺破陰謀，飛身救駕的時候，葉孤城慨然而歎：「我何必來，你又何必來？」的確，名動天下、潔白無瑕、冷如遠山冰雪的白雲城主，緣何會墮入凡俗，陰謀殺君呢？他也誠於人，誠於「南王世子」（即《繡花大盜》中的平南王世子，他的愛徒）。西門吹雪後來評論此戰，說葉孤城之敗，爲「心中有垢，其劍必弱」，其實，這恐怕才是葉孤城心中最大的「垢」。

經此一戰，西門吹雪也終於明白，「劍道」須「入而能出」，一如天上白雲，悠遊於山巒崗阜，無瑕無垢，無牽無絆。

——他的人已與劍溶為一體，他的人就是劍，只要他的人在，天地萬物都是他的劍。

——這正是劍法中的最高境界。（《銀鉤賭坊》）

於是他拋妻棄子（《劍神一笑》）終成一代劍神。但是，「劍神」的意義又何在呢？值得深思。

三 銀鉤賭坊

《銀鉤賭坊》是陸小鳳系列的第四段故事，故事中的主要場景，從中原地區，遠拉到中國東北的松花江上，展示出迥然有異於以往的北國風情，幾幕「千里冰封」的景致描寫，對遠處熱帶的台灣讀者而言，簡直如夢如幻，無論是冰河、冰燈、冰市、冰水缸……等，都引領出一種怪奇瑰麗的新閱讀經驗。

燈光照在冰上，冰上的燈光反照，看來又像是一幢幢水晶宮殿，矗立在一片琉璃世界上，無論誰第一次看到這種景象，都一定會目眩情迷，心動神馳。

然而，也就在這燦爛絢麗的冰河奇景中，一連串人性卑劣的勾心鬥角戲碼，卻在暗中陸續上演著。

書名《銀鉤賭坊》，在賭坊之中，呼盧喝雉，孤注而擲，表面上是視錢財如糞土，其實正是爲錢財而拚搏。錢財，永遠是人心無法消泯的欲望，賭場的存在，無疑是最大的見證：

銀鉤不停的在秋風中搖幌，秋風彷彿在歎息，歎息著這世上為何會有那麼多人願意被釣上這個銀鉤。

銀子（錢財）像個鉤子，永遠在勾引著人類貪婪的欲望（尤其是權力與財富），世人也如賭徒，不可自拔地陷入這個鈎鉤當中。故事中最重要的兩個場域，都有一個名爲「銀鉤」的賭坊，這當然不是偶然的，古龍正藉此慨歎人心在錢財勾引下的墮落。賭博欲贏，絕不能純靠運氣，而得作孤注一擲，賭場所拋擲的是骨碌碌而轉的骰子；人生所拋擲的，卻往往是人性中許多珍貴的情操。

這個故事裡，沒有陰謀，沒有案件，只有一連串的「假局」，假的案件、假的死人、假的言語、假的感情、假的王牌……，幾乎無一不假。賭博欲勝，最常見的方法是「作假」；人生，好像也是一樣，不假不能成事。然而，異詭的是，假與生相繫，而真則與死相聯，究竟人生應該「顯真」還是「扮假」爲故事結尾，古龍寫道：

這件事他做得究竟是成功？還是失敗？連他自己也都分不清。

恐怕沒有人能夠解答。

整個「銀鈎賭坊」的故事，是用一連串的假局串起來的，從一開始，方玉飛對陸小鳳這位「朋友」的「喜歡」與「尊敬」，就相當虛僞——當然，如果說他喜歡陸小鳳易於受騙的「笨」，尊敬陸小鳳「犯而不較」的開闊胸襟，也未嘗不可；緊接著出現的方玉香，則從頭到尾，無一不假（假扮女賭客、方玉飛的妹妹之身分、冷如冰山的態度，以及後來對藍鬍子的感情）。事實上，全書的假局，古龍就是藉方玉香引帶而出的——方玉香安排了香餌釣陸小鳳這條金鼇，利用「口技」的假聲，騙過了陸小鳳；然後，假冒陸小鳳之名「殺人越貨，強姦民婦」，尤其是惹上西方魔教，讓陸小鳳百口莫辯，逼使他不得不牽涉入這場明爲「追逃妻、索玉牌」，暗中卻充滿權力、財富鬥角的行動，遠赴冰封千里的北國。

滿懷委屈踏上征途的陸小鳳，「邂逅」了一如驚弓之鳥的丁香姨，是第二個假局。在這個假局中，古龍從「青衣樓」、「紅鞋子」到虛擬的「白襪子」，又別創了一個「黑虎堂」。丁香姨是黑虎堂中的白鴿堂主，也是總堂主飛天玉虎的妻子，背夫私逃，拐帶了三十萬兩黃金，欲藉陸小鳳作掩護。這段假局，表面上很快地就因飛天玉虎斬斷了丁香姨的雙手雙腳揭露原委；但丁香姨透露的羅刹玉牌秘密及推介的兩個可信的人，並可憐兮兮地要求看看玉牌，卻又都是假局，一步步引陸小鳳入歧途。

第三個假局是賈樂山。賈樂山原來不假，但愛妾楚楚與部下胡辛、杜白、華玉坤的突然叛變，就出現了一個假的賈樂山。在此，古龍安排得相當具諷刺性，司空摘星，這位天下易容術第一的偷王之王，驚鴻一瞥地出現，親手布了這個假局，而且，讓真的陸小鳳變成了假的賈樂山——陸小鳳已完全墜入了一個「如真包換」的假局中。

第四個假局是在冰河市集燦爛耀眼的燈光下交織而成的，起初的燈光與冰上映現的「假光」，交雜不一，難分真假，古龍選擇如此場景，顯然別具深意。藍鬍子的四個逃妾：李霞、陳靜靜、冷紅兒、唐可卿，原本情同姐妹，但卻各懷鬼胎。她們之間的關係相當複雜，除了最單純（**單純即是真**）的冷紅兒，皆有二至三種隱密的「外交」關係。陳靜靜無疑是其中最虛假的一個，不但假意服從李霞，又與李霞的弟弟李神童有段秘密但卻虛假的感情，同時，更與楚楚彼此勾結，最後，連「死」都是假的。諷刺的是，當一切俱假的時候，大家都可以相安無事，一旦真相暴露，死亡即隨之來臨。當李神童知曉陳靜靜不過是利用他的感情、華玉坤等人明白楚楚根本對他們無情無義、丁香姨體悟到騙人終究也會被人騙的時候，都付出了最沈重的生命代價。

第五個假局是陸小鳳設計的，目的是揭穿一切的假局。原來，所有的局，皆是由飛天玉虎所操縱的，而真的飛天玉虎，居然是方玉飛。方玉飛設局，爲的是西方魔教擁有無上權力及財富的「羅剎玉牌」，但他算盡機巧、賣弄假局所獲得的，仍然還是個假的玉牌。可笑的是，方玉飛最後身分之所以暴露，假局之所以被揭穿，卻導因於他對陳靜靜的真情，因此，留下了一個細微的破綻，讓陸小鳳得以偵知。而陸小鳳則不動聲色，利用趙君武追查到其間的線索，終於讓真相得以顯現。但是，一切假局中人，一個個也以生命爲此付出代價。

第六個假局，是連陸小鳳自己也沒有料到的。假局所有的關鍵，就在羅剎玉牌，局中人廢死忘生、絕情斷義、爲的就是搶獲玉牌，滿足個人心內蠢蠢欲動的欲望，殊未料及，所謂的玉牌，連帶著西方魔教教主的兒子玉天寶，都是假的，真正的操控者，是隱身幕後，從未現身的玉羅剎。爲了保有權力與財富，玉羅剎製造出了一個「假兒子」，傳下一面「假玉牌」，爲的是剷除一切可能覬覦的人。於是，落於其局的人，一個個顯形，一個個滅亡。

很明顯地，羅剎玉牌是權力與財富的象徵，那麼，製造出此面玉牌的玉羅剎呢?古龍寫玉羅剎，自始至終，都讓他隱起身形：

霧是灰白色的，他的人也是灰白色的，煙霧迷漫，他的人看來也同樣迷迷濛濛，若有若無。

實際上，玉羅刹也是一個象徵，象徵著人內心對權力與財富的欲望，在此欲望撥弄之下，人人各逞心機，各具假相，墮入徵逐循環的圈子，因此，一連串的假局，就在人生中不斷上演。人無能自主，受欲望驅使，這是很可悲的；但是，人豈能毫無欲望？誠如古龍寫的：

在這迷夢般的迷霧裡，遇見了這麼樣迷霧般的人，又看著他迷夢般消失。

陸小鳳忽然覺得連自己都已迷失在霧裡。

玉羅刹是所有陸小鳳故事中未曾現身，也未曾受到制裁的幕後主使者，原因何在？豈不正因玉羅刹所象徵的欲望，是人人皆有，是一種最「真」的存在？如果，人生真該面對的是自我之「真」，則人不得不廣設假局以使其「成真」；然而，既設假局，人就不得為「真」；而若在假局中顯露出絲毫之「真」（如另一層次的真實：情感），結局就是失敗與滅亡。陸小鳳故事中，處處假局；人生亦復如此，假局相連。人應該如何安頓這個真實的欲望？人如何於真假之際作一取捨？

陸小鳳歷盡風霜，幾經波折，終於揭露事實，但是，對如何安頓，卻是沒有答案的。不但陸小鳳「分不清楚」，古龍「分不清楚」，就是所有的人，都很難分得清楚。

四　幽靈山莊

《幽靈山莊》是陸小鳳系列中的第五個故事。這個故事的特殊性是一開始就以一個絕大的「懸念」引領：陸小鳳被西門吹雪追殺，因為他與西門吹雪的妻子被「捉姦在床」！

陸小鳳的風流好色，在前面的幾個故事中，讀者已可以察覺到，但是，如果說陸小鳳居然色膽包天，不顧朋友道義，欺友之妻，讀者萬萬不能相信；不但不信，而且預知其中一定有所圖謀或陰謀。只是，在古龍巧妙地以「七個名動天下，譽滿江湖」的人佐證，並「以假亂真」（參見《劍神一笑》的導讀），將陸小鳳的心理狀態也描摹成真的做了這件事一樣後，卻又舉棋不定，未敢遽斷。因此，全書一直籠罩在「陸小鳳是否真的欺友之妻」的懸念中，吸引著讀者一窺究竟的欲望。

全書精彩的部分集中在「幽靈山莊」中。幽靈山莊是「老刀把子」庇護惡人的地方，有點類似《絕代雙驕》中的「惡人谷」。「惡人谷」中的惡人，受嫉惡如仇的燕南天所迫，不敢出谷一步，但實際未必真的做了多少惡事；但老刀把子所庇護的惡人，以書中描述看來，大抵不是通敵賣國，就是賣友求榮者。陸小鳳之所以能進入「幽靈山莊」，與外甥的妻子通姦的「六親不認」獨孤美是引渡者，與陸小鳳之「欺友之妻」，皆屬背叛一類，可以想見此處的藏汙納垢，遠較惡人谷為甚。稱他們為「幽靈」，有三層意涵，一是他們多半經過「假死」的一道手續，人既已死，自然是「幽靈」；一是他們的罪情，簡直不能稱為是人，也不敢見光，與「幽靈」無異；一是這些「幽靈」聚集在一起，集結成一股龐大的勢力，必然有所圖謀，其行事的詭密，也一如「幽靈」。

古龍用了相當多的筆墨瀉染「幽靈」的氣息，勾魂使者、遊魂、生死線，白雲縹緲，如煙如霧的死人世界，以及一些明明已死的「名字」，自然不在話下；但最讓人感到如幽靈般詭譎的氣氛，還是其中許許多多令人無法思議的怪事、怪人與秘密。

幽靈山莊收容了這些見不得光的人，當然不會僅僅出於「商業」考慮，據獨孤美稱，他是花了十萬兩銀子的代價，而陸小鳳倉皇逃避西門吹雪的追殺，身上分文盡無，居然也會受到接納，必然是陸小鳳具有利用價值。然則，老刀把子欲利用陸小鳳和其他幽靈辦成何種大事？自然是陸小鳳與讀者都想查探清楚的。

在幽靈山莊中，陸小鳳整個人的心理狀態、思想及情緒，完全是一副真的犯下江湖最忌諱的罪行的樣子。實際上，這是一個「陰謀」。古龍的陸小鳳系列故事，不乏「陰謀」，藉此考驗陸小鳳的智慧；但此書的「陰謀」，卻別出蹊徑——以前的「陰謀」都是別人設計的，而此處的「陰謀」，從首章七個名人的聚會開始，道出陸小鳳的罪責，就是「陰謀」，而陸小鳳是親自布下此一「陰謀」的人。在此，古龍採取了偵探小說的別支——間諜小說的模式加以經營。陸小鳳一如「間諜」，深入幽靈山莊的虎穴中，刺探敵情。

當間諜的首要條件就是需取信別人，因此，古龍不得不花費一些篇幅，寫陸小鳳接受試探、考驗的過程。但這試驗的過程，古龍採用了多線經營的方式，一方面利用真假莫辨的事件反覆考驗陸小鳳的忠實程度（**將軍、鉤子、表哥、管家婆、犬郎君等人物的安排即具此作用**）；一方面又藉此過程，逐步預留揭穿老刀把子隱秘的線索（**葉靈、葉雪、葉凌風的安排，作用在此**）。由於採用多線經營，整個故事就不至於平板無奇，而顯得波瀾起伏，頗能掌控讀者的情緒。在幽靈山莊的諸多人物中，犬郎君、將軍與葉雪最具關鍵作用。

犬郎君武功低微，最拿手的絕技是「易容」，儘管古龍說他的易容術比不上司空摘星的三分之一，但實際上，司空摘星只會假扮成人，而犬郎君能巧扮爲「犬」，其間高下之別，讀者可以自行判斷。犬郎君是一舉揭穿老刀把子身分的妙棋，他與司空摘星裡應外合，將「天雷行動」的內情，完全傳遞了出去，使當初參與這個「陰謀」的眾人，可以好整以暇地佈置讓老刀把子現形的陷阱。犬郎君是個不起眼的角色，但古龍最擅長的筆法就是將不起眼的角色，安排爲情節的關鍵。

有了犬郎君居間聯擊，將原來幽靈山莊的人「偷天換日」，改成參與「陰謀」的諸人，老刀把子當然無法遁形——但如果情節只是如此設計，未免太過簡單，同時也辜負了作者對老刀把子的設計。老刀把子既然能創設幽靈山莊，自然不會是簡單人物，古龍藉幽靈山莊的詭秘氣氛及對陸小鳳的反覆試探，早已讓讀者產生和陸小鳳一樣的感覺——這是個可怕的人。這麼個可怕的人，當然不會輕易落入陸小鳳的陷阱中。在此，古龍寫陸小鳳，沒有將他寫成萬能的英雄，他也會有失誤，而且，有些失誤，是陸小鳳也無法彌補的。

將軍這一角色，正凸顯出老刀把子的可怕。將軍在幽靈山莊中，與陸小鳳拼「食肉」，受了陸小鳳一拳，即以受傷養病的理由，不再出現，因此，也順理成章地未參與「天雷行動」。

此一角色，似有若無，根本不會引起太多的注意。但他卻是老刀把子派在陸小鳳陣營的「間諜」。陸小鳳諸人懷疑老刀把子是江湖中的名人，因此在挑選成員時，費了一番揀擇的工夫，所有成員都是無可懷疑的。但陸小鳳沒料到，成員之一巴山小顧居然有個師叔，巴山小顧不得不將計謀向師叔報告；而此一師叔龍猛，就是將軍。原來老刀把子早已知曉內情，當十個成員輪番演戲，安排香餌釣金鼇的時候，老刀把子也陪著演了一劇戲中劇。陸小鳳有此破綻，顯然就技遜一籌，而且敗得無法挽救。雖然明知老刀把子就是木道人，卻沒有絲毫證據，老刀把子總是棋高一著地先消滅了所有的證據！

就計謀而言，陸小鳳是一敗塗地了，眼看著木道人計謀得逞，準備接任武當掌門，而陸小鳳束手無策的時候，葉雪就發揮了最重要的作用。

葉雪在幽靈山莊中有幾場與陸小鳳情感的對手戲，她「看來美麗而柔弱，卻又像豹子般敏捷冷酷」、「複雜而矛盾的性格，造成她一種奇特的魅力」。她敢愛敢恨，爲愛可以溫柔多情，爲恨也可以冷酷凌厲，不擇手段。她名爲葉凌風的女兒，但真正的父親是老刀把子。在表面上，古龍似乎只讓她承擔起陸小鳳在幽靈山莊又一次邂逅的女子，並藉她探查出老刀把子的秘密，但當老刀把子處心積慮地安排了石鶴當替死鬼，而且親手殺了石鶴這「假老刀把子」，而陸小鳳苦無佐證時，葉雪出乎意料地發揮了她的重要性——她披麻戴孝，爲「父」報仇，刺殺了木道人！

這真是一場悲劇，古龍寫木道人臨死前的心裡。

他臉上忽然露出一種無法形容的恐懼。那絕不是死的恐懼。

他恐懼，只因天地間所有不可思議、不可解釋的事，在這一瞬間忽然都有了答案，所有他本來不相信的事，在這一瞬間，都已令他不能不信。

就情節看來，葉雪的「殺父」，是一個急轉直下的安排，讓人出乎意料之外；但對讀者而言，卻是一個最好的交代。武俠小說向來著重的「正義必勝」結局，在瀕臨破滅之際，葉雪的刀下，突然起死回生。木道人機關算盡，自以爲天衣無縫，可以掩盡天下人耳目，當然不會相信「天道好還」、「善惡有報」的庸俗論調，但是，結果就是如此，木道人不能不信，「他的計劃雖周密，卻想不到還有張更密的天網在等著他」。犧牲了葉雪，換回的是正義與天道，讀者於感慨之餘，自也不無安慰。

可悲的是，木道人費盡心機的安排，不過是爲了掩飾他曾經在外娶了妻子、生了女兒這件事，權位，當真具有如此強大的腐蝕力，足以讓人犧牲一切嗎？做了三十年武當名宿，博得了無數江湖好漢崇敬的木道人，只因一念不忘權位，遂落得如此下場，哀哉！

古龍精品集 28

陸小鳳傳奇(四)

幽靈山莊

目・錄

一 第十三個人

一

光澤柔潤的古銅鎮紙下，壓著十二張白紙卡，形式高雅的八仙桌，坐著七個人。

七個名動天下，譽滿江湖的人。

古松居士、木道人、苦瓜和尚、唐二先生、瀟湘劍客、司空摘星、花滿樓。

這七個人的身分都很奇特，來歷更不同，其中有僧道，有隱士，有獨行俠盜，有大內高手，有浪跡天涯的名門弟子，也有遊戲風塵的武林前輩。

他們相聚在這裡，只因爲他們有一點相同之處。

他們都是陸小鳳的朋友。

現在他們還有一點相同之處——七個人的表情都很嚴肅，心情都很沉重。

尤其是木道人。

每個人都看著他，等著他開口。

他們都是他找來的，這並不是件容易事，他當然有極重要的理由。

桌上有酒，卻沒有人舉杯，有菜，也沒有人動過。

有風吹過，滿樓花香，在這風光明媚的季節裡，本該是人們心情最歡暢的時候。

他們本都是最灑脫豪放的人，爲什麼偏偏會有這許多心事？

花滿樓是瞎子，瞎子本不該燃燈的，但點著桌上那盞六角銅燈的人，卻偏偏就是他。

世上本就有很多事都是這樣子的，不該發生的，卻偏偏發生了。

木道人嘆了口氣，終於開口：「每個人都有做錯事的時候，只要知錯能改，就是好的。」

他雖然盡力在控制自己，聲音還是顯得很激動：「但有些事卻是萬萬錯不得的，你只要做錯了一次，就只有一條路可走！」

「死路？」司空摘星問。

木道人點點頭，拿起了桌上的古銅鎮紙，十二張卡上，有十二個人的名字。

十二個了不起的名字！

「他們本都不該死的，無論誰要殺他們，都很不容易，只可惜他們都犯了個致命的錯誤。」

他從這疊紙卡中抽出了四張：「尤其是這四個人，他們的名字，你們想必也聽說過。」

四張紙卡，四個名字。

高濤：鳳尾幫內三堂香主。

罪名：通敵叛國。

捕殺者：西門吹雪。

結果：逃亡十三日，死於沼澤中。

顧雲飛：巴山劍客衣鉢傳人。
罪名：殺友人子，淫友人妻。
捕殺者：西門吹雪。
結果：逃亡十五日，死於鬧市中。

柳青青：淮南大俠女，點蒼劍客謝堅妻。
罪名：通姦，殺夫。
捕殺者：西門吹雪。
結果：逃亡十九日，死於荒漠中。

「獨臂神龍」海奇闊。
罪名：殘殺無辜。
捕殺者：西門吹雪。
結果：逃十九日，海上覆舟死。

這四個人的名字，大家當然全都聽說過，但大家最熟悉的，卻還是西門吹雪。

只要是練過武的人，有誰不知道西門吹雪？又有誰敢說他的劍法不是天下第一？

瀟湘劍客忽然道：「我見過西門吹雪。」

經過了紫禁之巔那一戰之後，連這位大內第一高手，都不能不承認他的劍法實在無人能及：「但我卻看不出他是個好管閒事的人。」

花滿樓道：「他管的並不是閒事。」

司空摘星立刻接道：「他自己雖然很少交朋友，卻最恨出賣朋友的人。」

瀟湘劍客閉上了嘴，唐二先生卻開了口。

蜀中唐門的毒蘗暗器名震天下，唐二先生的不喜歡說話也同樣很有名，現在卻忽然問道：「你認爲他們犯的致命錯誤是出賣朋友？」

司空摘星道：「難道不是？」

唐二先生搖搖頭，沒有再說一個字，因爲他知道他的意思一定已有人明白。

果然有人明白：「他們犯的罪雖不同，致命的錯誤卻是相同的。」

「哪一點相同？」

「西門吹雪！」木道人緩緩道：「西門吹雪若要殺人時，沒有人能逃得了的。」

就算逃，也逃不過十九天。

「這十二個人都是死在西門吹雪劍下的。」木道人的表情更沉重：「現在又有個人犯了和他們同樣致命的錯誤，而且錯得更嚴重。」

「哦？」

「他不但出賣了朋友，而且出賣的就是西門吹雪。」

「這個人是誰？」

「陸小鳳！」

二

一陣沉默，沉默得令人窒息。

首先打破沉默的是瀟湘劍客：「我知道陸小鳳不但是西門吹雪的朋友，還是他的恩人。」

木道人道：「只可惜恩已報過了，仇卻還沒報！」

瀟湘劍客道：「什麼仇？」

木道人道：「奪妻。」

瀟湘劍客聳然動容，道：「有證據？」

木道人道：「有。」

瀟湘劍客道：「什麼證據？」

木道人道：「他親眼看見他們在床上的。」

瀟湘劍客忽然拿起面前的酒杯，一飲而盡，司空摘星喝得比他更快。

唯一還保持鎮靜的是花滿樓，酒杯是滿的，他卻只淺淺啜了一口：「陸小鳳絕不是這種人，這件事其中一定還別有內情。」

司空摘星立刻同意他的話，道：「也許他喝醉了，也許他中了迷藥，也許他們在床上根本就沒有做什麼事。」

這些理由都不太好，連他自己都不太滿意，所以他又喝了一杯。

下結論的人通常都是最少開口的人。

「我不認得陸小鳳，可是我知道他對唐家有恩。」唐二先生下了結論：「不管這件事是否別有內情，我們都要找他們當面問清楚。」

木道人卻在搖頭。

司空摘星道：「你不想去找？」

木道人道：「不是不想找，是找不到。」

這件事一發生，陸小鳳就已逃亡，誰也不知道他逃到哪裡去了。

木道人展開那十二張紙卡，道：「所以我請你們來看這些……」

司空摘星打斷了他的話，道：「陸小鳳既不是高濤，也不是獨臂神龍，這些混帳王八蛋的事，跟我們有什麼關係？」

木道人道：「有一點關係。」

司空摘星道：「哪一點？」

木道人道：「他們逃亡的路線。」

要想找陸小鳳，就一定要先判斷出他是從哪條路上逃的。

木道人又道：「這些人不但武功很高，而且都是經驗豐富，狡猾機警的老江湖，他們準備逃亡的時候，一定都經過很周密的計劃，他們選擇的路線，一定都相當不錯。」

司空摘星冷冷道：「只可惜他們還是逃不了。」

木道人道：「雖然逃不了，卻還是可以作爲我們的參考。」

這十二個人選擇的逃亡路線，大致可以分爲四條——

買舟入海。

出關入沙漠。

混跡於鬧市。

流竄於窮山惡水中。

木道人道：「你們都是陸小鳳的老朋友，都很了解他的脾氣，你們想他會選擇哪條路？」

沒有人能回答。

誰也不敢認爲自己的判斷絕對正確。

花滿樓緩緩道：「我只能確定一點。」

木道人道：「你說。」

花滿樓道：「他絕不會到海上去，也不會入沙漠。」

沒有人問他怎麼確定這一點的，因爲每個人都知道他有種奇異的本能和觸覺。

司空摘星喝乾了第八杯酒，道：「我也能確定一點。」

大家都在聽著。

司空摘星道：「陸小鳳絕不會死。」

他的判斷有人懷疑了：「爲什麼？」

司空摘星道：「我知道陸小鳳的武功，也見過西門吹雪的劍法。」

他當然也不能否認西門吹雪的劍法之快速準確：「可是自從他娶妻生子後，他的劍法就變得軟弱了，因爲他的心已軟弱。」

因爲他已不再是劍之神，已漸漸有了人性。

木道人道：「我本來也認爲如此的，現在才知道我們都錯了。」

司空摘星道：「我們沒有錯！」

木道人搖搖頭，道：「在紫禁之巔那一次決戰前，他的劍確實已漸軟弱，因爲他對妻子的愛，已超越了他對劍的狂熱。」

瀟湘劍客顯然已了解這句話中的深意：「可是他戰勝了白雲城主後，就不同了。」

無論誰擊敗了白雲城主這種絕世高手後，都難免會覺得意氣風發，想更上層樓。

紫禁之巔那一戰，無疑又激發了他對劍的狂熱，又超越了他對妻子的愛。

——也許就因爲他冷落了妻子，引起了陸小鳳的同情，才會發生這件事。

每個人心裡都想到了這一點，卻沒有人願意說出口。

木道人道：「前些時候我見過陸小鳳，他自己告訴我，西門吹雪的劍法，已達到『無劍』的境界。」

什麼叫「無劍」的境界？

——他的掌中雖無劍，可是他的劍仍在，到處都在。

——他的人已與劍融爲一體，他的人就是劍，只要他的人在，天地萬物，都是他的劍。

——這種境界幾乎已到達劍術中的巔峰，幾乎已沒有人能超越。

木道人嘆息著，又道：「我見到陸小鳳時，他已醉了，他還告訴我，假如這世上還有一個人能殺他，這個人就是西門吹雪！」

又是一陣沉默，大家心裡都有了結論——

只要西門吹雪追上陸小鳳，陸小鳳就必將死在他的劍下。

現在的問題是——

陸小鳳究竟逃到哪裡去了？能逃多久？

既然他不會到海上去，也不會入沙漠，那麼他不是浪跡在鬧市中，就是流竄在窮山惡水間。

這範圍雖已縮小，可是又有誰知道世上的鬧市有多少？山水有多少？

唐二先生忽然站起來，走出去。

司空摘星引杯在手，大聲問：「你想走？」

唐二先生冷冷道：「我不是來喝酒的。」

司空摘星道：「這件事難道你已不想管？」

唐二先生道：「不是不想管，是管不了。」

古松居士忽然也長長嘆息了一聲，喃喃道：「的確管不了。」

苦瓜大師立刻點頭，道：「的確的確的確……」

他說到第三次「的確」時，他們三個人就都已走了出去。

瀟湘劍客走得也並不比他們慢。

司空摘星看了看杯中的酒，忽然重重的放下酒杯，大聲道：「我也不是來喝酒的，哪個龜孫王八蛋才是來喝酒的。」他居然也大步走了出去。

屋子裡忽然只剩下兩個人，還能保持鎭靜的卻只有花滿樓一個。

「啵」的一聲響，木道人手裡的酒杯已粉碎。

花滿樓卻笑了笑，道：「你知不知道他們到哪裡去了？」

木道人冷冷道：「鬼知道。」

花滿樓道：「我知道。」他還在微笑：「我不是鬼，但是我知道。」

木道人忍不住問：「你說他們到哪裡去了？」

花滿樓道：「現在我們若趕到西門山莊去，就一定可以找到他們，連一個都不會少。」

木道人不懂。

花滿樓又道：「他們到那裡去，只因爲他們都想知道一件事——

——假如我是陸小鳳，要從這裡開始逃亡，我會走哪條路？

花滿樓道：「等他們想通了時，他們就一定會朝那條路上追下去。」

木道人道：「他們爲什麼不說？」

花滿樓道：「因爲他們生怕自己判斷錯誤，影響了別人。」

木道人道：「你有把握確定？」

花滿樓點點頭，微笑道：「我有把握，因為我知道他們都是陸小鳳的朋友。」

他的臉上在發光，他的微笑也在發著光，他熱愛生命，對人性中善良的一面，他永遠都充滿了信心。

木道人終於長長嘆息，道：「一個人能有陸小鳳這麼多朋友，實在真不錯，只可惜他自己這一次卻錯了。」

他拍拍花滿樓的肩，道：「我們走，假如這世上還有一個人能找到陸小鳳的，那個人一定就是你。」

花滿樓道：「不是我。」

木道人道：「不是你是誰？」

花滿樓道：「是他自己。」

一個人若已迷失了自己，那麼除了他自己外，還有誰能找得到他呢？

二 逃亡

一

就算陸小鳳已迷失了自己，至少還沒有迷失方向。

他確信這條路是往正西方走的，走過前面的山坳，就可以找到清泉食物。

現在夜已深，山中霧正濃，他還是相信自己的判斷絕對正確。可是這一次他又錯了。

前面既沒有山坳，更沒有泉水，只有一片莽莽密密的原始叢林。

飢餓本是人類最大的痛苦之一，可是和乾渴比起來，飢餓就變成了一種比較容易忍受的事。

他的嘴唇已乾裂，衣履已破碎，胸膛上的傷口已開始紅腫。

他在這連泉水都找不到的窮山惡谷間，逃亡已有整整三天。

現在就算他的朋友看見他，都未必能認得出他就是陸小鳳。

那個風流瀟灑，總是讓女孩子著迷的陸小鳳。

叢林中一片黑暗，黑暗中充滿了各式各樣的危險，每一種危險都足以致命，若是在叢林中迷失了方向，飢渴就足以致命。

他是不是能走得出這片叢林，他自己也完全沒有把握。他對自己的判斷已失去信心。

可是他只有往前走，既沒有別的路讓他選擇，更不能退。

後退只有更危險、更可怕。

因爲西門吹雪就在他後面盯著他。

雖然他看不見，卻能感覺到——感覺到那種殺人的劍氣。

他隨時隨地，都會忽然無緣無故的背脊發冷，這時他就知道西門吹雪已離他很近了。

逃亡本身就是種痛苦。

飢渴，疲倦，恐懼，憂慮……就像無數根鞭子，在不停的抽打著他。

這已足夠使他身心崩潰，何況他還受了傷。

劍傷！

每當傷口發疼時，他就會想到那快得令人不可思議的一劍。

掌中本已「無劍」的西門吹雪，畢竟又拔出了他的劍。

——我用那柄劍擊敗了葉孤城，普天之下，還有誰配讓我再用那柄劍？

——陸小鳳，只有陸小鳳！

——爲了你，我再用這柄劍，現在我的劍已拔出，不染上你的血，絕不入鞘。

沒有人能形容那一劍的鋒芒和速度，沒有人能想像，也沒有人能閃避。

如果天地間真的有仙佛鬼神，也必定會因這一劍而失色動容。

劍光一閃，鮮血濺出！

沒有人能招架閃避這一劍，連陸小鳳也不能，可是他並沒有死。

能不死已是奇蹟！

天上地下，能在那一劍的鋒芒下逃生的，恐怕也只有陸小鳳。

黑暗，無邊無際的黑暗。黑暗中究竟潛伏著多少危險？

陸小鳳連想都沒有去想，若是多想想，他很可能就已崩潰，甚至會發瘋。

他一走入了這片黑暗的叢林，就等於野獸已落入陷阱，已完全身不由主。

還是沒有水，沒有食物。他折下一根樹枝，摸索著一步步往前走，就像是個瞎子。

這根樹枝，就是他的明杖。

一個活生生的人，竟要倚賴一根沒有生命的木頭——想到這一點，陸小鳳就笑了。

一種充滿了屈辱、悲哀、痛苦，和譏誚的慘笑。

直到現在，他才真正明瞭瞎子的痛苦，也真正了解了花滿樓的偉大。

一個瞎子還能活得那麼平靜，那麼快樂，他的心裡要有多少愛？

前面有樹，一棵又高又大的樹。

陸小鳳在這棵樹下停下來，喘息著，現在也許已是唯一可以讓他喘息的機會。

——西門吹雪在追入這片叢林之前，也必定會考慮片刻的。

——可是他一定會追進來。

天上地下，幾乎已沒有任何事能阻止他，他已決心要陸小鳳死在他的劍下。

黑暗中幾乎完全沒有聲音，可是這種絕對的靜寂，也正是種最可怕的聲音。

陸小鳳的呼吸彷彿也已停頓，突然閃電般出手，用兩根手指一挾。

他什麼都沒有看見，但是他已出手。他的出手很少落空。

若是到了真正危險的時候，人類也會變得像野獸一樣，也有了像野獸般的本能和第六感。

他挾住的是條蛇。他挾住蛇尾，一擲一甩，然後就一口咬在蛇的七寸上。

又腥又苦的蛇血，從他的咽喉，流入他的胃。他忽然覺得自己好像真的已變成野獸。

但是他並沒有停止，蛇血流下時，他立刻就感覺到一種生命的躍動。

只要能給他生命，只要能讓他活下去，無論什麼事他都接受。

他不想死，不能死。如果他現在就死了，他也要化成冤魂厲鬼，重回人間，來洗清他的屈辱。

黑暗已漸漸淡了，變成了一種奇異的死灰色。

這漫漫的長夜他總算已捱了過去，現在總算已到了黎明時候。

可是就算天亮了又如何？縱然黑暗已遠去，死亡還是緊逼著他。

地上有落葉，他抓起一把，擦淨了手上的腥血，就在這時，他忽然聽見了聲音。

人的聲音。

聲音也不知從什麼地方傳過來的，彷彿有人在呻吟喘息。

此時此地，怎麼會有人？若不是已被逼得無路可走，又有誰會走入這片叢林？走上這條死路？

難道是西門吹雪？

陸小鳳突然覺得全身都已冰冷僵硬，停止了呼吸，靜靜的聽著。

微弱的呻吟喘息聲，斷斷續續的傳過來，聲音中充滿了痛苦。

一種充滿了恐懼的痛苦，一種幾乎已接近絕望的痛苦。這種痛苦絕不能僞裝的。

就算這個人真是西門吹雪，現在他所忍受的痛苦也絕不會比陸小鳳少。

難道他也遭受了什麼致命的打擊？否則怎麼會連那種殺人的劍氣都已消失？

陸小鳳決心去找，不管這個人是不是西門吹雪，他都要找到。

他當然找得到。

二

落葉是濕的，泥土也是濕的。一個人倒在落葉濕泥中，全身都已因痛苦而扭曲。

一個兩鬢已斑白的人，衰老，憔悴，疲倦，悲傷而恐懼。

他看見了陸小鳳，彷彿想掙扎著跳起來，卻只不過換來了一陣痛苦的痙攣。

他手裡有劍，形式古雅，鋼質極純，無論誰都看得出這是柄好劍。

可是這柄劍並不可怕，因爲這個人並不是西門吹雪。

陸小鳳長長吐出口氣，喃喃道：「不是的，不是他。」

老人的喉結在上下滾動著，那雙充滿了恐懼的眼睛裡露出一絲希望，喘息著道：「你……你是誰？」

陸小鳳笑了笑，道：「我誰都不是，只不過是個過路人。」

老人道：「過路人？」

陸小鳳道：「你是不是在奇怪，這條路上怎麼還會有過路的人？」

老人上上下下的打量著他，眼睛忽然又露出種狐狸般的狡黠，道：「難道你走的也是同我一樣的路？」

陸小鳳道：「很可能。」

老人笑了。他的笑淒涼而苦澀，一笑起來，就開始不停的咳嗽。

陸小鳳發現他也受了傷，傷口也在胸膛上，傷得更重。

老人忽然又道：「你本來以爲我是什麼人？」

陸小鳳道：「是另外一個人。」

老人道：「是不是要來殺你的人？」

陸小鳳也笑了，反問道：「你本來以爲我是什麼人？是不是來殺你的人？」

老人想否認，又不能否認。

兩個人互相凝視著，眼睛裡的表情，就像是兩頭負了傷的野獸。

沒有人能了解他們這種表情，也沒有人能了解他們心裡的感覺。

也不知過了多久，老人忽然長長嘆了口氣，道：「你走吧。」

陸小鳳道：「你要我走？」

老人道：「就算我不讓你走，你反正也一樣要走的。」他還在笑，笑得更苦澀：「我的情況好像比你更糟，當然幫不了你的忙，你根本不認得我，當然也不會幫我。」

陸小鳳沒有開口，也沒有再笑。

他知道這老人說的是實話，他的情況也很糟，甚至比這老人想像中更糟。

他自己一個人逃，已未必能逃得了，當然不能再加上個包袱。

這老人無疑是個很重的包袱。

又過了很久，陸小鳳也長長嘆了口氣，道：「我的確應該走的。」

老人點點頭，閉上眼睛，連看都不再看他。

陸小鳳道：「假如你只不過是條野狗，現在我一定早就走了，只可惜……」

老人忽又打斷了他的話，道：「只可惜我不是狗，是人。」

陸小鳳苦笑道：「只可惜我也不是狗，我也是人。」

老人道：「實在可惜。」

他雖然好像閉著眼睛，其實卻在偷偷的瞟著陸小鳳。

他眼睛裡又露出那種狐狸的狡黠。

陸小鳳又笑了，道：「其實你早已知道我絕不會走的。」

老人道：「哦？」

陸小鳳道：「因為你是人，我也是人，我當然不能看著你爛死在這裡。」
老人的眼睛忽然睜開，睜得很大，看著陸小鳳，道：「你肯帶我走？」
陸小鳳道：「你猜呢？」
老人在眨眼，道：「你當然會帶我走，因為你是人，我也是。」
陸小鳳道：「這理由還不夠。」
老人道：「還不夠？還有什麼理由？」
陸小鳳道：「混蛋也是人。」
他忽然說出這句話，誰都聽不懂，老人也不懂，只有等著他說下去。
陸小鳳道：「我帶你走，只因為我不但是人，還是混蛋，特大號的混蛋。」

三

是春天。
是天地間萬物都在茁發生長的春天。
凋謝了的木葉，又長得密密的，叢林中的木葉莽莽密密，連陽光都照不進來。
樹幹枝葉間，還是一片迷迷濛濛的灰白色，讓你只能看得見一點迷迷濛濛的影子。看得見，卻看不遠。
陸小鳳讓老人躺下去，自己也躺了下去，現在他就算明知西門吹雪近在咫尺，他也走不動半步了。

他們已走了很遠的一段路，可是他低下頭時，就立刻又看見了自己的足跡。

他拚了命，用盡了所有的力量奔跑，卻又回到了他早已走過的地方。

這已不是諷刺，已經是悲哀，一種人們只有在接近絕望時才會感到的悲哀。

他在喘息，老人也在喘息。

一條蟒蛇從樹葉間滑下來，巨大的蟒蛇，力量當然也同樣巨大，足以絞殺一切生命。

可是他不想動，老人不能動，蟒蛇居然也沒有動他們，居然就悄悄的從他們身旁滑了過去。

陸小鳳笑了，連他自己都不知道自己怎麼還能笑得出來的。

老人側過頭，看著他，忽然道：「我當然不能就叫你混蛋。」

陸小鳳道：「你可以叫我大混蛋。」

他還在笑。

笑有很多種，有種笑比哭更悲哀，他的笑就是這種。

只有笑，沒有笑聲，四下連一點聲音都沒有，時光在靜寂中過得好像特別慢。

過了很久，老人忽又道：「大混蛋。」

陸小鳳道：「嗯。」

老人道：「你爲什麼不問我是誰？叫什麼名字？」

陸小鳳道：「我不必問。」

老人道：「不必？」

陸小鳳道：「反正我們現在都已快死了，你幾時聽見過死人問死人的名字？」

老人看著他，又過了很久，想說話，沒有說，再看看他的眉毛和鬍子，終於道：「我忽然想起了一個人。」

陸小鳳道：「什麼人？」

老人道：「陸小鳳，有四條眉毛的陸小鳳。」

陸小鳳又笑了，道：「你早就該想到的，天下唯一特大號的大混蛋，就是陸小鳳。」

老人嘆了口氣，道：「但我卻想不到陸小鳳會變成這樣子。」

陸小鳳道：「你認爲陸小鳳該是什麼樣子的？」

老人道：「很久以前就聽說過，陸小鳳是個很討女人歡喜的花花公子，而且武功極高。」

陸小鳳道：「我也聽說過。」

老人道：「所以我一直以爲陸小鳳一定是個很英俊、很神氣的人，可是你現在看起來卻像是條……」

他沒有說完這句話，陸小鳳卻替他說了下去：「卻像是條被人追得無路可走的野狗。」

老人也笑了，道：「看來你惹的麻煩一定不小。」

陸小鳳道：「很不小。」

老人道：「是不是爲女人惹的麻煩？」

陸小鳳苦笑。

老人道：「那女人的丈夫是誰？聽說你連白雲城主的那一劍『天外飛仙』都能接得住，天下還有誰能把你逼得無路可走？」

陸小鳳道：「只有一個人。」

老人道：「我想來想去，好像也只有一個人。」

陸小鳳道：「你想的這個人是誰？」

老人道：「是不是西門吹雪？」

陸小鳳又在苦笑，只有苦笑。

老人嘆道：「你惹的麻煩實在不小，我實在想不通你怎麼會惹下這種麻煩的。」

陸小鳳道：「其實我也沒有做什麼，只不過偶爾跟他老婆睡在一張床上，又恰巧被他看見了。」

老人吃驚的看著他，過了很久，才搖頭說道：「原來你的膽子也不小。」

陸小鳳忽然反問：「你呢？你惹了什麼麻煩？」

老人沉默著，也過了很久，才嘆息著道：「我惹的麻煩也不小。」

陸小鳳道：「我看得出。」

老人道：「哦？」

陸小鳳道：「如果一個人身上穿著的是值三百兩銀子一套的衣服，手裡拿著的是值三千兩銀子一柄的好劍，卻也好像是條野狗般被人追得落荒而逃，這個人惹的麻煩當然也很不小。」

老人也不禁苦笑，道：「我惹的麻煩還不止一個。」

陸小鳳道：「有幾個？」

老人伸出兩根手指，道：「一個是葉孤鴻，一個是粉燕子。」

陸小鳳道：「武當小白龍葉孤鴻？」

老人點頭。

陸小鳳道：「萬里踏花粉燕子？」

老人又點頭。

陸小鳳嘆道：「你惹的這兩個麻煩倒實在真不小。」

葉孤鴻是武當的俗家弟子，也是武當門下弟子後起之秀，據說還是白雲城主的遠房堂弟，白雲城主還親自指點過他的劍招。

「萬里踏花」粉燕子在江湖中的名頭更響，輕功暗器黑道中已很少有人能比得上。

陸小鳳道：「只不過葉孤鴻是名門子弟，粉燕子卻是下五門的大盜，你怎麼會同時惹上這兩個人？」

老人道：「你想不通？」

陸小鳳搖頭。

老人道：「其實這道理也簡單得很，葉孤鴻是我外甥，粉燕子恰巧也是的，他們兩個人的老婆又恰巧都在我家作客……」

葉孤鴻遊俠江湖，粉燕子萬里踏花，他們的妻子當然都很寂寞。

老人道：「所以我也不能不安慰她們，誰知道也恰巧被他們看見了。」

陸小鳳吃驚的看著他，過了很久，才苦笑道：「看來你非但膽子不小，而且簡直是六親不認。」

老人笑了笑，道：「難道你以爲我不是？」

陸小鳳顯得更吃驚，道：「難道你本來就是？」

老人道：「近十來年，江湖中已很少有人知道我這名字，想不到你居然知道。」

二十年前，江湖中有三個名頭最響的獨行大盜，第一個就是「六親不認」獨孤美。

如果一個人的名字就叫做「六親不認」，這個人有多麼心黑手辣，你想想看就可以知道了。

陸小鳳苦笑道：「看來你這名字倒真是一點都沒有錯。」

獨孤美淡淡道：「我六親不認，你重色輕友，你是個大混蛋，我也差不多，我們兩個人本就是志同道合，所以才會走上同一條路。」

陸小鳳道：「幸好我們還有一點不同。」

獨孤美道：「哪一點？」

陸小鳳道：「現在我還可以走，你卻只有躺在這裡等死。」

獨孤美笑了。

陸小鳳道：「你若認爲現在我還硬不起這心腸，你就錯了，你既然可以六親不認，我爲什麼不能？」

獨孤美道：「你當然能。」

陸小鳳已站了起來，說走就走。

獨孤美看著他站起來，才慢慢的接著道：「可是我保證你走了之後，一定會後悔的。」

陸小鳳忍不住回頭，問道：「爲什麼？」

獨孤美道：「這世上不但有吃人的野獸，還有吃人的人。」

陸小鳳道：「你就是吃人的人，我知道。」

獨孤美道：「你知不知道世上還有種東西也會吃人？」

陸小鳳道：「你說的是什麼？」

獨孤美道：「樹林子，有的樹林子也會吃人的，不認得路的人，只要一走進這種樹林，立刻就會被吃掉，永遠都休想活著走出去。」

現在雖然已將近正午，四面還是一片迷迷濛濛的死灰色。巨大醜惡的樹木枝葉，腐臭發爛的落葉沼澤間，根本就無路可走。

世上若真有吃人的樹林，這裡一定就是的。

陸小鳳終於轉回身，盯著老人的臉，道：「你認得路？你有把握能走出去？」

獨孤美又笑了笑，悠然道：「我不但能帶你走出去，還能叫西門吹雪一輩子都找不到你。」

陸小鳳冷笑。

獨孤美道：「我可以帶你到一個地方去，就算西門吹雪有天大的本事，也找不到的。」

陸小鳳盯著他，沒有動，沒有開口，遠處卻有人在冷笑。

冷冰冰的笑聲，本來還遠在十丈外，忽然就到了面前。

四

來的人卻不是那以輕功成名的粉燕子，是個蒼白的人——

蒼白的臉，蒼白的手，蒼白的劍，一身白衣如雪。

在這黑暗的沼澤叢林中搜索追捕了二十個時辰後，他的神情還是像冰雪般冷漠鎮定，衣服上也只不過沾染了幾點泥污。

他的人就像是他的劍，鮮血不染，泥污也不染。

就在他出現的這一瞬間，陸小鳳全身忽然僵硬，又忽然放鬆。

獨孤美卻笑了，笑容中充滿譏諷，道：「你以爲他是西門吹雪？」

陸小鳳不能否認。

這少年的確像極了西門吹雪——蒼白的臉，冷酷驕傲的表情，雪白的衣服，甚至連站著的姿態都和西門吹雪完全一樣。

雖然他遠比西門吹雪年輕得多，面目輪廓也遠比西門吹雪柔弱，可是他整個人看起來，卻像是西門吹雪的影子。

獨孤美道：「他姓葉，叫葉孤鴻，連他的祖宗八代都跟西門吹雪拉不上一點關係，可是他看起來卻偏偏像是西門吹雪的兒子。」

陸小鳳也不禁笑了：「的確有點像。」

獨孤美道：「你知不知道他怎麼變成這樣子的？」

陸小鳳搖搖頭。

獨孤美冷笑道：「因爲他心裡根本就恨不得去做西門吹雪的兒子。」

陸小鳳道：「也許他只不過想做第二個西門吹雪。」

獨孤美冷冷道：「只可惜西門吹雪的好處他連一點都沒有學會，毛病卻學全了。」

遠山上冰雪般高傲的性格，冬夜裡流星般閃亮的生命，天下無雙的劍……

江湖中學劍的少年們，又有幾個不把西門吹雪當做他心目中的神祇？

陸小鳳目光遙視著遠方，忽然嘆了口氣，道：「西門吹雪至少有一點是別人學不像的。」

獨孤美道：「他的劍？」

陸小鳳道：「不是他的劍，是他的寂寞。」

寂寞。

遠山上冰雪般寒冷的寂寞，冬夜裡流星般孤獨的寂寞。

只有一個真正能體會到這種寂寞，而且甘願忍受這種寂寞的人，才能達到西門吹雪已到達了的那種境界。

葉孤鴻一直在冷冷的盯著陸小鳳，直到這時才開口。

他忽然冷笑，道：「你是什麼東西？也配在我面前談論他！」

陸小鳳只有苦笑。

他知道獨孤美一定會搶著替他回答這句話，他果然沒有猜錯。

獨孤美已笑道：「他也不能算是什麼東西，只不過是個人而已，可是這世界假如還有一個人夠資格談論西門吹雪，這個人就是他。」

葉孤鴻忍不住問：「爲什麼？」

獨孤美悠然道：「因爲他有四條眉毛，也因爲這世上只有他一個人跟西門吹雪的老婆睡過覺。」

葉孤鴻聳然動容：「陸小鳳，你就是陸小鳳？」

陸小鳳只有承認。

葉孤鴻握劍的手已因他用力而凸出青筋，冷冷道：「我本該先替西門吹雪殺了你的……」

樹梢上忽然有人打斷了他的話：「只可惜我們這次要殺的人並不是他。」

濃密的枝葉間，嘩啦啦一聲響，一個人燕子般飛下來。

粉紅的燕子。

一張少女般嫣紅的臉，一身剪裁極合身的粉紅衣裳，粉紅色的腰帶旁，斜掛著一隻粉紅色的皮囊。

甚至連他眼睛裡都帶著這種粉紅色的表情——就是大多數男人們，看見少女赤裸的大腿時那種表情。

要命的是，他看著陸小鳳時，眼睛裡居然也帶著這種表情。

陸小鳳忽然想吐。

粉燕子對他的反應卻完全不在乎，還是微笑著，看著他，柔聲道：「陸小鳳果然不愧是陸小鳳，果然沒有讓我失望。」

陸小鳳道：「哦？」

粉燕子道：「你現在的樣子看來雖然不太好，可是只要給你一盆熱水，一塊香胰子，讓你好好的洗個澡，你就一定是個很好的男人了。」

他瞇著眼睛，上上下下的打量著陸小鳳：「我現在就可以想像得到。」

陸小鳳忽然又不太想吐了，因爲他現在最想做的一件事，是一拳打扁這個人的鼻子。

幸好這時粉燕子已轉過臉去看葉孤鴻，道：「這個人是我的，我不許你碰他。」

葉孤鴻臉上也露出種想嘔吐的表情，冷冷道：「男人女人你都要？」

粉燕子笑了笑，道：「有時候我連你都想要。」

葉孤鴻蒼白的臉已發青。

粉燕子道：「我也知道你一直很討厭我，卻又偏偏少不了我，因爲這次假如你沒有我，非但找不到這老狐狸，還休想能活著回去。」

他微笑著，接著道：「像你這種名門正派的少年英雄，在外面雖然耀武揚威，到了這吃人的樹林裡，很可能連兩個時辰都活不下去。」

葉孤鴻居然沒有否認。

粉燕子輕輕吐出口氣，道：「所以現在我若肯把這老狐狸讓給你，你就已該覺得很滿意了。」

葉孤鴻的手又握緊了劍柄，道：「你一定要讓我出手，你知道我已發下重誓，一定要親手殺他的。」

粉燕子道：「陸小鳳呢？」

葉孤鴻咬了咬牙，道：「陸小鳳是你的，只要他……」

獨孤美忽然大笑，道：「你們都錯了，陸小鳳既不是他的，也不是你的！」

粉燕子道：「是誰的？」

獨孤美道：「是我的。」

粉燕子也大笑，道：「就算他也有我一樣的毛病，也絕不會看上你。」

獨孤美道：「可是他若想活下去，就不能讓我死在你們手裡。」

粉燕子又轉身面對陸小鳳，柔聲道：「只要你不管我的事，我也一樣可以讓你活下去。」

陸小鳳沒有反應。

粉燕子又吐口氣，道：「葉大少爺，你現在好像已經可以出手了！」

葉孤鴻道：「好。」

「好」字出口，劍已出鞘。

他拔劍的速度也許還比不上西門吹雪，卻絕不比別人慢。

他的出手輕靈、狠毒、辛辣，除了嫡傳的武當心法外，至少還融合了另外兩家劍法的特長。

這一劍已是他劍法中的精粹。

這也是致命的一劍，一擊必中，不留後著。

獨孤美張大了嘴，想呼喊，卻連一點聲音都沒有發出來。

陸小鳳居然真的沒有阻攔。

粉燕子還在笑，笑容卻突然凍結。

一截劍尖忽然從他的心口上露了出來，鮮血飛濺，灑落在他自己眼前。

這是他自己的血？

他不信！

只可惜現在他已不能不信。

他伸手，想去掏他囊中的暗器，可是他的人已倒了下去。

五

劍尖還在滴著血。葉孤鴻凝視著劍尖的血珠，輕輕的吹落了最後一滴。

這本是西門吹雪獨特的習慣，他每一個動作都學得很像。

只可惜他不是西門吹雪，絕不是。

每當殺人後，西門吹雪就會立刻變得說不出的孤獨寂寞，說不出的厭倦。

他吹落他劍尖最後的一滴血，只不過像風雪中的夜歸人抖落衣襟上最後的一片雪花。

他吹的是雪，不是血。

現在葉孤鴻眼睛裡卻帶著說不出的興奮與激動，就像是正準備衝入風雪中去的征人。

他吹的是血，不是雪。

最後一滴血恰巧落在粉燕子的臉上，他臉上的肌肉彷彿還在抽搐，眼珠卻已死魚般凸出，再也看不見那種粉紅色的表情。

陸小鳳忽然覺得這個人很可憐。

他一直都很憐憫那些至死還不知道自己爲何而死的人，他知道這個人一定死不瞑目。

血已乾了，劍已入鞘。

葉孤鴻忽然轉過臉，瞪著獨孤美。

獨孤美也在瞪著他，眼睛裡充滿了懷疑和驚詫。

葉孤鴻冷冷道：「你一定想不到我爲什麼要殺他？」

獨孤美的確想不到，無論誰也想不到。

葉孤鴻道：「我殺他，只因爲他要殺你。」

獨孤美道：「你不是來殺我的？」

葉孤鴻道：「我不是。」

獨孤美更驚訝，道：「可是你本來……」

葉孤鴻打斷了他的話，道：「我本來的確已決心要你死在我劍下。」

獨孤美道：「現在你爲什麼忽然改變了主意？」

葉孤鴻道：「因爲我現在已知道你不是活人。」

這句話說得更奇怪，更教人聽不懂，獨孤美卻又反而好像聽懂了，長長吐口氣，道：「難道你也是山莊裡的人？」

葉孤鴻道：「你想不到？」

獨孤美承認：「我做夢也沒有想到過。」

葉孤鴻眼睛裡忽然又露出種譏誚的笑意，過了很久，才緩緩道：「你當然想不到的，有些人自己做的事，連他自己都想不到。」

獨孤美也在嘆息，道：「山莊裡的人，好像都是別人永遠想不到的。」

葉孤鴻道：「正因爲如此，所以它才能存在。」

獨孤美慢慢的點了點頭，忽然改變話題，問道：「你看見過陸小鳳出手？」

葉孤鴻道：「沒有。」

獨孤美道：「你知不知道他的武功深淺？」

葉孤鴻道：「不知道。」

獨孤美道：「對他這個人你知道些什麼？」

葉孤鴻道：「我知道他曾經接住了白雲城主的一劍『天外飛仙』。」

獨孤美道：「可是他現在卻已傷在西門吹雪劍下。」

葉孤鴻道：「我看得出。」

獨孤美道：「現在我再問你一句話，你一定要多加考慮，才能回答。」

他的表情忽然變得很嚴肅，一字字接著道：「現在你有沒有把握殺了他？」

葉孤鴻沉默著，眼睛裡又露出那種譏誚的笑意，額上青筋一根根凸起，又過了很久，才緩緩道：「我不是西門吹雪。」

獨孤美看著他，也過了很久，才轉過臉去看陸小鳳。

陸小鳳臉上一點表情也沒有，他們剛才說的，他好像完全聽不懂。

獨孤美忽又笑了笑，道：「你剛才並沒有出手救我。」

陸小鳳沉默。

獨孤美道：「現在我也不想出手殺你，因爲我們沒有把握殺你。」

陸小鳳沉默。

獨孤美道：「我們本來素昧平生，互不相識，現在還是如此。」

陸小鳳終於開口，道：「可是我們剛才走的好像還是同一條路。」

獨孤美淡淡道：「世事如白雲蒼狗，隨時隨刻都可能有千萬種變化，又何況你我？」

陸小鳳道：「有理。」

獨孤美道：「所以現在你還是你，我還是我，你最好還是去走你的路。」

陸小鳳道：「不好。」

獨孤美道：「不好？」

陸小鳳道：「因爲我走的一定還是剛才那條路，一條死路。」

獨孤美笑了笑，道：「那就是你的事了。」

陸小鳳道：「你呢？」

獨孤美道：「我當然有我的路可走。」

陸小鳳道：「什麼路？到山莊去的路？」

獨孤美沉下臉，冷冷道：「你既然已聽見，又何必再問？」

陸小鳳卻偏偏還是要問：「你要去的是什麼山莊？」

獨孤美道：「是個你去不得的山莊。」

陸小鳳道：「爲什麼我去不得？」

獨孤美道：「因爲你不是死人。」

陸小鳳道：「那山莊只有死人才去得？」

獨孤美道：「不錯。」

陸小鳳道：「你已是死人？」

獨孤美道：「是的。」

陸小鳳笑了：「你們走吧。」他微笑著揮手：「我既不想到死人的山莊去，也不想做死人，只要能活著，多活半個時辰也是好的。」

他走得居然很瀟脫，轉眼間就消失在灰白的叢林中。

直到他的人影消失，獨孤美才像是忽然警覺，大聲道：「你真的讓他走？」

葉孤鴻冷冷道：「他已經走了。」

獨孤美道：「你不怕他洩露山莊的秘密？」

葉孤鴻道：「他知道的秘密並不多，何況在這種情況下，他很可能真的活不了半個時辰。」

獨孤美道：「至少他現在還沒有死，還可以在暗中跟著我們去。」

葉孤鴻道：「我們要到哪裡去？」

獨孤美道：「當然是到山莊去。」

葉孤鴻冷笑道：「你錯了，並不是我們要到山莊去，是你要去，你一個人去！」

獨孤美道：「你不去？」

葉孤鴻淡淡道：「我爲什麼要去？」

獨孤美臉色變了。

葉孤鴻道：「我知道你和山莊有了合約，當然不能殺你，但是我也沒有說過要帶你去。」

獨孤美的臉已因憤怒恐懼而變形，顫聲道：「可是你也應該看得出現在我連一步路都不能走。」

葉孤鴻冷冷道：「那就是你的事了，跟我有什麼關係？」

他突又拔劍，削落一大片樹皮，鋪在一塊比較乾燥的泥土上，盤膝坐了下去。

獨孤美恨恨的盯著他，終於忍不住道：「你爲什麼還不走？」

葉孤鴻悠然道：「我爲什麼要走？」

獨孤美道：「你是不是在等著看我死？」

葉孤鴻道：「你可以慢慢的死，我並不著急。」

他看來不但很悠閒，而且舒服，因爲他身上居然還帶著塊用油紙包著的牛肉，甚至還有瓶酒。

對一個已在飢渴中掙扎了三十六個時辰的老人來說，牛肉和酒的香氣，已不再是誘惑，而是種虐待。

因爲他只能看著，一陣陣香氣就像是一根根針，刺激得他全身皮膚都起了戰慄。

淺淺的啜了一口酒，葉孤鴻滿意的嘆了口氣，忽然道：「我知道你現在心裡一定在後悔，剛才不該讓陸小鳳走的，但有件事你卻不知道。」

獨孤美正想以談話分散自己的注意力，立刻問道：「什麼事？」

葉孤鴻道：「我不殺陸小鳳，並不是因爲我沒有把握殺他，只不過因爲我情願讓他死在西門吹雪的手裡。」

獨孤美道：「哦！」

葉孤鴻傲然道：「現在他若敢再來，我一劍出鞘，就要他血濺五步。」

獨孤美道：「你的意思是不是說，天下已沒有人能救得了我，也沒有人能救得了陸小鳳？」

葉孤鴻道：「絕沒有。」

這三個字剛說完，忽然間，一隻手從樹枝後伸出來，拿走了他手裡的酒。

他的反應並不慢。

這隻手縮回去的時候，他的人也已到了樹後。

樹後卻沒有人。

等他再轉出來，酒瓶已在獨孤美手裡，正將最後一滴酒倒入自己的嘴。

剛才還在樹皮上的油紙包牛肉，現在卻已不見了。

葉孤鴻沒有再動，甚至連呼吸都已停頓，灰白色的叢林，死寂如墳墓。

連風都沒有，樹梢卻忽然有樣東西飄飄落下。

葉孤鴻拔劍，穿透。

插在他劍尖上的，竟是剛才包著牛肉的那塊油紙。

獨孤美笑了，大笑，笑得連眼淚都流了出來。

葉孤鴻好像完全聽不見，臉色卻已發青，慢慢的摘下劍尖上的油紙。

獨孤美笑道：「油紙上沒有血，你吹什麼？」

葉孤鴻還是聽不見，劍光一閃，劍入鞘。

他卻又在那塊樹皮上坐下來，深深的呼吸了兩次，從衣袖裡拿出個紙卷，用一根銀針釘在身後的樹幹上，冷冷道：「這就是出林入山的詳圖，誰有本事，也不妨拿走。」

然後他還是背著樹幹，動也不動的坐在那裡，甚至連眼睛都已閉上，彷彿老僧已入定。

獨孤美笑聲也已停頓，睜大了眼睛，盯著樹幹上的紙卷。

他知道這就是葉孤鴻用來釣魚的餌。

武當本是內家正宗，葉孤鴻四歲時就在武當，內功一定早已登堂入室。

現在他屏息內視，心神合一，雖然閉著眼睛，可是五十丈方圓內的一針一葉，都休想逃過他的耳目。

他的餌已安排好了，魚呢？

魚是不是會上鈎？

獨孤美的呼吸忽然也停頓，他已看見一隻手悄悄的從樹後伸出來。

這隻手的動作很輕快，很靈巧，手一伸出，就摸著了樹幹上的紙卷。

就在這時，劍光又一閃，如閃電驚虹，只聽「奪」的一響，劍尖入木，竟活生生把這隻手釘在樹上。

獨孤美的臉色變了，葉孤鴻的臉色也變了。

他沒有看見血。

手不是油紙，怎麼會沒有血？

獨孤美長長吐出口氣，他已看出這隻手並沒有被劍尖釘住，劍尖卻已被這隻手用兩根手指挾住。

葉孤鴻鐵青的臉忽又發紅，滿頭汗珠滾滾而落，他已用盡全身氣力來拔他的劍，這柄劍卻像是已被泰山壓住，連動都不能動。

這是誰的手？誰的手指能有如此奇妙的魔力？

陸小鳳！

當然只有陸小鳳。

笑容又上了獨孤美的臉，他微笑著道：「現在你的劍已出鞘，他好像並沒有血濺五步。」

葉孤鴻咬了咬牙，忽然放開手裡的劍，擦過樹幹掠過去。

陸小鳳果然就在樹後笑嘻嘻的看著他，手裡拿著的正是他的劍——用兩根手指捏著劍尖。

葉孤鴻冷笑道：「我不用劍還是可以殺你。」

陸小鳳微笑道：「但劍是你的，我還是要還給你。」

葉孤鴻已出手，用的是武當金絲綿掌，夾帶著空手入白刃七十二路小擒拿手，五指如鈎，力貫指尖。

誰知陸小鳳竟真的把他的劍送過來還給他，用手指捏著劍尖，把劍柄送到他手邊。

他不由自主，伸手一把握住，臉色立刻變了，鮮血一滴滴從指縫間流出。

陸小鳳剛剛送過來的明明是劍柄，他一把握住的卻偏偏是劍鋒。

他甚至連陸小鳳用的什麼動作都沒有看出來。

陸小鳳還在笑，道：「這是你的劍，又沒有人會搶你的，你何必這麼用力？」

葉孤鴻臉上已全無血色，忽然問道：「西門吹雪使出了幾招才刺傷你的？」

陸小鳳道：「一招。」

葉孤鴻道：「你連他一招都接不住？」

陸小鳳苦笑。

葉孤鴻道：「當時你是不是已爛醉？」

陸小鳳搖頭。

葉孤鴻又問道：「以你這種身手，竟接不住他一劍？」

陸小鳳嘆了口氣，道：「我知道你看見過他出手，可是在旁邊看著的人，永遠也無法了解他出手那一劍的速度。」

葉孤鴻垂下頭，看著自己的手。

手上還在流血，並沒有放開劍鋒，劍尖上也還在滴著血，一滴，兩滴……

這是他自己的血。

最後一滴血珠滴下來時，他忽然長嘆了口氣，將劍尖刺入了自己的胸膛。

嘆息聲突然停頓，眼珠突出。

陸小鳳動容道：「我並不想殺你，你這是何苦？」

葉孤鴻蒼白的臉上汗落如雨，喘息也漸漸急促，掙扎著道：「我學劍二十年，自信已無敵天下，本已約好了西門吹雪，端陽正午決戰於紫金之巔。」

陸小鳳道：「今年的端陽正午？」

葉孤鴻點點頭，道：「我雖無必勝的把握，自信還可以與他一戰，可是今日見到你，我才知道我就算再學二十年，也絕不是他的敵手……」

說到這裡，他就開始不停的咳嗽，可是他的意思陸小鳳已明白。

到時他若不去，當然無顏再見江湖朋友，若是去了，也是自取其辱。

因爲他忽然發現自己的劍法和西門吹雪相差實在太多。

陸小鳳連西門吹雪的一招都接不住，他卻連陸小鳳的出手都看不清楚，這其間的距離，已無異是種痛苦的羞辱。

在他看來，這種羞辱遠比妻子被侮更大。

陸小鳳目中已露出憐憫之色，道：「你就是爲了這一點而死的？」

葉孤鴻點點頭。

陸小鳳輕輕嘆了口氣，忽然走過去，附在他耳邊，說了幾句話。

葉孤鴻的臉忽然扭曲，眼睛裡露出種誰都無法了解的表情，盯著陸小鳳。

然後他就倒了下去。

奇怪的是，他倒下去之後，嘴角又彷彿露出了一絲微笑。

六

劍尖已沒有血。

最後一滴血是被風吹乾了的。

人雖已亡，劍卻仍在，劍光仍清澈如秋水。

無論劍上的血是被人吹乾的也好，是被秋風吹乾了的也好，對於這柄劍都完全沒有影響。

劍無情，人有情。

所以人亡劍在。

陸小鳳凝視著這柄無情的劍，忍不住長長嘆息。

——世上爲什麼會有如此多情的人，要將自己的一生奉獻給一柄無情的劍？

——這是不是因爲劍的本身，就有種令人無法抗拒的魅力？

看著這把清澈如秋水的劍，陸小鳳忽然覺得自己彷彿又將迷失……

三 死亡之約

一

逃亡並沒有終止，黑暗又已來臨。

黑暗中只聽見喘息聲，兩個人的喘息聲，聲音已停下來，人已倒下去。

不管下面是乾土也好，是濕泥也好，他們已完全沒有選擇的餘地。

——一定要躺下去，就算西門吹雪的劍鋒已在咽喉，都得躺下去。

現在就算用盡世上所有的力量，都已無法讓他再往前走一步。

從黑暗中看過去，每隔幾棵樹，就有一點星光般的磷光閃動。

光芒極微弱，就算在絕對的黑暗中，也得很注意才能看得見。

只要有一點點天光，磷光就會消失。

「順著這磷光走，就能走出去？」

「嗯。」

「你有把握？」

「嗯。」獨孤美雖然已累得連話都說不出，卻還是不能不回答，因爲他知道陸小鳳一定會繼續問下去的。

「我絕對有把握。」他喘息著道：「因爲你只要跟他們有了合約，他們就絕不會出賣你。」

「他們是誰？」陸小鳳果然又在問：「是不是山莊裡的人？」

「嗯。」

「什麼山莊？在哪裡？」陸小鳳還要問：「你跟他們訂的是什麼合約？」

獨孤美沒有回答，聽他的呼吸，彷彿已睡著。

無論他是不是已睡著，他顯然已決心拒絕再回答這些問題。

陸小鳳好像也覺得自己問得太多，居然也閉上嘴，更想閉上眼睛睡一覺。

可是他偏偏睡不著。

遠處的磷光閃動，忽遠忽近。

他的瞳孔已疲倦得連遠近距離都分不出，爲什麼還睡不著？

——只有絕對黑暗中，才能分辨出這些指路的暗記，若是用了火摺子，反而看不出了，白天當然更看不出。

——這一點只怕連西門吹雪都想不到，所以他當然也不會在這種絕對的黑暗中走路。

——看來山莊中那些人實在很聰明，他們的計劃中每一點都想得很絕，又很周到。

——獨孤美是不是真的會帶我到那山莊去？

——他有合約，我卻沒有，我去了之後，他們是不是肯收容我？

——那地方是不是真的完全隱秘？連西門吹雪都找不到？

——爲什麼那地方只有死人才能去？

陸小鳳睡不著，因爲他心裡實在有太多解不開的結。一個結，一個謎。

要等到什麼時候才能解開這些謎？

絕對的黑暗，就是絕對的安靜。

獨孤美的呼吸也漸漸變得安定而均勻，在黑暗中聽來，甚至有點像是音樂。

「妹妹揹著泥娃娃，

走到花園來看花。

娃娃哭了叫媽媽，

樹上的小鳥笑哈哈……」

也不知爲了什麼，陸小鳳竟從六親不認的老人呼吸聲中，憶起了自己童年時的兒歌。

他自己也覺得很好笑，可是他並沒有笑出來，因爲就在這時候，黑暗中忽然響起一聲慘呼。

接著，又是「噗」的一聲，一個人的身子彈起來，又重重的摔在泥沼裡。

「是誰？」陸小鳳失聲問。

沒有人回答。

過了很久，黑暗中才響起了獨孤美的呻吟聲，彷彿受了傷。

是誰在黑暗中突擊他？

陸小鳳只覺得心跳加快，喉嚨發乾，掌心卻濕透了，在這伸手不見五指的黑暗中，他什麼事都看不見。

又過了很久，才聽見獨孤美呻吟著道：「蛇……毒蛇！」

陸小鳳吐出口氣，道：「你怎麼知道是毒蛇？」

獨孤美道：「我被牠咬到的地方，一點都不疼，只發麻。」

陸小鳳道：「傷口在哪裡？」

獨孤美道：「就在我左肩上。」

陸小鳳摸索著，找到他的左肩，撕開他的衣服，指尖感覺到一點腫塊，就低下頭，張開嘴，用力吸吮，直到獨孤美叫起來才停止。

「你已覺得痛了？」

「嗯。」

既然能感覺到疼痛，傷口裡的毒顯然已全都被吸出來。

陸小鳳又吐出口氣，道：「你若還能睡，就睡一下，睡不著就捱一會兒，反正天已快亮了。」

獨孤美呻吟著，良久良久，忽然道：「你本來不必這麼做的！」

陸小鳳道：「哦？」

獨孤美道：「現在你既然已知道出路，為什麼還不拋下我一個人走？」

陸小鳳也沉默了很久才回答：「也許只因為你還會笑。」

獨孤美不懂。

陸小鳳慢慢的接著道：「我總覺得，一個人只要還會笑，就不能算是六親不認的人。」

二

天一亮，指路的磷光就看不見了。

現在天已快亮，陸小鳳總算已休息了片刻。

有些人的精力就像是草原中的野火一樣，隨時都可能再被燃起。

陸小鳳就是這種人。

他這一次重新燃起的精力還沒有燃盡，就忽然發現他們終於已脫出了那吃人的樹林。

前面是一片青天，旭日剛剛從青翠的遠山外昇起，微風中帶著遠山新發木葉的芬芳，露珠在陽光下閃亮得就像初戀情人的眼睛。

陸小鳳揉了揉自己的眼睛，幾乎不敢相信這是真的，這簡直就像是夢境。

難道他剛從噩夢中醒來，就到了另一個夢境中？

伏在他背上的獨孤美，呼吸也變得急促了，忽然問道：「前面是不是有棵大松樹？」

是的。

一棵古松，孤零零的矗立在前面的岩石間，遠離著這片莽密的叢林，就好像是不屑與這些一俗木爲伍。

「松樹下是不是有塊大石塊？」

是的。

是塊大如桌面的青石，石質純美，柔潤如玉。

陸小鳳走過去，在石上坐下，放下他背負著的人，才長長吐出了口氣，嘆道：「我們總算出來了。」

獨孤美喘息著，道：「只可惜這裡還不能算是安全的地方。」

陸小鳳道：「我總算還沒有被那吃人的樹林子吃下去。」

獨孤美道：「只可惜你還是隨時都可能死在西門吹雪劍下！」

陸小鳳嘆了口氣，苦笑道：「你能不能說兩句讓人聽了比較高興的話？」

獨孤美笑了笑，道：「我只不過想告訴你一件事。」

陸小鳳在聽著。

獨孤美道：「這世上本來已沒有人能救得了你，但你卻自己救了自己。」

陸小鳳道：「哦？」

獨孤美道：「你剛才救我的時候，也同時救了你自己。」

陸小鳳道：「你本來並不是真的想帶我到那山莊中去的？」

獨孤美點點頭，道：「可是，我現在已改變了主意，因爲我就算是個六親不認的人，總算還是個人。」他凝視著陸小鳳，狡黠鋒利的目光忽然變得很柔和：「你在那種情況下都沒有甩下我，現在我當然也不能甩下你。」

陸小鳳笑了。

人總有人性，人性中總有善良的一面，對這一點他永遠都充滿信心。

樹根下還有塊比較小的青石，獨孤美又道：「去搬開那塊石頭看看，下面是不是有口箱子？」

是的。

籐條編成的箱子，裡面有一塊熟肉、一隻風雞、一瓶酒、一包刀傷藥，還有一隻哨子和一封信。

哨子的形式很奇特，信紙和信封的顏色也很奇特，看來就像是死人的皮膚。

信上只寫著十個字：「吹哨子，聽回聲，循聲而行。」

陸小鳳喝了口酒：「好酒。」他滿意的嘆了口氣，道：「看來這些人想得實在周到。」

獨孤美道：「他們做事不但計劃周密，而且信譽卓著，你只要跟他們有了合約，他們就一定會負責送你到山莊去。」

陸小鳳忍不住問道：「什麼合約？」

獨孤美道：「救命的合約。」

這一次他居然沒有逃避陸小鳳的問題，所以陸小鳳立刻又問道：「什麼山莊？」

獨孤美道：「幽靈山莊。」

幽靈山莊！

——那地方只有死人才能去。

陸小鳳只覺得掌心冷冷的，又忍不住問道：「難道那地方全是死人的幽靈？」

獨孤美笑了笑，笑得很神秘，緩緩道：「就因爲那地方全都是死人的幽靈，所以沒有一個活人能找得到，更沒有一個活人敢闖進去！」

陸小鳳道：「你呢？」

獨孤美笑得更神秘，悠然道：「我既然已走了死路，當然非死不可。」

陸小鳳道：「你既然已非死不可，當然就已是個死人！」

獨孤美道：「現在你總算明白了。」

陸小鳳苦笑道：「我不明白，一點也不明白。」

哨子就在他手裡。

他忍不住拿起來，輕輕吹了吹，尖銳奇特的哨聲突然響起，連他自已都嚇了一跳。

就在這時，遠處已有同樣的一聲哨子傳了過來，方向在正西。

空山寂寂，要分辨哨子的聲音並不困難。

他們循聲而行，漸行漸高，四面白雲縹緲，他們的人已在白雲中。

喝了大半瓶酒，吃了半隻雞，陸小鳳只覺得精力健旺，無論多遠的路都可以走下去。

獨孤美的情況卻愈來愈糟了，連陸小鳳都已嗅到他傷口裡發出的惡臭。

可是陸小鳳一點也不在乎。

「西門吹雪當然不是聾子。」

「當然不是。」

「他當然也能聽見哨子的聲音。」

「嗯。」

「所以他隨時都可能追上來的。」

「可能。」

「現在你既然已知道入山的法子，還是放下我的好。」獨孤美的臉又因痛苦而扭曲：「你一個人總比較走得快些，何況，我的人已不行了，就算到了那裡，也未必能活多久。」

他說的是真心話，但陸小鳳卻好像連一個字都沒有聽見。

他走得更快，白雲忽然已到了他的腳下，他的眼前豁然開朗。

前面青天如洗，遠山如畫。

陸小鳳的心卻沉了下去，沉得很深。

他前面竟是一道深不見底的萬丈深淵，那圖畫般的遠山雖然就在眼前，卻已無路可走。

他撿起一塊石頭拋下去，竟連一點迴聲都聽不見。

下面白雲繚繞，什麼都看不見，就連死人的幽靈都看不見。

難道那幽靈山莊就在這萬丈深壑下？

陸小鳳苦笑道：「要到幽靈山莊去，看來也並不是什麼困難的事，你只要往下面一跳，保證立刻就會變成個死人。」

獨孤美喘息著，道：「你再吹一聲哨子試試看？」

尖銳的哨聲，劃破沉寂，也劃破了白雲。

白雲間忽然出現了一個人。

青天上有白雲，絕壑下也有白雲，這個人就在白雲間，就像是凌空站在那裡的。

什麼人能凌空站在白雲裡？

死人？死人的幽靈？

陸小鳳吐出口氣，忽然發現這個人在移動，移動得很快，又像是御風而行，轉眼間就可以分辨出他衣服的顏色，也應該可以分辨出他面目的輪廓。

可是他根本就沒有面目輪廓，他的臉赫然已被人一刀削平了。

沒有親眼見過他的人，絕對無法想像那是張什麼樣的臉。

陸小鳳的膽子並不小，可是他看見這張臉，連腿都軟了，幾乎一跤跌下萬丈絕壑中去。

他可以感覺到背上的獨孤美也在發抖，就在這時，這個人已來到他們面前，來得好快。

雖然已掠上山崖，這個人身子移動時看來還是輕飄飄的，腳底距離地面至少有半尺。

陸小鳳一向認爲江湖中輕功最高的三個人是司空摘星、西門吹雪和他自己。

現在他才知道自己錯了。

這個人輕功身法怪異，就和他的臉一樣，除非你親眼看見，否則簡直無法思議。

現在他正在盯著陸小鳳，一雙眼睛看來就像剛剛還噴出過溶岩的火山口，灼熱而危險。

面對著這麼樣一個人，陸小鳳實在不知道該說什麼。

獨孤美卻忽然問：「你就是幽靈山莊的勾魂使者？」他看見這人點了點頭，立刻接著道：「我叫獨孤美，我的魂已來了。」

這個人終於開口：「我知道，我知道你會來的。」

他說話的聲音緩慢，怪異，而艱澀，因爲他沒有嘴唇。

沒有看見過他的人，也永遠無法想像一個沒有嘴唇的人說話是什麼樣子的。

獨孤美連看都不敢再多看一眼，他生怕自己會忍不住嘔吐。

這個勾魂帶路的人突又冷笑，道：「你不敢看我？是不是因爲我太醜？」

獨孤美立刻否認，勉強笑道：「我不是……」

勾魂使者道：「既然不是，就看著我說話，看著我的臉。」

獨孤美只好看著他的臉，卻沒有開口，因爲他的喉嚨和胃都已因恐懼而收縮，連聲音都發不出。

勾魂使者卻笑了。

他好像很喜歡看到別人害怕難受的樣子，喜歡別人怕他。

可是他的笑聲很快的又結束，冷冷道：「你本該一個人來的，現在爲什麼有兩個？」

獨孤美還是不能開口，這問題他也回答不出。

勾魂使者道：「你留下，他走！」

獨孤美忽然鼓起勇氣，道：「他也不走。」

勾魂使者道：「他不走，你走。」

獨孤美大聲抗議，道：「我有合約，是你們自己訂的合約。」

勾魂使者道：「你有，他沒有。」

獨孤美道：「他是我的朋友，他的合約金我可以替他付。」

勾魂使者道：「現在就付？」

獨孤美道：「隨時都可以付，我身上帶著有……」

勾魂使者突又打斷他的話，冷冷道：「就算現在付，也已太遲了。」

獨孤美道：「爲什麼？」

勾魂使者道：「因爲我說的。」

獨孤美道：「可是他既然已來到這裡，就絕不能再活著回去。」

勾魂使者冷冷道：「你若想救他，你就自己走，留下他。」

他沒有嘴唇，說話的聲音就像是來自地獄，已經被魔火煉過，絕無更改。

陸小鳳忽然大聲道：「我走。」

他輕輕的放下獨孤美，拍了拍身上的衣服，居然真的說走就走。

獨孤美喘息著，忽然一把拉著他衣角，道：「你留下，我走。」

陸小鳳笑了笑，道：「你用不著擔心我，我既然能活著來到這裡，就一定有法子活著回去。」

獨孤美居然也笑了笑，大聲道：「我知道你沒有把死活放在心上，我卻很怕死……」

陸小鳳搶著替他接了下去：「可是你現在已經不怕了？」

獨孤美點點頭，道：「因爲我……」

陸小鳳道：「因爲你反正也活不長的，不如把機會讓給我。」

獨孤美道：「這是唯一的機會。」

陸小鳳道：「這些話我早就聽你說過，你的意思我也很明白，只不過……」

獨孤美道：「你還是不肯？」

陸小鳳笑了笑，道：「能夠跟一個六親不認的人交上朋友，我已經很滿意了，只可惜我一向沒有要朋友替我死的習慣。」

獨孤美道：「你一定要走？」

陸小鳳道：「我走得一定比你快。」

勾魂使者冷冷的看著他們，眼睛裡帶著種說不出的憎惡。

他憎惡友情，憎惡世上所有美好的事，就像是蝙蝠憎惡陽光。

忽然間，遠處有人在呼喚：「帶他們進來，兩個人全都帶進來。」

清脆的聲音，來自白雲間，白雲間忽然又出現了一條淡紅色的人影，彷彿也是凌空站在那裡的，正在向這邊揮手。

「誰說要將他們全都帶進去？」

「老刀把子。」

這四個字竟像是種符咒，忽然間就將陸小鳳帶入了另一個天地。

三

沒有人能凌空站在白雲間，也沒有人能真的御風而行。

勾魂使者也是人，並不是虛無的鬼魂，他是怎麼來的？

陸小鳳走過去之後，才看出白雲裡有條很粗的鋼索，橫貫了兩旁的山崖。

這就是他們的橋。

從塵世通向幽冥之門的橋。

山崖這邊，有個很大的竹籃，用滑輪鐵鈎掛在鋼索上。

這邊的山崖比較高，解開一條繩子，竹籃就會向對面滑過去。

獨孤美已經在竹籃裡。

勾魂使者冷冷的瞅著陸小鳳，冷冷道：「你是不是也想坐進去？」

陸小鳳道：「我有腿。」

勾魂使者道：「若是一跤跌下去，就沒有腿了。」

陸小鳳道：「我看得出。」

勾魂使者道：「非但沒有腿，連屍骨都沒有，一跌下去，人就變成了肉醬。」

陸小鳳道：「我想得到。」

勾魂使者道：「這條鋼索很滑，山裡的風很大，無論輕功多麼好的人，走在上面，隨時都可能會跌下去。」

陸小鳳笑了笑，道：「你跌下去過？」

勾魂使者道：「沒有。」

陸小鳳道：「你喜歡我？」

勾魂使者冷笑。

陸小鳳淡淡道：「既然你沒有跌下去過，又怎麼知道我會跌下去？既然你並不喜歡我，又何必關心我的死活？」

勾魂使者冷笑道：「好，你先走。」

陸小鳳道：「你要在後面等著看我跌下去？」

勾魂使者道：「這種機會很多，我一向不願錯過。」

陸小鳳又笑了笑，道：「可是這一次我保證你一定會失望的。」

鋼索果然很滑，山風果然很大，人走在上面，就像是風中的殘燭。

放眼望過去，四面都是白雲，縹縹緲緲，浮浮動動，整個天地好像都在浮動中，要想平平穩穩的在上面走，實在很不容易。

愈不容易的事，陸小鳳愈喜歡做。

他走得並不快，因爲快比慢容易行，他慢慢的走著，就好像在一條平坦的大道上踱方步。

那個勾魂的使者，只有在後面跟著。

所以陸小鳳覺得更愉快。

風從他胯下吹過去，白雲一片片從他眼前飛過，他忽然覺得天地間實在沒有什麼值得他煩惱的事，就算真的掉了下去，他也不在乎。

他的嗓子一向很糟，而且五音不全，所以九歲就沒有唱過歌。

可是現在他卻忽然有了種放聲高歌的衝動，居然真的唱了起來，唱的是兒歌。

因爲他只會唱兒歌：「妹妹揹著泥娃娃，走到花園來看花……」

忽然間，「呼」的一聲響，一陣風從他頭頂吹過，一個人落在他眼前。

一個沒有臉的人。

陸小鳳笑了：「我唱的歌好不好聽？」

勾魂使者冷冷道：「那不是唱歌，是驢子叫。」

陸小鳳大笑，道：「原來你也有受不了的時候，好，好，好極了。」

他又唱了起來，唱的聲音更大。

「娃娃哭了叫媽媽，樹上的小鳥笑哈哈……」

勾魂使者冷冷的看著他，等他唱完了，忽然問道：「你是陸小鳳？」

陸小鳳道：「怎麼我一唱歌你就認出我來了？難道我的歌聲比我的人還要出名？」

勾魂使者道：「你真的是陸小鳳？」

陸小鳳道：「除了陸小鳳外，還有誰能唱這樣的歌？」

勾魂使者道：「你知道我是誰？」

陸小鳳道：「不知道。」

他又笑了笑：「這世上不要臉的人雖多，卻還沒有一個做得像你這麼徹底的。」

勾魂使者眼睛裡彷彿又有火燄在燃燒，忽然拔下頭髮上的一根烏木簪，向陸小鳳刺了過去。

他的出手看來並不奇突，招式間也沒有什麼變化，但卻實在太快，快得令人無法思議。

陸小鳳來不及退，也不能閃避，只有伸出手，用兩根手指一夾。

這本是天下無雙，萬無一失的絕技，這一次卻偏偏失手了。

一根平平凡凡的烏木簪，好像忽然變成了兩根，閃電般刺向他的眼睛。

若是在平地上，這一招他也不是不能閃避，但現在他腳下並不是堅實可靠的土地，而是條滑不留足的鋼索。他身子一閃，腳下就站不住了，一個倒栽蔥，人就掉了下去，向那深不可測的萬丈絕壑中掉了下去。

——一跌下去，人就變成了肉醬。

他並沒有變成肉醬。

勾魂使者垂下頭，就看見一隻腳鈎在鋼索上。陸小鳳的人就像是條掛在釣鈎上的魚，不停的在風中搖來晃去。

他好像還是一點也不在乎，反而覺得很有趣，居然又唱了起來。

「搖呀搖，

搖到外婆橋，

外婆叫我好寶寶……」

他沒有唱下去，只因爲下面的歌詞他已忘了。

勾魂使者道：「看來你真的是陸小鳳。」

陸小鳳道：「現在雖然還是陸小鳳，等一下說不定就會變成一堆肉醬了。」

勾魂使者道：「你真的不怕死？」

「呼」的一聲，他的人忽然風車般一轉，又平平穩穩的站在鋼索上，微笑道：「看來你好像也不是真的要我死。」

勾魂使者冷冷道：「我只不過想要你知道一件事。」

陸小鳳道：「什麼事？」

勾魂使者的眼睛又在燃燒，一字字的道：「我要你知道，西門吹雪並不是天下無雙的快劍，我比他更快。」

這一次陸小鳳居然沒有笑，目中忽然露出種很奇怪的表情，盯著他問道：「你究竟是什麼人？」

勾魂使者道：「是個不要臉的人。」

他不要臉，也沒有臉，臉上當然全無表情，可是，他的聲音裡，卻彷彿忽然有了一種說不出的悲哀。

陸小鳳還想再問時，他的人已飛鳥般掠起，轉眼間就消失在白雲裡。

白雲縹緲，陸小鳳癡癡的站在雲裡，也不知在想什麼。

過了很久他才開始往前走，終於到了對岸，只見山崖前面兩根竹竿繫著條紅線，橫擋在他面前，遠處有人正冷冷的對他說：「衝過這條生死線，你已是個死人。」聲音冷如刀鋒：「所以你最好再想一想，是走過來，還是回頭去。」

陸小鳳心裡也在問自己：「是衝過去？還是回頭？」

衝過去是個死人，回頭也恐怕只有一條死路。

他看著面前的紅線，只覺得手心冰冷。

這條紅線雖然一碰就斷，但世上又有幾人能衝得過去？

陸小鳳忽然笑了：「有時候我天天想死都死不成，想不到今天竟死得這麼容易。」

他微笑著，輕輕鬆鬆的就走了過去，走入了一個以前完全沒有夢想過的世界。

走入了一個死人的世界。

放眼四望，一片空濛，什麼都看不見，連那勾魂使者都不知道到哪裡去了。

獨孤美也不知到哪裡去了。

——這裡究竟是什麼地方？

——難道我真的已是個死人？

陸小鳳挺起胸，大步向前走去，嘴裡又唱起了兒歌：「妹妹揹著泥娃娃，走到花園……」

這一句還沒有唱完，突聽旁邊有個人呻吟著道：「求求你，饒了我吧！」

四 一個死人的世界

一

聲音是從一間小木屋裡傳出來的。

一間灰色的小木屋，在這迷霧般的白雲裡，一定要很注意才能看得見。

陸小鳳終於看見了——只看見了這間小木屋，並沒有看見人。

呻吟聲還沒有停，陸小鳳忍不住問：「你受了傷？」

「沒有受傷，卻快要死了。」是少女的聲音：「快要被你唱死了。」

「你既然在這裡，當然也是個死人，再死一次又何妨？」

「你唱的這種歌連活鬼都受不了，何況死人？」

陸小鳳大笑。

木屋裡的聲音又在問：「你知不知道剛才救你的人是誰？」

「是你？」

「一點也不錯，就是我。」她的笑聲很甜：「我姓葉，叫葉靈，別人都叫我小葉。」

「好名字。」

「你的名字也不錯，可是我不懂，一個大男人，爲什麼要叫小鳳凰？」

陸小鳳的笑變成了苦笑，道：「我叫陸小鳳，不叫小鳳凰。」

葉靈又問：「這有什麼不同？」

陸小鳳道：「鳳凰是一對，不是一隻，鳳是公的，凰才是母的。」

他慢慢的走過去，屋子裡卻忽然沉默了下來，過了很久，才聽見葉靈輕輕的嘆了口氣，道：「只不過是片小葉子，既然沒有一對，也不知道是公的？還是母的？」

陸小鳳道：「這一點你倒用不著擔心，我保證只要看一眼，就可以看出你是公的，還是母的？」

他忽然推開門，闖進了屋子。

在外面看這屋子已經小得可憐了，走進去之後，更像是走進間鴿子籠。

可是鴿子雖小，五臟俱全，這屋子也一樣，別人家的屋裡有些什麼，這屋子裡幾乎也一樣不缺，甚至還有個金漆馬桶。

陸小鳳並不是個會對馬桶有興趣的人，現在他注意這個馬桶，只因爲他走進來的時候，這個穿紅衣裳的小姑娘正坐在馬桶上。

穿得整整齊齊的坐在馬桶上，用一雙烏溜溜的大眼睛瞪著陸小鳳。

陸小鳳的臉有點紅了。

不管怎麼樣，一個女孩子坐在馬桶上的時候，男人總不該闖進來的。

可是既然已闖了進來，再溜出去豈非更不好意思？

惡人先告狀，陸小鳳眼珠子轉了轉，忽然笑道：「你平常都是坐在馬桶上見人的？」
葉靈一本正經的搖了搖頭，道：「只有在兩種情況下我才會坐到馬桶上。」
有一種情況就是任何人都不必問的，另外一種情況呢？
葉靈道：「就是馬桶裡有東西要鑽出來的時候。」
陸小鳳又笑出來了。
馬桶裡還會有什麼東西鑽出來？除了臭氣外還會有什麼別的？
葉靈道：「你想不想看看裡面是什麼？」
陸小鳳立刻搖頭，道：「不想。」
葉靈道：「只可惜你不想看也得看。」
陸小鳳道：「爲什麼？」
葉靈道：「因爲這裡面的東西都是送給你的。」
陸小鳳道：「我不要也不行？」
葉靈道：「當然不行。」
看著她站起來掀馬桶的蓋子，陸小鳳幾乎已忍不住要奪門而逃。
他沒有逃。馬桶的味道非但一點也不臭，而且香得很。
隨著這陣香氣飛出來的，竟是一雙燕子，一對蝴蝶。
燕子和蝴蝶剛從小窗飛出去，葉靈又像是變戲法一樣，從馬桶裡拿出一套嶄新的衣服、一雙柔軟的鞋襪、一小罈酒、一對筷子、一個大瓦罐、一個大湯匙、四五個饅頭，還有一束鮮花。

陸小鳳看呆了。無論誰也想不到一個馬桶裡居然能拿出這麼多東西來。

葉靈道：「燕子和蝴蝶是爲了表示我們對你的歡迎，衣服和鞋襪一定合你的身，酒是陳年的竹葉青，瓦罐裡是原汁燉雞，饅頭也是剛出籠的。」

她抬起頭，看著陸小鳳，淡淡的接著道：「這些東西你喜歡不喜歡？」

陸小鳳嘆了口氣，道：「簡直喜歡得要命。」

葉靈道：「你要不要？」

陸小鳳道：「不要的是土狗。」

葉靈笑了，笑得就像是一朵花，一塊糖，一條小狐狸。

可以害得死人，也可以迷得死人的小狐狸。

陸小鳳看著她，忍不住又嘆了口氣，道：「你是母的，鐵定是母的。」

鮮花插入花瓶，酒已到了陸小鳳肚子裡。

葉靈看著他把清冽的竹葉青像倒水一樣往肚子裡倒，好像不但覺得很驚奇，還覺得很可惜，忽然嘆息著道：「只有一點錯了。」

陸小鳳不懂。

葉靈已經在解釋：「有人說你的機智、武功、酒量、臉皮之厚，和好色都是很少有人能比得上你。」

陸小鳳放下空罈，笑著道：「現在你已看過我的酒量。」
葉靈道：「我也看過你的武功，你剛才沒有掉下去，連我都有點佩服你。」
陸小鳳道：「可是我並不好色，所以這一點至少錯了。」
葉靈道：「這一點沒有錯。」
陸小鳳生氣了，道：「我有沒有對你非禮過？」
葉靈道：「沒有，到現在爲止還沒有，可是你看著我的時候，那雙眼睛就像……」
陸小鳳趕緊打斷了她的話：「你說是哪點錯了？」
葉靈笑了笑，道：「你的臉皮並不算太厚，你還會臉紅。」
陸小鳳道：「難道你本來認爲我一輩子都沒臉紅過？難道那個人說的話你全都相信？」
葉靈眨了眨眼，反問道：「你知不知道這些話是誰說的？」
陸小鳳道：「是誰？」
葉靈道：「老刀把子。」
就是這個人，就是這個名字，爲什麼會有這麼大的魔力？
陸小鳳拭探著問道：「他就是你們的老大？」
葉靈道：「不但是我們的老大，也是我們的老闆、我們的老子。」
陸小鳳道：「他究竟是個什麼樣的人？」
葉靈道：「能讓大家心甘情願的認他爲老子的人，你說應該是個什麼樣的人？」
陸小鳳道：「我不知道，從來也沒有人願意做我的兒子，我也從來不想做人的兒子。」

葉靈道：「你只不過想知道他的姓名來歷而已。」

陸小鳳不能否認：「我的確想，想得要命。」

葉靈冷冷道：「如果你真的想，只怕就真的會要你的命。」她臉上的表情忽然變得很嚴肅：「你若想在這裡過得好些，就千萬不要去打聽別人的底細，否則……」

陸小鳳道：「否則怎麼樣？」

葉靈道：「否則就算你的武功再高一百倍，還是隨時都可能失蹤的。」

陸小鳳道：「失蹤？」

葉靈道：「失蹤的意思，就是你這個人忽然不見了，世上絕沒有人知道你去了哪裡。」

陸小鳳道：「這裡常常有人失蹤？」

葉靈道：「常有。」

陸小鳳嘆了口氣，苦笑道：「我本來還以爲這裡很安全，很有規矩。」

葉靈道：「這裡本來就很有規矩，三個規矩。」

陸小鳳道：「哪三個？」

葉靈道：「不能打聽別人的過去、不能冒犯老刀把子，更不能違背他的命令。」

陸小鳳道：「他要我幹什麼，我就得幹什麼？」

葉靈點點頭，道：「他要你去吃屎，你就去吃。」

陸小鳳只有苦笑。

葉靈又問道：「你知不知道我爲什麼要到這裡來，告訴你這些話？」

陸小鳳的笑忽然又變得很愉快，道：「當然是因爲你喜歡我。」

葉靈也笑了：「看來他還是沒有錯，你的臉皮之厚，很可能連槍尖都刺不進去。」

她笑得比花還美，比糖還甜，輕輕的接著道：「可是你如果犯了我的規矩，我就把你臉上這張厚皮剝下來，做我的皮拖鞋。」

陸小鳳又不禁苦笑，道：「你至少應該先讓我知道你有些什麼規矩。」

葉靈道：「我只有兩個規矩，不要去惹大葉子、不要讓女人進陸公館的門。」

陸小鳳道：「大葉子是個人？」

葉靈道：「大葉子就是小葉子的姐姐，陸公館就是陸小鳳的公館。」

陸小鳳道：「陸公館在哪裡？」

葉靈道：「就在這裡。」

她接著道：「從現在開始，這裡就是你的家，你晚上要睡在這裡，白天最好也老老實實的耽在這裡，我隨時都會來檢查的。」

陸小鳳又笑了，笑得很奇怪。

葉靈瞪起了眼，道：「你敢笑我？」

陸小鳳道：「我不是笑你，我是在笑我自己。」他笑得不但有點奇怪，還有點悲哀：「我活了三十年，這還是第一次有個自己的家，自己的房子……」

他沒有再說下去，因爲葉靈已封住了他的嘴——用自己的嘴封住了他的嘴。

她的嘴唇冰涼而柔軟。

兩個人的嘴唇只不過輕輕一觸，她忽然又一拳打在陸小鳳肚子上。

她的出手又硬又重。陸小鳳被打得連腰都彎了下去，她卻吃吃的笑著，溜了出去。

「記住，不要讓任何人進門。」她的聲音已到了門外：「尤其不能讓花寡婦進來。」

「花寡婦又是什麼人？」

「她不是人，是條母狗，會吃人的母狗。」

二

陸小鳳有四條眉毛，卻只有兩隻手。

他用左手揉著肚子，用右手撫著嘴唇，臉上的表情也不知是在哭？還是在笑？

就這麼樣，他就糊裡糊塗的由活人變成了死人，糊裡糊塗的有了個家。

他還有兩條腿，卻已連什麼地方都不能去了。

他忽然就已睡著，睡了一下子就開始做夢，夢見自己被一片冰冰冷冷的大葉子包住，又夢見一條全身都生滿了花的母狗在啃他的骨頭，連啃骨頭的聲音他都能聽得清清楚楚。

然後他就發現在屋子裡真的有個人在啃骨頭。不是他的骨頭，是雞骨頭。

坐在那裡啃骨頭的也不是條母狗，是個人。

陸小鳳一醒，這個人立刻就有了警覺，就像是野獸一樣的警覺。

他扭過頭，盯著陸小鳳，眼睛裡充滿了敵意。

可是他嘴裡還在啃著雞骨頭。

陸小鳳從來都沒有看見過對雞骨頭這麼有興趣的人，也沒有看見過這麼瘦的人。

事實上，這個人身上的肉，絕不會比他嘴裡啃著的雞骨頭多很多。

他身上的衣服卻很華麗，絕不像窮得要啃雞骨頭的人。

陸小鳳忍不住試探著問：「你是不是有病？」

「你才有病！」

這個人「噗」的一聲，把嘴裡的雞骨頭吐得滿地都是，露出了一口雪白的牙齒，狠狠的盯著陸小鳳。「你以爲我會有什麼病？餓病？」

「你不餓？」

「我每天吃三頓，有時候還加上一頓宵夜。」

「你吃些什麼？」

「我吃飯，吃麵，吃肉，吃菜，只要能吃的，我什麼都吃。」

「今天你吃些什麼？」

「今天中午我吃的是北方菜，一樣是紅燒蹄膀，一樣是燻羊肉，一樣是三鮮鴨子，一樣是鍋貼豆腐，一樣是蝦子烏參，一樣是五梅鴿子，另外還有一碗黃瓜川丸子湯。」

陸小鳳笑了。

這個人又瞪起了眼：「你不信？」

「我只不過奇怪，一個好好的人，爲什麼要闖進別人家裡來啃雞骨頭。」

「因爲我高興。」

陸小鳳又笑了：「只要你高興，只要我這裡有雞骨頭，隨時都歡迎你來。」

這個人眼睛裡反而露出了警戒懷疑的神色：「你歡迎我來？爲什麼？」

陸小鳳道：「因爲我這是第一次有家，因爲你是我的第一個客人，因爲我喜歡朋友。」

這個人的樣子更兇：「我不是你的朋友。」

陸小鳳道：「現在也許還不是，以後一定會是的。」

這個人雖然還在盯著他，神色卻已漸漸平靜了下來。

無論誰都不能不承認，陸小鳳一向都很會交朋友，朋友們也都很喜歡他。

無論男朋友、女朋友都一樣。

陸小鳳已坐下來，忽又嘆了口氣，道：「只可惜這裡沒有酒了，否則我一定跟你喝兩杯。」

這個人眼睛裡立刻發了光，道：「這裡沒有酒，你難道不能到外面去找？」

陸小鳳道：「我剛來還不到半天，這地方我還不熟，可是我保證，不出三天，你無論要喝什麼我都能找得回來。」

這個人又盯著他看了半天，終於吐出口氣，全身的警戒也立刻鬆弛：「我是個遊魂，說不定隨時都會闖來的，你真的不在乎？」

陸小鳳道：「我不在乎。」

他真的不在乎。他經常在三更半夜裡，把朋友從熱被窩中拖出來陪他喝酒，朋友們也不在乎。

因爲大家都知道，若有人半夜三更去找他，他非但不會生氣，反而高興得要命。

夜色已籠罩大地，晚風中忽然傳來了鐘聲。

「這是晚食鐘。」

陸小鳳不懂，遊魂又解釋：「晚食鐘就是叫大家到廳裡去吃晚飯的鐘聲。」

「天天都要去？」

「一個月最多只有四五天。」

「都是在什麼時候？」

「初一十五，逢年過節，有名人第一天到這裡來的時候。」他上上下下的打量陸小鳳：「你一定也是個名人，難道你就是那個長著四條眉毛的陸小鳳？」

陸小鳳苦笑：「只可惜現在的陸小鳳，已經不是從前那個陸小鳳了。」

遊魂想說，又忍住，忽然站起來：「馬上就會有人帶你去吃飯的，我非走不可，你最好不要告訴別人，我到這裡來過。」

陸小鳳並沒有問什麼。

別人若有事求他，他只要肯答應，就從不問別人是爲了什麼。

就因爲這一點，他已應該有很多朋友。

遊魂顯然也對這一點很滿意，忽又壓低聲音，道：「今天你到了大廳，他們一定會給你個下馬威。」

陸小鳳道：「哦？」

遊魂道：「因爲這裡的人至少有一半是瘋子，他們唯一的嗜好，就是虐待別人，看別人受苦，其中還有六七個人瘋得更可怕。」

陸小鳳道：「是哪七個人？」

遊魂道：「一個叫管家婆，一個叫大將軍，一個叫表哥，一個叫鈎子……」

他只說出四個人的名字，身子就忽然掠起。

屋裡的窗子很小，可是他的手往上面一搭，人就已鑽了出去。

看來他不但輕功很高，還會縮骨。

這兩種功夫本是司空摘星的獨門絕技，他和司空摘星有什麼關係？

陸小鳳沒有想下去，因爲他也聽見了外面的腳步聲。

很輕很輕的腳步聲，只有腳底長著肉掌的那種野獸腳步才會這麼輕。

只有輕功極高的老江湖，走路時才會像這種野獸。

幽靈山莊中，哪裡來的這麼多輕功高手？

陸小鳳正在吃驚，就聽見了敲門的聲音。

他實在想看看來的這個人是誰？長得是什麼樣子？他立刻就去開門。

開了門之後，他更吃驚。

敲門的居然不是人，居然真的是隻腳底長著肉掌的野獸。

是一條狗！

一條全身漆黑，黑得發亮的大狗，在夜色中看來簡直就像是隻豹子。

可是牠對人並不兇惡，一種極嚴格而長久的訓練，已消除了牠本性中對人類的敵意。

牠也沒有叫，因爲牠嘴裡啣著一張紙。

紙上只有四個字：「請隨我來。」

這條狗是來帶陸小鳳去吃晚飯的。

陸小鳳笑了。

不管怎麼樣，有飯吃總是件令人愉快的事，尤其是現在，他實在很需要一頓豐富而可口的晚飯。

「紅燒蹄膀、三鮮鴨子、蝦子烏參……」

聽見那位遊魂說起這些好菜時，他的口水就已差點流了出來。

狗在對他搖尾巴，他也拍了拍狗的頭，微笑著道：「你知不知道我寧願讓你帶路？因爲這裡的狗實在比人可愛得多。」

三

夜已深，霧還沒有散，冷霧間雖然也有幾十點寒星般的燈火，卻襯得四下更黑暗。

黑狗在前面走，陸小鳳在後面跟著，等他的眼睛已習慣於黑暗時，他才發現自己正走在一條很彎曲的小路上。

路的兩旁，有各式各樣的樹木，還有些不知名的花草。

在陽光普照的時候，這山谷一定很美。

可是山谷裡是不是也有陽光普照的時候？

陸小鳳忽然發覺自己真正最渴望見到的，並不是一隻紅得發亮的紅燒蹄膀，而是陽光。

那種照在人身上，可以令人完全都熱起來的陽光。

他也像別人一樣，也曾詛咒過陽光。

每當他在驕陽如火的夏日，被曬得滿臉大汗，氣喘如牛時，就忍不住要詛咒陽光。

可是現在他最渴望的，也正是這種陽光。

世界上有很多事都是這樣子，只有當你失去它的時候，才知道它的珍貴。

陸小鳳在心裡嘆了口氣，忽然聽見附近也有人在嘆氣。

不但有人嘆氣，而且有人說話：「陸小鳳，我知道你會來的，我早就在這裡等著你。」

這裡是幽靈山莊，黑暗中本就不知有多少幽靈躲藏，這個人說話的聲音也縹緲陰森如鬼魂。

陸小鳳掌心捏把冷汗。他明明聽見說話的聲音在附近，附近卻偏偏連個人影都看不見。

「你看不見我的。」聲音又響起：「一個真正的鬼要向人索命時，是絕不會讓人看見的。」

「我欠了你一條命？」陸小鳳試探著問。

「嗯。」

「誰的命？」

「我的命。」

「你是誰？」

「我就是死在你手上的藍鬍子。」

陸小鳳笑了，大笑。

一個人正在緊張恐懼時，往往也會莫名其妙的笑起來。

他的笑聲雖然大，卻很短。

他忽然發現說話的既不是人，也不是鬼，而是那條狗。

本來走在他前面的黑狗，已轉過頭，用一雙死魚般的眼睛瞪著他。

「我就是死在你手上的藍鬍子。」這句話的確是從狗嘴裡說出來的，每個字都是。

狗怎麼會說人話？

難道藍鬍子的鬼魂已附在這條狗的身上？

陸小鳳的膽子再大，也不禁打了個寒噤，就在此時，這條狗已狂吼著向他撲了過來。

他剛想去捉狗的前爪，誰知狗的肚子裡竟突然伸出了一隻手。

一隻人的手，手上拿著一把刀，手一揚，刀飛出，直打陸小鳳的小腹。

這一著更是意外中的意外，世上能躲過這一刀的人能有幾個？

至少有一個。

陸小鳳的小腹突然收縮，伸出兩根手指一挾，果然挾住了刀鋒。

那條狗卻已淩空翻身，倒掠三丈，轉眼間就已沒入黑暗中。

黑暗中什麼都看不見了。

陸小鳳抬起頭看著遠方的黑暗，低下頭看著自己手裡的尖刀，只有自己對自己苦笑。

這本來明明應該是場噩夢，卻又偏偏不是夢。

在這夢境般的幽靈山莊中，一件事究竟是真是夢？本來就很難分得清楚。

只不過他總算明白了一件事：「這地方的狗並不是比人可愛。」

黑暗中忽然又有人聲傳來：「現在你是不是已經願意讓人來帶路了？」

這次他看見的居然真是個人。

他又看見了葉靈。

霧一般的燈光，昏燈般的迷霧，葉靈還是笑得那麼甜。

「現在你總明白，這地方究竟是人可愛，還是狗可愛了？」

「我不明白。」

「你還不明白？」

「我只明白一件事。」陸小鳳道：「有時這地方的狗就是人，人就是狗。」

花寡婦未必真的是條狗，這條黑狗卻是個人。

陸小鳳道：「江湖中寧願做狗的人雖然不少，能做得這麼徹底的卻只有一個。」

葉靈道：「你知道他是誰？」

陸小鳳道：「狗郎君。」

葉靈道：「你早已知道？」

陸小鳳笑了笑，道：「我至少知道藍鬍子並不是死在我手上的，他自己當然也應該知道，所以他就算真的變成了惡鬼，也不該來找我。」

葉靈笑了，眨眼笑道：「就算惡鬼不找你，餓鬼卻一定會來找你。」

陸小鳳道：「餓鬼？」

葉靈道：「餓鬼的意思，就是爲了等你吃飯等得餓死的，你若還不趕緊去，今天晚上就要多出三十七個餓鬼來。」

陸小鳳道：「就算我還不去，真正的餓鬼也只有一個。」

葉靈道：「誰？」

陸小鳳道：「我。」

五 將軍吃肉

一

昨天是鈎子七十歲生日，今天他醒來時，宿醉仍未醒，只覺得頭疼如裂，性慾衝動。

第一個現象就表示他已老了。

昨天他只不過喝了四十多斤黃酒，今天頭就痛得恨不得一刀把腦袋砍下來。

十年前他還曾經有過一夜痛飲八十斤黃酒的紀錄，睡了兩個時辰後，就已精神抖擻，只用一隻手，就握斷了太行三十六友中二十三個人的咽喉。

想到這一點，他就覺得痛恨，恨天恨地，也恨自己——像我這樣的人，爲什麼也會老？

可是發覺了第二個現象後，他又不禁覺得很安慰，他身體的某一部份，簡直就硬得像是裝在他右腕上的鐵鈎一樣。

七十歲的老人，有幾個能像他這麼強壯？

只可惜這地方的女人太少，能被他看上眼的女人更少。

事實上，他看得上眼的女人一共只有三個，這三個該死的女人又偏偏總是要吊他的胃口。

尤其是那又精又靈的小狐狸，已經答應過他三次，要到他房裡來，害得他白白空等了三夜。

想到這一點，他心裡更恨，恨不得現在就把那小狐狸抓過來，按在床上。

這種想法使得他更脹得難受，今天若再不發洩一下，說不定真的會被憋死。

他心裡正在幻想著那滿臉甜笑的小狐狸，和她那冷若冰霜的姐姐，還有那已熟得爛透的花寡婦。

他正想伸出他的手，外面忽然有人在敲門，敲得很響。

只有兩三個人敢這麼樣敲他的門，來的不是管家婆，就是表哥。

這兩人雖然都是他的死黨，他還是忍不住有點怒氣上湧。

情慾被打斷時，通常立刻就會變成憤怒。

他拉過條薄被蓋住自己，低聲怒吼：「進來！」

表哥背負著雙手，站在門外，光滑白淨的臉，看來就像是個剛剝了殼的雞蛋。

看到這張臉，沒有人能猜出他的年紀。

對於這一點，他自己一向覺得很滿意，有時甚至連他自己也會忘記了自己的年紀。

聽見鉤子的怒吼聲，他就知道這老色鬼今天又動了春情。

他帶著笑推開門走進去，看著那一點在薄被裡凸起的部份，微笑著道：「看來你今天的情況還不錯，要不要我替你摘兩把葉子回來？」

鉤子又在怒吼：「快閉上你的賊眼和臭嘴，老子要找女人，自己會去找。」

表哥道：「你找到幾個？」

鉤子更憤怒，一下子跳起來，衝到他面前，用右手的鐵鉤抵住他肚子，咬著牙道：「你敢再說一個字，老子就把你心肝五臟一起勾出來。」

表哥非但一點也不害怕，反而笑得更愉快：「我並不是在氣你，只不過在替你治病，你看你現在是不是已經軟了？」

鉤子狠狠的盯著他，忽然大笑，大笑著鬆開手：「你也用不著神氣，若不是因爲這地方的男人比女人好找，你的病保證比我還厲害。」

表哥施施然走過去，在靠窗的椅子上坐下，悠聲道：「只可惜這地方真正的男人已愈來愈少了，我真正看得起的也許只有一個。」

鉤子道：「是不是將軍？」

表哥冷笑搖頭，道：「他太老。」

鉤子道：「是小清？」

表哥道：「他只不過是個繡花枕頭。」

鉤子道：「難道是管家婆？」

表哥又笑了，道：「他自己就是老太婆，他不來找我，我已經謝天謝地了。」

鉤子道：「你說的究竟是誰？」

表哥道：「陸小鳳。」

鉤子叫起來：「陸小鳳！就是那個長著四條眉毛的陸小鳳？」

表哥瞇起眼笑道：「除了他之外，還有誰能讓我動心？」

鈎子道：「他怎麼會到這兒來的？」
表哥道：「據說是因爲玩了西門吹雪的老婆。」
鈎子道：「你已見過他？」
表哥道：「只偷看了兩眼。」
鈎子道：「他是個什麼樣的人？」
表哥又瞇起了眼，道：「當然是個真正的男人，男人中的男人。」
鈎子剛坐下，又站起來，赤著腳走到窗口。
窗外霧色淒迷。
他忽然回頭，盯著表哥，道：「我要殺了他！」
表哥也跳起來：「你說什麼？」
鈎子道：「我說我要殺了他。」
表哥道：「你沒有女人就要殺人？」
鈎子握緊拳頭，緩緩道：「他今年只不過三十左右，我卻已七十了，但我卻還是一定能殺死他的，我有把握。」
看到他臉上的表情，無論誰都看得出他殺人不僅爲了要發洩，也是爲了證明自己還年輕。
——有很多老人想找年輕的女孩子，豈非也是因爲同樣的理由？
——他們只忘了一點，青春雖然美妙，老年也有老年的樂趣。
有位西方的智者曾經說過一段話，一段老年人都應該聽聽的話。

——年華老去，並不是一個逐漸衰退的過程，而是從一個平原落到另外一個平原，這雖然使人哀傷，可是當我們站起來時，發現骨頭並未折斷，眼前又是一片繁花如錦的新天地，還不知有多少樂趣有待我們去探查，這豈非也是美妙的事？

鈎子當然沒有聽過這些話，表哥也沒有。

他看著鈎子臉上的表情，終於嘆了口氣，道：「好，我幫你殺他，可是你也得幫我先做了他。」

鈎子道：「好！」

突聽門外一個人冷笑道：「好雖然好，只可惜你們都已遲了一步。」

隨著笑聲走進來的，是個又瘦又高，駝背鷹鼻的老人。

表哥嘆了口氣，道：「我就知道你這管家婆一定會來管我們的閒事的。」

管家婆道：「我只不過告訴你們一個消息。」

鈎子搶著道：「什麼消息？」

管家婆道：「那條黑狗已經先去找陸小鳳，就算他不能得手，還有將軍。」

鈎子動容道：「將軍準備怎麼樣？」

管家婆道：「他已在前面擺下了鴻門宴，正在等著陸小鳳。」

二

夜還是同樣的夜，霧還是同樣的霧，山谷還是同樣的山谷。

可是陸小鳳心裡的感覺已不同。

和一個又甜又美的聰明女孩子並肩漫步，當然比跟在一條黑狗後面走愉快得多。

葉靈用眼瞟著陸小鳳：「看樣子你好像很愉快？」

陸小鳳道：「我至少比剛才愉快。」

葉靈道：「因爲你知道我不會咬你？」

陸小鳳道：「你也比剛才那條狗漂亮，比任何一條狗都漂亮。」

葉靈笑了，笑得真甜：「難道我只比牠強這麼一點點？」

陸小鳳道：「當然還有別的。」

葉靈道：「還有什麼？」

陸小鳳道：「你會說話，我喜歡聽你說話。」

葉靈眨著眼，道：「你喜歡聽我說些什麼？是不是喜歡聽我說說這地方的秘密？」

陸小鳳笑了。他的笑也許有很多種意思，卻絕對連一點否認的意思都沒有。

葉靈道：「你要我從哪裡開始說起？」

陸小鳳道：「就從鈎子開始如何？」

葉靈睁大了眼睛，吃驚的看著他，道：「你也知道鈎子？你怎麼會知道的？」

陸小鳳悠然道：「我不但知道鈎子，還知道將軍、表哥，和管家婆。」

葉靈走過去，摘下片樹葉，又走回來，忽然嘆了口氣，道：「你知道的已經太多了，只不過，你若一定要問，我還是可以告訴你。」

陸小鳳道：「那麼你最好還是先從鈎子開始。」

葉靈道：「他是個殺人的鈎子，也是條好色的公狼，現在他最想做的一件事，就是把我的褲子撕爛，把我按到床上去。」

陸小鳳嘆了口氣，道：「其實你用不著說得這麼坦白的。」

葉靈又睜大她那純真無邪的眼睛，道：「我本來就是坦白的女人，又恰巧是個最了解男人的女人。」

陸小鳳又嘆了口氣，苦笑道：「真是巧得很，只可惜我並不想聽有多少男人要脫你的褲子。」

葉靈眨了眨眼，道：「假如有人要脫你褲子，你想不想聽？」

陸小鳳笑道：「這種事也平常得很，我也不是第一次遇到。」

葉靈道：「假如要脫你褲子的是個男人呢？」

陸小鳳叫了起來：「是個男人？」

葉靈嫣然道：「我說錯了，不是一個男人，是兩個。」

陸小鳳連叫都叫不出了，過了很久，才試探著問道：「是不是表哥和管家婆？」

葉靈又睜大眼睛，道：「你怎麼知道的？」

陸小鳳苦笑道：「這兩個人名字聽起來就有點邪氣。」

葉靈道：「可是最可怕的一個並不是他們。」

陸小鳳道：「哦？」

葉靈道：「你有沒有見過可以用一雙空手活活把一條野牛撕成兩半的人？」

陸小鳳立刻搖頭，道：「沒有。」

葉靈道：「你有沒有見過只用一根手指就可以把別人腦袋敲得稀爛的人？」

陸小鳳道：「沒有。」

葉靈道：「現在你就快見到了。」

陸小鳳嚥下嘴裡一口苦水，道：「你說的是將軍？」

葉靈道：「一點也不錯。」

陸小鳳道：「他也在等我？」

葉靈道：「不但在等你，而且已經等得很不耐煩了，所以你最好先去找個大鐵鍋來。」

陸小鳳道：「要鐵鍋幹什麼？」

葉靈道：「蓋住你的腦袋。」

三

將軍站在高台上。

他身高八尺八寸，重一百七十三斤，寬肩，厚胸，雙腿粗如樹幹，手掌伸開時大如蒲扇，掌心的老繭厚達一寸，無論多鋒利的刀劍，被他的手一握，立刻拗斷。

他面前居然真的有口大鐵鍋。

鐵鍋擺在火爐上，火爐擺在高台前，高台就在大廳裡。

大廳高四丈，石台高七尺，鐵鍋也有三尺多高。

爐火正旺，鍋裡煮著熱氣騰騰的一鍋肉，香得簡直可以把十里之內的人和狗都引來。

陸小鳳進來的時候，將軍正用一支大木杓在攪動鍋裡的肉。

看見陸小鳳，他立刻放下木杓，瞪起了眼，大喝一聲：「陸小鳳？」

喝聲如晴空霹靂，陸小鳳連眼睛都沒有眨一眨，也喝了一聲：「將軍？」

將軍道：「你來不來？」

陸小鳳道：「我來。」

他真的走過去，步子邁得比平常還要大得多。

將軍瞪著他，道：「鍋裡是肉。」

陸小鳳道：「是肉。」

將軍道：「你吃肉？」

陸小鳳道：「吃。」

將軍道：「吃得很多？」

陸小鳳道：「多。」

將軍道：「好，你吃！」

他將手裡的大木杓交給陸小鳳，陸小鳳接過來就滿滿盛了一杓。

一杓肉就有一碗肉，滾燙的肉。

陸小鳳不怕燙，吃得快，一杓肉吃完，他才吐一口氣，道：「好肉。」

將軍道：「本就是好肉。」

陸小鳳道：「你也吃肉？」

將軍道：「吃。」

陸小鳳道：「也吃得多？」

將軍一把奪過他手裡的木杓，也滿滿的吃了一杓，仰面長噓：「好肉。」

陸小鳳道：「是好肉。」

將軍道：「你知道這是什麼肉？」

陸小鳳道：「不知道。」

將軍道：「你不怕這是人肉？」

陸小鳳道：「怕。」

將軍道：「怕也要吃？」

陸小鳳道：「吃人總比被人吃好。」

將軍又瞪著他看了很久，道：「好，你吃！」

一杓肉就是一碗肉，一碗肉就有一斤，陸小鳳又吃了一杓。

將軍也吃了一杓，他再吃一杓。

片刻之間，至少有五斤滾燙的肉下了他的肚。

吃到第六杓時，將軍才問：「你還能吃？」

陸小鳳不開口，卻忽然翻起跟斗來，一口氣翻了三百六十個跟斗，站起來回答：「我還能吃。」

將軍道：「好，再吃。」

再吃就再吃，吃一杓，翻三百六十個跟斗，兩千個跟斗翻過，陸小鳳還是面不改色。

將軍卻不禁動容，道：「好跟斗。」

三個字剛出口，「噗」的一聲響，他肚子的皮帶已斷成兩截。

陸小鳳道：「你還能吃？」

將軍也不答話，卻跳下高台，一把抄住了火爐的腳。

火爐是生銅打成的，再加上爐上的鐵鍋，少說也有五七百斤。

他用一隻手就舉起來，再放下，又舉起，一口氣做了三百六十次，才放下火爐，奪過木杓，厲聲道：「你看著。」

這次他吃了兩杓。

陸小鳳看著他手裡的木杓，連眼睛都似已看得發直，忽然也抄起火爐，舉高放下，一口氣做了三百六十次，奪過木杓，吃了兩杓。

將軍的眼睛也已看得發直。

陸小鳳喘著氣，道：「再吃？」

將軍咬了咬牙，道：「再吃！」

他接過木杓，一杓子勺下去，只聽又是「噗」的一響。這次並不是皮帶斷了，而是木杓已碰到鍋底。

一杓肉就是一斤，一鍋肉總有三五十杓，完全都被他們吃得乾乾淨淨。

陸小鳳長長吐出口氣，摸著已凸起來的肚子，道：「好肉。」

將軍道：「本就是好肉。」

陸小鳳道：「只不過沒有肉比有肉還好。」

將軍瞪著他，忽然大笑，道：「好得多了。」

兩個人一起大笑，忽然又一起倒了下去，躺在石台上，躺著還在笑。

台下當然還有人，所有的人早已全都瞪大了眼睛，張大了嘴，面面相覷，說不出話來。

將軍忽然又道：「你的肚子還沒有破？」

陸小鳳道：「沒有。」

將軍道：「倒看不出你這小小的肚子裡，能裝得下如此多肉。」

陸小鳳道：「我還比你多吃了一杓。」

將軍道：「我每杓肉都比你多。」

陸小鳳道：「未必。」

將軍突又跳起來，瞪著他。

陸小鳳卻還是四平八穩的躺著。

將軍道：「站起來，再煮一鍋肉來比過。」

陸小鳳道：「不比了。」

將軍道：「你認輸？」

陸小鳳道：「我本來已勝了，爲什麼還要比？我本來已贏了，爲什麼要認輸？」

將軍瞪著他，額上青筋一根根凸起，每根筋都比別人的手指還粗。

陸小鳳淡淡道：「原來你不但肚子發脹，頭也在發脹。」

將軍雙拳忽然握緊，全身骨節立刻發出一連串爆竹的聲音，本來已有八尺八寸高的身材，好像又增長了半尺。

看來這個人不但天生神力，一身硬功，也已練到巔峰。

陸小鳳卻笑了：「你想打架？」

將軍閉著嘴。

現在他已將全身力量集中，一開口說話，氣力就分散了。

陸小鳳道：「吃肉我雖然已沒有興趣，打架我倒可以奉陪。」

將軍突然大喝，吐氣開聲，一拳擊出。

他蓄勢已久，正如強弓引滿，這一拳之威，幾乎已令人無法想像。

只聽「嘩啦啦，叮叮噹」一片響，鐵鍋銅爐翻倒，連一丈外的桌椅也被震倒，桌上的杯盤碗盞，有的掉在地上跌碎，有的在桌上已被震碎。

陸小鳳的人居然也被拳風打得飛了出去，飄飄蕩蕩的飛過三四張長桌，飛過十來個人的頭頂，飛過十多丈長的大廳，就像是隻斷了線的風箏。

大廳裡立刻響起一陣喝采聲，將軍獨立高台，看來更威風凜凜，不可一世。

誰知就在這時，只聽「呼」的一聲風聲，陸小鳳忽然又回到了他的面前，臉上居然還帶著微笑，道：「你這一拳打得我好涼快，再來一拳如何？」

將軍怒吼，連擊三拳。

他的拳法絕無花俏，但每一拳擊出，都確實而有效。

這三拳的力量雖然已不如第一拳威猛，卻遠比第一拳快得多。

陸小鳳又被打得飛起，只不過這一次並沒有飛出去，突然凌空翻身，落到將軍身後。

將軍身子雖魁偉，反應卻極靈活，動作更快，坐馬擰腰，霸王卸甲，將軍脫袍，回弓射月，連消帶打，又是三招擊出。

這本是拳法中最基本普通的招式，可是在他手上使出來，就絕不是普通人能招架抵擋的。

幸好陸小鳳不是普通人，這世上根本就再也找不出第二個陸小鳳。

他身子一閃，突然從將軍脅下鑽過去，突然伸手，托住了將軍的肘，一頭撞在將軍的肋骨上。

將軍一百七十三斤重的身子，竟被他撞得踉蹌後退，幾乎跌下高台。

可是陸小鳳更吃驚。

他忽然發現這個人竟有一身橫練功夫，他一頭撞上去，就像撞在石頭牆上，撞得頭都發了暈。

就因爲心驚頭暈，所以他笑的聲音更大，大笑道：「你又輸了。」

將軍怒道：「放屁！」

陸小鳳道：「我一拳就幾乎把你打倒，你還不認輸？」

將軍道：「你用的什麼拳？」

陸小鳳道：「頭拳。」

將軍道：「這算是哪門功夫？」

陸小鳳道：「這就是打架的功夫，只要能把對方打倒，隨便什麼都可以用。」

將軍笑道：「我倒要看看你還能用什麼？」

他沉腰坐馬，再次出手，拳式更密，出手更快，存心要先立於不敗之地。

這一次他拳法施展開，才看得出他的真功夫。

陸小鳳根本攻不進去。

這趟拳法展開，天下絕沒有任何人能攻進去。

陸小鳳好像也想通了這一點，索性放棄了攻勢，遠遠的退到石台的角落上，忽然彎下腰，抱起了肚子：「不行，我的肚子痛得要命。」

其實他自己當然也知道，就算他肚子痛死，也沒有人管的。

將軍一個箭步竄過來，陸小鳳已游魚般貼著石台，從將軍腳底滑過，突然雙手按地，一個鯉魚打挺，一屁股撞在將軍的屁股上。

將軍本就在全力進擊，哪裡能收得住勢？這一次竟真的被他撞下石台，幾乎一跤跌倒。

陸小鳳拍掌大笑，道：「你又輸了！」

將軍的臉發青，嘴唇發抖。

陸小鳳道：「這一次你爲何不問我用的是什麼拳？」

將軍不問，不開口。

陸小鳳道：「我用的是股拳。」他微笑著，又道：「下次你若再見到連屁股都能打人的角色，最好躲得遠些，因爲你一定不是他的敵手。」

將軍突又大吼，一拳擊出，這次他打的不是人，是石台。

用青石砌成的高台，竟被他打塌了一角，碎石亂箭般飛出。

他身子也跟著飛躍而起，人還在空中，就已擊出了第二拳。

凌空下擊的招式，威勢雖猛，卻最易暴露自己的弱點，本來只能用於以強擊弱。

陸小鳳絕不比他弱，他這一招實在用得極險，因爲他早已算準了陸小鳳站不穩。

無論誰都沒法子在崩裂的石台上，亂箭般的碎石中站穩的。

站不穩就無法還擊，不能還擊就只有退讓閃避，無論怎麼閃避，都難免要被他拳風掃及。

他這一招用得雖險，卻正是「置之死地而後生」的殺手。

陸小鳳的傷還沒有好，身子還很弱，以將軍拳風之強，他絕對挨不起。

他沒有挨。

他居然還能反擊，在絕對不可能反擊的情況下出手反擊。

將軍身經百戰，決勝於瞬息之間，他本已算無遺策。

只可惜這次他算錯了一著。

陸小鳳做的事，本就有很多都是別人認爲絕不可能做到的。

這一次他用的既不是頭拳，也不是股拳，而是他的手，他的手指。

獨一無二的陸小鳳，獨一無二的「靈犀指」。

他身子忽然斜斜飛起，伸出兩根手指來輕輕一彈，食指彈中了將軍的拳頭，中指彈著了將軍的胸膛。

一擊就可以擊碎石台的鐵拳，連鋼刀都砍不開的胸膛，他兩根手指彈上去，有什麼用？有用！

沒有人能想像他這兩指一彈的力量。

將軍狂吼，飛出，跌下，重重的跌在碎石堆上。

大廳裡還有三十六個人，卻沒有一點聲音，甚至連呼吸的聲音都沒有。

三十六個人的眼睛，都在瞪著陸小鳳，眼睛裡都帶著種奇怪的表情。

陸小鳳在苦笑。

他只有苦笑，因爲他知道這些人縱然不是將軍的朋友，現在也已變成了他的對頭。

一個人剛到了一個陌生的地方，忽然間就結下了三十六個對頭，無論對誰說來，都絕不是件很愉快的事。

他只希望將軍傷得不太重。

等他轉頭去看時，本來倒在碎石堆上的將軍，竟已不見了。

他再回頭，就看見一個灰衣人慢慢的在往門外走，將軍就在這個人的懷抱裡。

以陸小鳳耳目之靈，居然沒有發覺這個人是從哪裡來的？更沒有發覺他怎麼能抱走將軍，忽然間就已到了門口。

陸小鳳怔住。

灰衣人已走出了門。

大廳裡三十六個人也全都站起來，跟著他慢慢的走了出去，沒有一個人回頭再看陸小鳳一眼，就好像已經將陸小鳳當做個死人。

無論多好看的死人，也沒有人願意多看一眼的。

陸小鳳自己也忽然覺得自己好像站在一座墳墓裡，沒有人、沒有聲音，燈光雖然還亮著，卻彷彿已變得比黑暗還黑暗。

如果你什麼都看不見，連一點希望都看不見，燈光對你又有什麼用？

也不知過了多久，他還是呆呆的站在那裡，動都沒有動。

這裡本就是個完全陌生的地方，他能到哪裡去？

他本已走入了絕路，還能往哪裡走？

就在這時，他看見了一雙眼睛，一隻手。

一隻又白又小的手，一雙帶著笑的眼睛，葉靈正在門外向他招手。

陸小鳳立刻走過去。

就算門外有一百個陷阱，一萬種埋伏在等著他，他也會毫不遲疑的走出去。

因為他忽然發覺，那種絕望而無助的孤獨，遠比死還可怕得多。

四

門外什麼都沒有，只有一個人，一片黑暗。

葉靈的眼睛縱然在黑暗中看來，還是亮得像秋夜中升起的第一顆星。

她看著陸小鳳，微笑著，道：「恭喜你。」

陸小鳳不懂：「為什麼恭喜我？」

葉靈道：「因為你還沒有死，一個人只要能活著，就是件可賀可喜的事。」

陸小鳳道：「本來我已該死了？」

葉靈點點頭。

陸小鳳道：「現在呢？」

葉靈道：「現在你至少還在幽靈山莊裡活下去。」

陸小鳳吐出口氣，忍不住又問道：「剛才那灰衣人是誰？」

葉靈道：「你猜不出？」

陸小鳳道：「是老刀把子？」

葉靈眼波轉了轉，反問道：「你認為他是個什麼樣的人？」

陸小鳳道：「是個可怕的人。」

葉靈道：「你認為他的武功怎麼樣？」

陸小鳳道：「我看不出。」

葉靈道：「連你都看不出？」

陸小鳳嘆道：「就因爲連我都看不出，所以才可怕。」

葉靈道：「你認爲老刀把子應該是個什麼樣的人？」

陸小鳳道：「當然是個很可怕的人！」

葉靈笑了笑，道：「那麼他當然就是老刀把子，你根本就不必問的。」

陸小鳳也在笑，笑容看來卻一點也不愉快。

一個像他這樣的高手，忽然發現有人的武功遠比他更高，心裡的滋味總是不太好受的。

葉靈忽然沉下臉，冷冷道：「你第一天來就打架闖禍，他本想殺了你的，若不是有人替你求情，現在你已死了兩次。」

陸小鳳道：「是誰替我求情的？」

葉靈指著自己的鼻子，道：「是我。」

陸小鳳嘆了口氣，道：「當然是你，我早就知道一定是你。」

葉靈忽又嫣然一笑，道：「你既然知道，準備怎麼樣報答我？」

陸小鳳微笑道：「我準備咬你一口，咬你的鼻子。」

葉靈瞪著他，忽然跳起來，道：「滾，滾回你的狗窩裡去，鐘聲不響，就不許出來。」

陸小鳳道：「這也是老刀把子說的？」

葉靈道：「哼。」

陸小鳳道：「現在我能不能見見他？」

葉靈道：「不能。」她板著臉，又道：「可是他要見你的時候，你想不見他都不行。」

陸小鳳嘆了口氣，道：「其實一個人在屋裡休養幾天倒也不壞，只不過沒飯吃就有點難受而已。」

葉靈道：「你有飯吃，每天三頓，六菜一湯，隨便你點。」

陸小鳳道：「現在我就可以點明天的菜？」

葉靈道：「可以。」

陸小鳳道：「我要吃紅燒蹄膀、燻羊肉、三鮮鴨子、鍋貼豆腐、蝦子烏參、五梅乳鴿，再加一碗黃瓜片川丸子湯。」

葉靈看著他，眼睛裡忽然露出種很奇怪的表情，好像覺得很奇怪。

陸小鳳道：「我是個吃客，這些菜都是好菜，吃客點好菜，有什麼好奇怪的？」

葉靈道：「我只奇怪一點。」

陸小鳳道：「哦？」

葉靈道：「我只奇怪你爲什麼不想吃我的鼻子？」

五

燈已滅了。

陸小鳳在黑暗中躺下來，這是他在幽靈山莊中度過的第一夜。

到這裡只不過才半天，他已見到了許多件奇怪而可怕的事，許多個奇怪而可怕的人。

尤其是那勾魂使者和老刀把子，這兩人武功之高，連他都覺得不可思議。

現在他雖然還活著，以後呢？

以後還不知要有多少個黑暗、孤獨而可怕的長夜，要等他慢慢的去捱。

他不想再想下去。

他忽然覺得有一種說不出的恐懼……

六　元老會的組織

一

第二天早上，山谷還是濃霧迷漫，小木屋就好像飄浮在雲堆裡，推開門看出去，連自己的人都覺得飄飄浮浮的，又像是水上的一片浮萍。

這世上豈非本就有很多人像浮萍一樣，沒有寄託，也沒有根？

陸小鳳嘆了口氣，重重的關上門，情緒低落得簡直就像是個剛看見自己情人上了別家花轎的男孩子。

這天早上唯一令他覺得有點愉快的聲音，就是送飯的敲門聲。

送飯來的是個痳子，面目呆板，滿嘴黃牙，全身上下唯一令人覺得有點愉快的地方，就是他手裡提著的一個大食盒。

食盒裡果然有六菜一湯，外帶白飯。六個大碟子裡裝著的，果然全是陸小鳳昨天晚上點的菜。

可是每樣菜都只有一塊，小小的一塊，眼睛不好的人，連看都看不見，風若大些，立刻就會被吹走。

最絕的是那樣三鮮鴨子，只有一根骨頭、一塊鴨皮、一根鴨毛。

陸小鳳叫了起來：「這就是三鮮鴨子？」

麻子居然瞪起了眼，道：「這不是鴨子是什麼？難道是人？」

陸小鳳道：「就算這是鴨子，三鮮呢？」

麻子道：「鴨毛是剛拔下來，鴨皮是剛剝下來，鴨骨頭也新鮮得很，你說這不是三鮮是什麼？」

陸小鳳只有閉上嘴。

麻子已「砰」的一聲關上門，揚長而去。

陸小鳳看著面前的六樣菜，再看看碗裡的一顆飯，也不知是該大哭三聲，還是大笑三聲。直到現在他總算才明白，那位遊魂先生爲什麼會對雞骨頭那樣有興趣了。

他拿起筷子，又放下，忽然聽見後面的小窗外有人在嘆氣：「你這塊紅燒肉蹄膀，比我昨天吃的還大些，至少大一倍。」

陸小鳳用不著回頭，就知道那位遊魂先生又來了，忍不住問道：「這種伙食你已經吃了多久？」

遊魂道：「三個月。」

他一下子就從窗外鑽進來，一雙眼睛直勾勾的看著桌上的六樣菜，又道：「吃這種伙食有個秘訣。」

陸小鳳道：「什麼秘訣？」

遊魂道：「每樣菜都一定要慢慢的吃，最好是用門牙去慢慢的磨，再用舌尖去舐，才可以嚐出其中的滋味來。」

陸小鳳道：「什麼滋味？」

遊魂終於嘆了口氣，苦笑道：「叫人只恨不得一頭撞死的滋味。」

陸小鳳道：「可是你還沒有死。」

遊魂道：「因爲我還不想死，別人愈想要我死，我就愈要活下去，活給他們看。」

陸小鳳也不禁嘆了口氣，道：「你能活到現在，一定很不容易。」

遊魂慢慢的點了點頭，眼角忽然有兩滴眼淚流了下來。

陸小鳳不忍再看，一頭倒在床上，用枕頭蓋住了臉。

遊魂道：「飯已送來了，你還不吃？」

陸小鳳道：「你吃吧，我不餓。」

遊魂道：「不餓也得吃，非吃不可。」

陸小鳳道：「爲什麼？」

遊魂道：「因爲你也得活下去！」

他忽然一把掀起陸小鳳臉上的枕頭，大聲道：「你若想死，倒不如現在就讓我一拳把你打死，因爲你現在身上還有肉，還可以讓我痛痛快快的吃幾頓。」

陸小鳳看著他，看著他那張已只剩下一層皮包著骨頭的臉，忽然道：「我姓陸，叫陸小鳳。」

遊魂道：「我知道。」

陸小鳳道：「你呢？你是誰？怎麼會到這裡來的？」

這一次遊魂居然並沒有顯得很激動，只是用一雙已骷髏般深凹下去的眼睛盯著陸小鳳，反問道：「你又是怎麼會到這裡來的？」

陸小鳳道：「因為……」

遊魂搶著道：「因為你做錯了事，已被人逼得無路可走，只能走上這條死路。」

陸小鳳承認。

遊魂道：「現在江湖中人一定都認為你已死了，西門吹雪一定也認為你已死了，所以你才能在這裡活下去。」

陸小鳳道：「你呢？」

遊魂道：「我也一樣。」他又補充著道：「將軍、表哥、鈎子、管家婆……這些人的情況也全都一樣。」

陸小鳳道：「可是我不怕讓他們知道我的來歷底細。」

遊魂道：「他們卻怕你。」

陸小鳳道：「為什麼？」

遊魂道：「因為他們還不信任你，他們絕不能讓任何人知道他們還活著，否則……」

陸小鳳道：「否則他們的仇家很可能就會追蹤到這裡。」

遊魂道：「不錯。」

陸小鳳道：「你呢？你也不信任我？」

遊魂道：「我就算信任你，也不能把我的來歷告訴你。」

陸小鳳道：「爲什麼？」

遊魂眼睛裡忽然露出種很奇怪的表情，也不知是恐懼？還是痛苦？

「我不能說，絕不能……」

他嘴裡喃喃自語，彷彿在警告自己，他的身子又已幽靈般飄起。

可是這一次陸小鳳已決心不讓他走了，閃電般握住他的手，再問一遍：「爲什麼？」

「因爲……」遊魂終於下了決心，咬著牙道：「因爲我若說出來，我們就絕不會再是朋友。」

陸小鳳還是不懂，還是要問，誰知遊魂那隻枯瘦乾硬的手竟然變得柔軟如絲棉，竟突然從他掌握中掙脫。

從沒有任何人的手能從陸小鳳掌握中掙脫。

他再出手時，遊魂已鑽出了窗戶，真的就像是一縷遊盪的魂魄。

陸小鳳怔住。

他從沒有見過任何人的軟功練到這一步，也許他聽說過，他好像聽司空摘星提起過，可是連這種記憶都已很模糊。

所有的記憶都漸漸模糊，陸小鳳被關在這木屋裡已有兩三天。

究竟是兩天？三天？還是四天，他也已記不清了。

原來饑餓不但能使人體力衰退，還能損傷人的腦力，讓人只能想起一些不該想的事，卻將所有應該去想的事全都忘記。

一個人孤孤單單的躺在個鴿子籠般的小木屋裡挨餓，這種痛苦誰能忍受？

陸小鳳能。

別人都能忍受的事，他也許會忽然爆發，別人都沒法子忍受的事，他卻偏偏能忍受。

可是聽到外面有鐘聲響起的時候，他還是忍不住高興得跳了起來。

「鐘聲不響，不許出來。」

現在鐘聲已響了，他跳起來，衝出去，連靴子都來不及套上就衝了出去。

外面仍有霧，此刻正黃昏。

夕陽在迷霧中映成一環七色光圈。

這世界畢竟還是美麗的，能活著畢竟是件很愉快的事。

大廳裡還是只有三十六個人，陸小鳳連一個都不認得。

他見過的人全部不在這裡，勾魂使者、將軍、遊魂、葉靈，他們為什麼都沒有來？還有獨孤美為什麼一進了這山谷就不見蹤影？

陸小鳳在角落裡找了個位子坐下來，沒有人理他，甚至連多看一眼的人都沒有，每個人的臉色都很嚴肅，心情好像都很沉重。

生活在這地方的人，也許本來就是這樣子的。

陸小鳳在心裡嘆了口氣，抬起頭往前看，才發現本來擺著肉鍋爐的高台上，現在擺著的竟是口棺材。

嶄新的棺材，還沒有釘上蓋。

死的是什麼人，是不是將軍？他們找陸小鳳，是不是爲了要替將軍復仇？

陸小鳳心裡正有點忐忑不安，就看見葉靈從外面衝了進來。

這個愛穿紅衣裳又愛笑的小女孩，現在穿的竟是件白麻孝服，而且居然哭了，哭得很傷心。

她一衝進來，就撲倒在棺材上哭個不停。

陸小鳳從來也沒有想到過她會爲別人哭得這麼傷心，她還年輕，活潑而美麗，那些悲傷不幸的事好像永遠都不會降臨到她身上的。

死的是什麼人？怎麼會死的？

陸小鳳正準備以後找個機會去安慰安慰她，誰知她已經在呼喚：「陸小鳳，你過來！」

陸小鳳只有過去。

他猜不到葉靈爲什麼會忽然叫他過去，他不想走得太近。

可是葉靈卻在不停的催促，叫他走快些，走近些，走到石台上去。

他抬起頭，才發現她用一雙含淚的眼睛在狠狠的盯著他，眼睛裡充滿敵意。

陸小鳳忍不住問：「你要我上去？」

葉靈在點頭。

陸小鳳又問：「上去幹什麼？」

葉靈道：「上來看看他！」

「他」當然就是躺在棺材裡的人，一個人若已進了棺材，還有什麼好看的？

可是她的態度卻很堅決，好像非要陸小鳳上去看看不可。

陸小鳳只有上去。

葉靈竟掀起了棺蓋，一陣混合著濃香和惡臭的氣味立刻撲鼻而來，棺材裡的人幾乎已完全浮腫腐爛，她為什麼一定要陸小鳳來看？

陸小鳳只看了一眼，就已忍不住要嘔吐。

這個人赫然竟是葉孤鴻，死在那吃人叢林中的葉孤鴻。

葉靈咬著牙，狠狠的盯著陸小鳳，道：「你知道他是誰？」

陸小鳳點點頭。

葉靈道：「他是我的哥哥，嫡親的哥哥，若不是因為他照顧我，我早已死在陰溝裡。」

她眼睛裡充滿悲傷和仇恨：「現在他死了，你說我該不該為他復仇？」

陸小鳳又點點頭。

他從不和女人爭辯，何況這件事本就沒有爭辯的餘地。

葉靈道：「你知不知道他是怎麼死的？」

陸小鳳既不能點頭，又不能搖頭，既不能解釋，又不能否認，只恨不得旁邊忽然多出一口棺材來，好讓他也躲進去。

葉靈冷笑道：「其實你就算不說，我也知道。」

陸小鳳忍不住問：「知道什麼？」

葉靈道：「他是死在外面那樹林裡的，死了三天，這三天只有你到那樹林裡去過。」

陸小鳳苦笑道：「難道你認爲是我殺了他？」

葉靈道：「不錯！」

陸小鳳還沒有開口，忽然聽見後面有個人搶著道：「錯了。」

「錯了？」

「這三天到那樹林裡去過的人，絕不止他一個。」

站出來替陸小鳳說話的人，竟是那個始終毫無消息的獨孤美，他道：「至少我也去過，我也是從那裡來的。」

葉靈叫了起來：「你也能算是個人？你能殺得了我哥哥？」

獨孤美嘆了口氣，道：「就算我不是人，也還有別人。」

葉靈道：「還有別人？」

獨孤美點點頭，道：「就算我不是你哥哥的對手，這個人要殺你哥哥卻不太困難。」

葉靈怒道：「你說的是誰？」

獨孤美道：「西門吹雪！」

他的眼睛在笑，笑得就像是條老狐狸：「這名字你是不是也聽說過？」

葉靈臉色變了，這名字她當然聽說過。

西門吹雪！

劍中的神劍，人中的劍神。

這名字無論誰只要聽說一次，就再也不會忘記。

獨孤美用眼角瞟著她，道：「何況，陸小鳳那時也傷得很重，最多只能算半個陸小鳳，半個陸小鳳怎麼能對付一個武當小白龍？」

葉靈又叫起來：「你說謊！」

獨孤美又嘆了口氣，道：「一個六親不認的老頭子，怎麼會替別人說謊？」

二

霧夜，窄路。

他們並肩走在窄路上，他們已並肩走過一段很長的路。

那條路遠比這條更窄，那本是條死路。

陸小鳳終於開口：「一個六親不認的老頭子，爲什麼要替我說謊？」

獨孤美笑了笑，道：「因爲老頭子喜歡你。」他搶著又道：「幸好這老頭子並沒有粉燕子那種毛病，所以你一點也用不著擔心。」

陸小鳳也笑了，大笑：「這老頭子有沒有酒？」

獨孤美道：「不但有酒，還有肉。」

陸小鳳連眼睛都笑了：「真的？」

獨孤美道：「不但有肉，還有朋友。」

陸小鳳道：「是你的朋友？還是我的？」

獨孤美道：「我的朋友，就是你的朋友。」

酒是好酒，朋友也是好朋友。

對一個喜歡喝酒的人來說，好朋友的意思，通常就是酒量很好的朋友。

這位朋友不但喝酒痛快，說話也痛快，幾杯酒下肚後，他忽然問：「我知道你是陸小鳳，你知道我是誰？」

「不知道。」

「你爲什麼不問？」

陸小鳳笑了，苦笑：「因爲我已得過教訓。」

「你問過別人，別人都不肯說？」

「嗯。」

「但我卻不是別人，我就是我。」他將左手拿著的酒一口氣喝下去，用右手鈎起了一塊肉。

肉是被鈎起來的，因爲他的右手不是手，是個鈎子，鐵鈎子。

「你就是鈎子？」陸小鳳終於想起。

鈎子承認！

「我知道你一定聽人說起過我，但有件事你卻一定不知道。」

「什麼事？」

「從你來的那一天，我就想跟你交個朋友。」他拍了拍獨孤美的肩：「因爲你的朋友，就是我的朋友，你的對頭，也是我的對頭。」

「我們的朋友是他，我們的對頭是誰？」

「西門吹雪！」

陸小鳳聳然動容：「你是……」

鈎子道：「我就是海奇闊！」

陸小鳳更吃驚：「就是昔年那威震七海的『獨臂神龍』海奇闊？」

海奇闊仰面大笑：「想不到陸小鳳居然也知道海某人的名字。」

陸小鳳看著他，目中的驚訝又變爲懷疑，忽然搖頭道：「你不是，海奇闊已在海上覆舟而死。」

海奇闊笑得更愉快：「死的是另外一個人，一個穿著我的滾龍袍，帶著我的滾龍刀，長像也跟我差不多的替死鬼。」他又解釋著道：「在這裡的人，每個都已在外面死過一次，你豈非也一樣？」

陸小鳳終於明白：「這裡本就是幽靈山莊，只有死人才能來。」

海奇闊大笑道：「西門吹雪若是知道我們還在這裡飲酒吃肉，只怕要活活氣死。」

陸小鳳微笑道：「看來在這裡我一定還有不少朋友。」

海奇闊道：「一點也不錯，這裡至少有十六個人是被西門吹雪逼來的。」

陸小鳳目光閃動，道：「是不是也有幾個被我逼來的？」

海奇闊道：「就算有，你也用不著擔心。」

陸小鳳道：「因爲我已有了你們這些朋友。」

海奇闊道：「一點也不錯。」

他大笑舉杯，忽又壓低聲音，道：「這裡只有一個人你要特別留意。」

陸小鳳道：「誰？」

海奇闊道：「其實他根本不能算是人，只不過是條遊魂而已。」

陸小鳳失聲道：「遊魂？」

海奇闊反問道：「你見過他？」

陸小鳳沒有否認。

海奇闊道：「你知道他是什麼人？」

陸小鳳道：「我很想知道。」

海奇闊道：「這裡有個很奇怪的組織，叫元老會，老刀把子不在的時候，這裡所有的事，都由元老會負責。」

陸小鳳道：「元老會裡的人，當然都是元老，閣下當然也是其中之一。」

海奇闊道：「除了我之外，元老會還有八個，其實真正的元老，卻只有兩個。」

陸小鳳道：「哪兩個？」

海奇闊道：「一個是遊魂，一個是勾魂，他們和葉家兄妹的老子，都是昔年跟老刀把子一起開創這局面的人，現在老葉已死了，這地方的人已沒有一個比他們資格更老的。」

陸小鳳道：「只因爲這一點，我就該特別留意他？」

海奇闊道：「還有一點。」

陸小鳳拿起酒杯，等著他說下去。

海奇闊道：「他是這裡的元老，他若想殺你，隨時都可以找到機會，你卻連碰都不能碰他！」

陸小鳳道：「他有理由要殺我？」

海奇闊道：「有。」

陸小鳳道：「什麼理由？」

海奇闊道：「你殺了他的兒子。」

陸小鳳道：「他兒子是誰？」

海奇闊道：「飛天玉虎。」

陸小鳳深深吸了口氣，忽然覺得剛喝下去的酒都變成了酸水。

海奇闊道：「黑虎幫本是他一手創立的，等到黑虎幫的根基將要穩固時，他卻跟著老刀把子到這裡來了，因爲他也得罪了一個絕不該得罪的人，也已被逼得無路可走。」

陸小鳳道：「他得罪了誰？」

海奇闊道：「木道人，武當的第一名宿木道人。」

陸小鳳又不禁深深吸了口氣，直到現在他才明白，爲什麼遊魂一直不肯說出自己的來歷。

海奇闊道：「黑虎幫是毀在你手裡的，他兒子是死在你手裡的，木道人卻恰巧又是你的好朋友，你說他是不是已有足夠的理由殺你？」

陸小鳳苦笑道：「他有。」

海奇闊道：「最要命的是，你雖然明知他要殺你，也不能動他。」

陸小鳳道：「因爲他是元老中的元老。」

海奇闊點點頭，道：「除了他之外，元老會還有八個人，你若殺了他，這八個人就絕不會放過你。」他嘆了口氣，接著道：「我可以保證，這八個人絕沒有一個是好對付的。」

陸小鳳也嘆了口氣，道：「所以我只有等著他出手。」

海奇闊道：「不到一擊必中時，他是絕不會出手，現在他還沒有出手，也許就因爲他還在等機會。」

陸小鳳雖然不再說話，卻沒有閉上嘴。

他的嘴正在忙著喝酒。

海奇闊又嘆了口氣，道：「你若喝醉了，他的機會就來了。」

陸小鳳道：「我知道。」

海奇闊道：「但是你還要喝？」

陸小鳳忽然笑了笑，道：「既然他是元老，反正總會等到這個機會的，我爲什麼還不乘著沒有死的時候多喝幾杯？」

三

喝酒和吃飯不同。

平時只吃三碗飯，絕對吃不下三十碗，可是平時千杯不醉的人，有時只喝幾杯就已醉了。

陸小鳳是不是已醉了？

「我還沒有醉。」他推開獨孤美和海奇闊：「我還認得路回去，你們不必送我。」

他果然沒有走錯路。

有時一個人縱然已喝得人事不知，還是一樣能認得路回家，回到家之後，才會倒下去。

你若也是個喝酒的人，你一定也有過這種經驗。

陸小鳳有過這種經驗，常常有。

「這是我的家，
我們都愛它，
前面養著魚，
後面種著花。」

雖然這小木屋前面沒有養魚，後面也沒有種花，畢竟總算是他的家。

一個沒有根的浪子，在大醉之後，忽然發現居然已有個家可以回去——

這是種多麼愉快的感覺？除了他們這些浪子，又有誰知道？

陸小鳳又唱起兒歌，唱的聲音很大，因爲他忽然發現自己的歌喉愈來愈好聽了。

屋子裡沒有燈，可是他一推開門，就感覺到裡面有個人。

「我知道你是誰，你不出聲我也知道。」

陸小鳳不僅在笑，笑的聲音也很大：「你是遊魂，是這裡的元老，你在這裡等著我，是不是真的想殺我？」

屋子裡的人還是不出聲。

陸小鳳大笑道：「你就算想殺我，也不會暗算我的，對不對？因爲你是武當俗家弟子中的第一位名人，因爲你就是鍾先生，鍾無骨。」

他走進去，關上門，開始找火摺子：「其實你本來也是木道人的老朋友，但你卻不該偷偷摸摸在外面組織黑虎幫的，否則木道人又怎麼會對付你？」

還是沒有回聲，卻有了火光。

火摺子亮起，照著一個人的臉，一張只剩下皮包著骨頭的臉，那雙已骷髏般深陷下去的眼睛，正瞬也不瞬的盯著陸小鳳。

陸小鳳道：「現在我們既然都已是死人，又何必再計較以前的恩怨，何況……」

他沒有說下去。

他的聲音突然中斷，手裡的火摺子也突然熄滅。

他忽然發現這位鍾先生已真的是個死人！

屋子裡一片漆黑，陸小鳳動也不動的站在黑暗裡，只覺得手腳冰冷，全身都已冰冷，就好像一下子跌入了冰窖裡。

這不是冰窖，這是個陷阱。

他已看出來，可是他已逃不出去。

他根本已無路可逃！

於是他索性坐下來，剛坐下來，就聽見外面傳來一陣腳步聲，接著就有人在敲門。

「你睡了沒有？我有話跟你說！」語音輕柔，是葉靈的聲音。

陸小鳳閉著嘴。

「我知道你沒有睡，你為什麼不開門？」葉靈的聲音變兇了：「是不是你屋子裡藏著女人？」

陸小鳳終於嘆了口氣，道：「這屋子裡連半個女人都沒有，卻有一個半死人。」

葉靈的聲音更兇：「我說過，你若敢讓女人進你的屋子，我就殺了你，無論死活都不行！」

「砰」的一聲，門被撞開了。

「這裡的女人，本就都是死女人。」

「這個死人卻恰巧是男的。」

火摺子又亮起，葉靈終於看見了這個死人：「還有半個呢？」

陸小鳳苦笑道：「還有半個人就是我！」

葉靈看著他，又看看死人，忽然跳起來：「你殺了他？你怎麼能殺他？你知不知道他是誰？」

陸小鳳沒有開口，也不必開口，外面已有人替他回答：「他知道。」

屋子很小，窗子也很小，葉靈擋在門口，外面的人根本走不進來。

但是他們有別的法子。

忽然間，又是「砰」的一聲響，木屋的四壁突然崩散，連屋頂都塌下，本來坐在屋裡的人，忽然就已到了露天裡。

陸小鳳沒有動。

屋頂倒塌，打在他身上，他既沒有伸手去擋，也沒有閃避，只不過嘆了口氣。

這是他第一次有家，很可能也是最後一次。

「原來這世上不但有倒楣的人，也有倒楣的屋子。」陸小鳳嘆息著道：「屋子倒楣，是因爲選錯了主人，人倒楣是因爲交錯了朋友。」

「你倒楣卻是因爲做錯了事。」

「你什麼都可以做，爲什麼偏偏要殺他？」

「我早就告訴過你，就算你明知他要殺你，也不能動他的，否則連我都不會放過你。」

最後一個說話的是海奇闊，另外的兩個人，一個是白面無鬚，服飾華麗；一個又高又瘦，鷹鼻駝背，前者臉上總是帶著笑，連自己都對自己很欣賞的；後者總是愁眉苦臉，連自己都不欣賞自己。

陸小鳳忽然問：「誰是表哥？」

表哥光滑白淨的臉上雖然還帶著笑，卻故意嘆了口氣：「幸好我不是你的表哥，否則豈非連我都要被你連累？」

陸小鳳也故意嘆了口氣，道：「幸好你不是我表哥，否則我簡直要一頭撞死！」

表哥笑道：「我保證你不必自己一頭撞死，我們一定可以想出很多別的法子讓你死。」

他笑得更愉快，他對自己說出的每句話都很欣賞、很滿意。

另一人忽然道：「我本來就是個管家婆，這件事我更非管不可。」

他愁眉苦臉的嘆息道：「其實我根本一點也不喜歡管閒事，我已經有幾個月沒有好好睡過一覺了，最近又老是腰痠背疼，牙齒更痛得要命……」

他嘮嘮叨叨，不停的訴苦，非但對自己的生活很不滿意，對自己的人也不滿意。

陸小鳳苦笑道：「想不到元老會的人一下子就來了三位。」

葉靈忽然道：「四位。」

陸小鳳很吃驚：「你也是？」

葉靈板著臉，冷冷道：「元老的意思是資格老，不是年紀老。」

表哥微笑道：「說得好。」

管家婆道：「老刀把子不在，只要元老會中多數人同意，就可以決定一件事。」

陸小鳳道：「什麼事？」
表哥道：「任何事。」
陸小鳳道：「多數人是幾個人？」
管家婆道：「元老會有九個人，多數人就是五個人。」
陸小鳳鬆了口氣，道：「現在你們好像只到了四位。」
管家婆道：「五位。」
陸小鳳道：「死的也算？」
表哥道：「這裡的人本就全都是死人，鍾先生只不過多死了一次而已。」
陸小鳳道：「所以你們現在已經可以決定一件事了。」
表哥悠然道：「你很聰明，你當然應該知道我們要決定的是什麼事。」
管家婆道：「我要決定你是不是該死。」
陸小鳳道：「難道我就完全沒有辯白的機會？」
管家婆道：「沒有。」
陸小鳳只有苦笑。
海奇闊道：「你們看他是不是該死？」
管家婆道：「當然該死。」
表哥道：「鐵定該死。」
海奇闊嘆了口氣，道：「我想鍾先生的意思也跟你們一樣。」

表哥道：「現在只看小葉姑娘的意思了。」

葉靈咬著嘴唇，用眼角瞟著陸小鳳，那眼色就像是條已經把老鼠抓在手裡的貓。

就在這時，後面暗林中忽然有人道：「你們爲什麼不問問我的意思？」

暗林中忽然有了燈光閃動，一雙宮鬢麗服的少女，手提著紗燈走出來，一個頭髮很長很長的女人，懶洋洋的跟在她們身後。

她長得並不美，顴骨太高了些，嘴也太大了些，一雙迷迷濛濛的眼睛，總像是還沒有睡醒。

她穿著很隨便，身上一件很寬大的黑睡袍，好像還是男人用的，只用一根布帶隨隨便便的繫住，長髮披散，赤著雙白生生的腳，連鞋子都沒有。

但她卻無疑是個很特別的女人，大多數男人只要看她一眼，立刻就會被吸引住。

看見她走過來，表哥卻皺起了眉，葉靈在撇嘴，管家婆勉強笑道：「你看他是不是該死？」

她的回答很乾脆：「不該。」

葉靈本來並沒有表示意見的，現在卻一下子跳了起來：「爲什麼不該？」

這女人懶洋洋的笑了笑，道：「要判人死罪，至少總得有點證據，你們有什麼證據？」

管家婆道：「鍾先生的屍體就是證據。」

穿黑袍的女人道：「你殺了人後，還會不會把他的屍體藏在自己屋裡？」

管家婆看看表哥，表哥看看海奇闊，三個人都沒有開口。

葉靈卻又跳了起來，道：「他們沒有證據，我有。」

穿黑袍的女人道：「你有什麼？」

葉靈道：「我親眼看見他出手的。」

這句話說出來，不但陸小鳳嚇了一跳，連表哥他們都好像覺得很意外。

穿黑袍的女人臉上卻連一點表情都沒有，淡淡道：「就算你真的看見了也沒有用。」

葉靈道：「誰說沒有用？」

這女人道：「我說的。」

她懶洋洋的走到陸小鳳面前，用一隻手勾住腰帶，一隻手攏了攏頭髮：「你們若有人不服氣，不妨先來動動我。」

海奇闊嘆了口氣，道：「你一定要這麼樣做？爲的是什麼？」

穿黑袍的女人道：「因爲我高興，因爲你管不著。」

海奇闊瞪眼道：「你一定要逼我們動手？」

這女人道：「你敢？」

海奇闊瞪著她，眼睛裡好像要噴出火來，卻連一根手指都不敢動。

表哥臉上的笑容已經看不見了，臉上鐵青：「花寡婦，你最好放明白些，姓海的對你有意思，我可沒有。」

花寡婦用眼角瞟了他一眼，冷冷道：「你能怎麼樣？就憑你從巴山老道那裡學來的幾手劍法，也敢在我面前放肆？」

表哥鐵青的臉突又脹得通紅，突然大喝，拔劍，一柄可以繫在腰上的軟劍。

軟劍迎風一抖，伸得筆直，劍光閃動間，他已撲了過來。

連陸小鳳都想不到這個陰沉做作的人，脾氣一發作，竟會變得如此暴躁衝動。

花寡婦卻早已想到了，勾在衣帶上的手一抖，這條軟軟的布竟也被她迎風抖得筆直，毒蛇般一捲，已捲住了表哥的劍。

只有最好的鐵，才能打造軟劍，誰知他的劍鋒竟連衣帶都割不斷。

花寡婦的手再一抖，衣帶又飛出，「啪」的一聲，打在表哥臉上。

表哥的臉紅了，陸小鳳的臉也有點發紅。

他忽然發現花寡婦的寬袍下什麼都沒有。

衣帶飛出，衣襟散開，她身上最重要的部份幾乎全露了出來。

可是她自己一點也不在乎，還是懶洋洋的站在那裡，道：「你是不是還想試試？」

表哥的確還想試試，可惜管家婆和海奇闊已擋住了他。

海奇闊喉結滾動，想把目光從花寡婦衣襟裡移開，但連一寸都移不動。

花寡婦的年紀算來已經不小，可是她的軀體看來還是像少女一樣，只不過遠比少女更誘人、更成熟。

海奇闊又嘆了口氣，苦笑道：「你能不能先把衣服繫上再說話？」

花寡婦的回答還是那麼乾脆：「不能。」

海奇闊道：「爲什麼？」

花寡婦道：「因爲我高興，也因爲你管不著。」

管家婆搶著道：「你的意思究竟想怎麼樣？」

花寡婦道：「我也不想怎麼樣，只不過陸小鳳是老刀把子自己放進來的人，無論誰要殺他，都得等老刀把子回來再說。」

管家婆道：「現在呢？」

花寡婦道：「現在當然由我把他帶走。」

葉靈又跳起來，跳得更高：「憑什麼你要把他帶走？」

花寡婦淡淡道：「只憑我這條帶子。」

葉靈道：「這條帶子怎麼樣？」

花寡婦悠然道：「這條帶子也不能怎麼樣，最多只不過能綁住你，剝光你的衣裳，讓鈎子騎在你身上去。」

葉靈的臉色已脹得通紅，拳頭也已握緊，卻偏偏不敢打出去，只有跺著腳，恨恨道：「我姐姐若是回來了，看你還敢不敢這麼放肆。」

花寡婦笑了笑，道：「只可惜你姐姐沒有回來，所以你只有看著我把他帶走。」

她拉起了陸小鳳的手，回眸笑道：「我那裡有張特別大的床，足夠讓我們兩個人都睡得很舒服，你還不趕快跟我走？」

她居然真的帶著陸小鳳走了，大家居然真的只有眼睜睜的看著。

也不知過了多久，葉靈忽然道：「老鈎子，你是不是東西？」

海奇闊道：「我不是東西，我是人。」

葉靈冷笑道：「你他媽的也能算是個人？這裡明明只有你能對付那母狗，你爲什麼不敢出手？」

海奇闊道：「因爲我還想要她陪我睡覺。」

葉靈道：「你真的這麼想女人？」

海奇闊道：「想得要命。」

葉靈道：「好，你若殺了她，我就陪你睡覺，睡三天。」

海奇闊笑了：「你在吃醋？你也喜歡陸小鳳？」

葉靈咬著牙，恨恨道：「不管我是不是吃醋，反正我這次說的話一定算數，我還年輕，那母狗卻已是老太婆了，至少這一點我總比她強。」

海奇闊道：「可是……」

葉靈道：「你是不是想先看看貨？好！」

她忽然撕開自己的褲腳，露出一雙光滑圓潤的腿。

海奇闊的眼睛又發直了：「我只能看這麼多？」

葉靈道：「你若還想看別的，先去宰了那母狗再說。」

七　同是天涯淪落人

一

床果然很大，床單雪白，被褥嶄新，一走進來，花寡婦就懶洋洋的倒在床上。

陸小鳳站著，站在床頭。

花寡婦用一雙迷迷濛濛的眼睛，上上下下的打量著他，忽然道：「現在你想必已知道我就是那個可怕的花寡婦。」

陸小鳳點點頭。

花寡婦道：「你當然也聽人說過我是條母狗，會吃人的母狗。」

陸小鳳又點點頭。

花寡婦道：「你知不知道這裡每個人都認爲我隨時可以陪他上床睡覺？」

陸小鳳還是在點頭。

花寡婦眼睛裡彷彿有霧：「那末你爲什麼還不上來？」

陸小鳳連動都沒有動。

花寡婦道：「你不敢？」

陸小鳳不再點頭，也沒有搖頭。

花寡婦嘆了口氣，道：「你當然還不敢，因爲我究竟是什麼人，你還不知道！」

陸小鳳忽然笑了笑，道：「能將淮南柳家的獨門真氣，和點蒼秘傳『流雲劍法』融而爲一的人並不多，所以……」

花寡婦道：「所以怎麼樣？」

陸小鳳道：「所以你一定是淮南大俠的女人，點蒼劍客的妻子柳青青。」

花寡婦道：「你也知道我跟謝堅四個最好的朋友都上過床？」

陸小鳳承認，這本就是件很轟動的醜聞。

花寡婦道：「既然你什麼都知道了，爲什麼還不上來？」

陸小鳳又笑了笑，道：「因爲我不高興，也因爲你管不著。」

花寡婦也笑了：「看來你這個人果然跟別的男人有點不同。」

她忽又從床上一躍而起：「來，我請你喝酒。」

酒意漸濃，她眼裡的霧也更濃。就因爲這山谷裡總是有霧，所以永遠能保持它的神秘。她的人是不是也一樣？要看到她赤裸的軀體也許並不困難，要看到她的心也許就很不容易了。

又喝了杯酒，她忽然問：「你知不知道海奇闊爲什麼總想要我陪他上床？」

陸小鳳道：「因爲他認爲你跟這地方別的男人都上過床。」

花寡婦笑了：「每個人都這麼想，其實……我真正陪過幾個男人上床，只怕連你都想不到。」

陸小鳳道：「在這裡一個都沒有？」

花寡婦道：「只有一個。」

陸小鳳開始喝酒。

花寡婦的眼波卻似已到了遠方，遠方有一條縹緲的人影，她眼睛裡充滿了愛慕。

過了很久，她才從夢中驚醒：「你爲什麼不問我這個人是誰？」

陸小鳳道：「我爲什麼要問？」

花寡婦又笑了：「你這人果然很特別，我喜歡特別的男人。」她的笑容忽又消失：「謝堅本來也是很特別的男人，我嫁給他，只因爲那時我真的喜歡他。」

陸小鳳道：「可是後來你變了！」

花寡婦道：「變的不是我，是他。」

她眼睛裡的霧忽然被劃開了一線，被一柄充滿了仇恨和悲痛的利劍劃開的：「你永遠不會想到他變成了個什麼樣的人，更不會想到他做的事有多麼可怕。」

陸小鳳道：「可怕？」

花寡婦道：「你知不知道我爲什麼會跟他的好朋友上床的？」她的手握緊，眼中有淚珠滾下：「因爲……因爲他要我這麼樣做，他喜歡看……他甚至不惜跪下來求我，甚至用他的劍來逼我……」

陸小鳳忽然扭過頭，飲盡了杯中的酒，他忽然覺得胃部抽縮，幾乎忍不住要嘔吐。

等他回頭來時，花寡婦已悄悄的將面上淚痕擦乾了。

她也喝乾了杯中的酒：「你一定很奇怪，我爲什麼要告訴你這些事。」

陸小鳳並不奇怪，一點也不奇怪。

一個人心裡的痛苦和悲傷，若是已被隱藏抑制得太久，總是要找個人傾訴的。

花寡婦的痛苦雖然有了發洩，酒意卻更濃：「他雖然已是個老人，卻是個真正的男人，與眾不同的男人，也許我並不喜歡他，可是我佩服他，只要能讓他愉快，我願意爲他做任何事。」

她抬頭，盯著陸小鳳：「等你見過他之後，一定也會喜歡他這個人的。」

陸小鳳終於忍不住道：「你說的是……」

花寡婦道：「我說的是老刀把子。」

陸小鳳吃了一驚：「老刀把子？」

花寡婦點點頭，道：「他就是我在這裡唯一的男人，我知道你一定想不到的。」她笑了笑，笑得很淒涼：「我本來總認爲這世界上已沒有人會了解我，同情我，可是他了解我，同情我，而且出自真心。」

陸小鳳道：「所以你獻身給他？」

花寡婦道：「我甚至可以爲他犧牲一切，就算他叫我去死，我也會去死的，可是……可是……」她很快的又喝了杯酒：「可是我並不喜歡他，我……我……」

她沒有說下去，這種情感本就是無法敘說的，她知道陸小鳳一定能了解。

陸小鳳的確能了解，不但能了解這種感情，也了解老刀把子這個人。

「我若是你，我也會這麼樣做的。」他柔聲道：「我想他一定是個很不平凡的人。」

花寡婦長長吐出口氣，就好像剛放下副很重的擔子。

——知道這世上還有個人能了解自己的悲痛和苦惱，無論對誰說來，都是件很不錯的事。

她看著陸小鳳，眼睛裡充滿了欣慰和感激：「自從到這裡來了之後，我從來也沒有像今天這麼樣開心過，來，我敬你三杯。」

「再喝只怕就要醉了。」

「醉了又何妨？」她再舉杯：「假如真的能醉，我更感激你。」

陸小鳳大笑：「老實告訴你，我也早就想痛痛快快的大醉一次。」

於是他們都醉了，醉倒在床上。

他們互相擁抱，說些別人永遠都聽不懂的醉話，因爲他們心裡都太寂寞，都有太多解不開的結。

他們雖然擁抱得很緊，一顆心卻純潔得像是個孩子，也許在他們這一生中都沒有這麼純潔坦然過。

這又是種什麼樣的感情？

青春已將逝去，往事不堪回首，一個受盡了唾罵侮辱的女人、一個沒有根的浪子，這世上又有誰能了解他們的感情？他們既然同是淪落在天涯的人，他們既然已相逢相識，又何必要別人來了解他們的感情？

窗外夜深沉，霧也深沉。窗子居然沒有關緊，冷霧中忽然出現了一條人影，眼睛裡充滿怨毒和嫉恨。

然後窗隙裡又出現了一根吹管。烏黑的吹管，暗紫色的煙。

煙霧散開，不醉的人也要醉了，非醉不可。

這個人有把握，因爲他用的是最有效的一種「銷魂蝕骨散」，他已用過十三次，從未有一次失手。

二

陸小鳳和花寡婦醒來時，已不在那張寬大而柔軟的床上。

地窖裡寒冷而潮濕，他們就躺在這地窖的角落裡，有誰知道他們是怎麼會到這裡來的？只有一個人知道。

地窖裡只有一張椅子，表哥就坐在這張椅子上，冷冷的看著他們，眼睛裡充滿了怨毒和嫉恨。

看見了他，花寡婦就忍不住叫了起來：「是你！」

「你想不到？」

「我的確想不到。」花寡婦冷笑道：「巴山劍客門下的子弟，居然也會用這種下五門的迷香暗器。」

「你想不到的還有很多。」表哥在微笑。

「可是現在我總算已都想通了。」

到這裡來的人，都是有合約的，老刀把子的合約一向安全可靠。

但是近來幽靈山莊裡也有很多人無緣無故的失蹤了，誰也不知道是什麼人下的毒手。

「是你！」花寡婦下了結論：「現在我才知道是你！」

表哥並不否認。

「只可惜誰也想不到竟然是我。」他微微笑著：「這一次我殺了你們，還是不會有人懷疑到我的。」他有把握：「因爲這筆賬一定會算到老鈎子身上去。」

花寡婦也不能否認。

幽靈山莊的人，幾乎已全都知道鈎子對她有野心，也知道鈎子要殺陸小鳳。

男人爲了嫉妒而殺人，這絕不是第一次，也絕不會是最後一次。

花寡婦道：「其實我也知道你恨我。」

表哥道：「哦？」

花寡婦道：「因爲你喜歡男人，男人喜歡的卻是我。」

表哥笑了：「也許我還有別的理由。」

花寡婦問：「什麼理由？」

表哥笑得很奇怪：「也許我是爲了要替老鈎子出氣。」

他在笑，地窖上也有人在笑：「也許你只不過是因爲忽然發現老鈎子已到了你頭頂上，隨時都可以一下鈎住你的腦袋。」

來的還有管家婆。就好像所有的管家婆一樣，他無論在什麼時候出現，總是一副愁眉苦臉的樣子。

鈎子卻笑得很愉快。

表哥也在笑，笑得很不愉快。

海奇闊雖然沒有一下鈎住他腦袋，卻鈎住了他的肩，就好像屠夫用鈎子鈎起塊死肉一樣。

這種感覺當然很不愉快。

世界上偏偏就有種人喜歡把自己的愉快建築在別人的不愉快之上，海奇闊恰巧就是這種人。

他帶著笑道：「你剛才是不是說要把這筆賬推到我頭上來？」

表哥沒有否認，他不能否認。

海奇闊道：「因爲你想殺他們，又怕老刀把子不答應。」

表哥也不能否認。

海奇闊道：「其實我也一樣。」

表哥不懂：「你也一樣？」

海奇闊道：「我也想殺了陸小鳳，我也怕老刀把子不答應，我們只有一點不同。」

表哥又忍不住問：「哪一點？」

海奇闊道：「我比你運氣好，我找到了一個替我揹黑鍋的人。」

表哥其實早就懂了，卻故意問：「誰？」

海奇闊道：「你。」

表哥道：「你要我替你去殺了陸小鳳？」

海奇闊道：「你不肯？」

表哥道：「我爲什麼不肯？我本就想殺了他的，否則我爲什麼要綁他來？」

海奇闊道：「那時你殺了他，可以要我替你揹黑鍋，現在呢？」

表哥苦笑，道：「現在我若不肯去殺他，你就會殺了我。」

海奇闊大笑，道：「你果然是個明白人，所以我一直都很喜歡你。」

表哥道：「我若去殺了他，你就肯放了我？」

海奇闊道：「我現在就放了你，反正你總逃不過我的手掌心。」他拿開了他的鈎子。

表哥鬆了口氣，回頭看著他，臉上又露出了微笑，忽然問道：「你看我像不像是很衝動、很沉不住氣的人？」

海奇闊道：「你不像。」

表哥道：「我知不知道花寡婦是個很厲害、很不好惹的女人？」

海奇闊道：「你知道。」

表哥道：「那末我剛才爲什麼要對她出手？」

海奇闊道：「你爲什麼？」

表哥的笑容又變得很奇怪：「因爲我要你們認爲我的武功很差勁。」

海奇闊不笑了：「其實呢？」

表哥道：「其實我一招就可以殺了你。」

這句話有十一個字，說到第七個字他才出手，說到最後一個字時，他已經殺了海奇闊。

他的出手迅速而有效，事實上，根本就沒有人能看清他是怎麼出手的，只聽見兩響沉重而令人作嘔的聲音，也正像是屠夫的刀砍在塊死肉上，然後海奇闊就像是塊死肉般軟癱了下去。

陸小鳳和花寡婦都吃了一驚，管家婆當然更吃驚。

表哥拍了拍手，微笑道：「我早就聽說鳳尾幫內三堂的香主都是很了不起的人，尤其是大總管高濤更了不起，只可惜一直到現在，我都沒有見過你那幾手威鎮江湖的絕技。」

本來已愁眉苦臉的管家婆，現在更好像隨時都要哭出來的樣子：「我哪有什麼絕技？我唯一的本事只不過是會替人打雜管家而已。」

表哥道：「你不會殺人？」

管家婆立刻搖頭，道：「我不會。」

表哥也嘆了口氣，道：「那麼你就不如趕快讓我殺了你。」

管家婆也嘆了口氣，身子突然凌空一轉，就在這一刹那時，至少已有四五十件暗器飛出，滿天寒光閃動，全都往表哥打了過去。

原來這個人全身上下都帶著致命的暗器，而且隨時都可以發出來。

能在一刹那間發出這麼多暗器的人，天下絕不超過十個。

能在一刹那間躲過這麼多暗器的人當然更少。

表哥卻偏偏就是這少數人其中之一，他不但早已算準了管家婆這一手，而且早已準備好對付的法子。

暗器發出，他的劍已經在等著。劍光發起，化作了一片璇光，捲碎了所有的暗器，劍光再一閃，管家婆也倒下，倒在地上後，鮮血才開始濺出來。

鮮血濺出來的時候，陸小鳳才吐出口氣，道：「這就是巴山七七四十九手迴風舞柳劍？」

表哥道：「不錯。」

陸小鳳道：「你就是巴山劍客唯一的衣鉢傳人顧飛雲？」

表哥道：「我就是。」

陸小鳳嘆道：「巴山神劍，果然是好劍法。」

表哥道：「本來就是的。」

陸小鳳道：「但我卻想不通，像你這樣的人，怎麼也會被西門吹雪逼得無路可走。」

表哥道：「你當然也想不通，我為什麼要殺了他們，卻不殺你？」

陸小鳳的確想不通。

表哥笑了笑，道：「這道理其實簡單得很，只因為我本來就不想殺你。」

陸小鳳更不懂。

表哥道：「老刀把子總認為這組織很秘密，其實江湖中早已有三個人知道了，第一個就是家師。」

陸小鳳動容道：「那麼你……」

表哥道：「我就是他們特地派到這裡來臥底的，因為他們雖然知道江湖中有個幽靈山莊，對於這組織中的虛實秘密知道得並不多。」

陸小鳳道：「所以他們故意要你被西門吹雪逼得無路可走？」

表哥道：「那件事本來就是個圈套，他們早已算準了西門吹雪一定會來管這件事，也早已算準了幽靈山莊會派人來跟我接頭訂合約的。」

陸小鳳道：「為什麼？」

表哥道：「因為我剛繼承了一筆很可觀的遺產，隨時都可以付得出十萬兩銀子。」

陸小鳳道：「這裡的合約金要十萬兩？」

表哥道：「為了買回自己的一條命，十萬兩並不算多。」

陸小鳳承認：「的確不多。」

表哥道：「他們要我來，最重要的使命，就是為了要我查明老刀把子這個人。」

陸小鳳道：「連他們都不知道老刀把子的來歷和底細？」

表哥道：「沒有人知道。」

陸小鳳道：「你呢？」

表哥苦笑道：「我來了雖已有不少時候，卻連他的真面目都沒有見過，所以我急著要找出那個人。」

陸小鳳道：「那個人是什麼人？」

表哥道：「來接應我的人。」他又解釋：「他們本來答應，儘快派人來接應我，可是新來的人行動都不能自由，也很難發現顧飛雲就是表哥。」

陸小鳳道：「你等得著急，就只好先去找他們？」

表哥道：「我已找過十二個人。」

陸小鳳道：「你全都找錯了。」

表哥道：「所以我只好殺了他們滅口。」

陸小鳳道：「這一次你認爲我就是來接應你的人？」

表哥盯著他，一字字道：「我只希望這一次沒有錯。」

陸小鳳嘆了口氣，道：「我也希望你這一次沒有錯。」

表哥還在盯著他，目光已變得冷如刀鋒，忽然問道：「除了家師巴山劍客外，還有兩個人是誰？是誰要你來的？你的代號是什麼？」

陸小鳳道：「我不能說。」

表哥道：「因爲你根本就不知道？」

陸小鳳點點頭，苦笑道：「實在抱歉得很，這一次你好像又找錯了。」

三

地窨裡有燈，現在是暮春，本來並不會令人覺得太冷。

陸小鳳卻突然覺得毛骨聳然——這並不是因爲表哥的手又握住了劍柄，而是因爲地窨裡忽然多了一個人，一個穿著灰袍，戴著竹笠的人。

表哥的手剛握著劍柄，這個人就到了他身後。

陸小鳳看見了這個人，花寡婦也看見了這個人，表哥自己卻連一點感覺都沒有。

這個人就像是有形而無實的鬼魂。

一頂形式奇特的竹笠，遮住了他的臉，陸小鳳完全看不見他的面目，卻已猜出他是誰了。

花寡婦臉上沒有表情，眼睛裡卻已忍不住露出了喜色。

這個人正好向她招手。

表哥好像也覺得有點不對了，霍然回身。後面沒有人，連人影都沒有。

這個人就像影子般貼在他身後，又向花寡婦擺了擺手。

等到表哥回頭去看時，她已沉下了臉，冷冷道：「你是想先殺陸小鳳？還是想先殺我？」

表哥慢慢的坐下，然後道：「你們看起來都不怕死。」

花寡婦道：「既然已非死不可，害怕又有什麼用？只不過……」

表哥道：「只不過你不想死得太糊塗而已。」

花寡婦承認，這句話的確說中了她的心意。

表哥道：「所以你也想問問我，除了我師父巴山劍客外，知道這秘密的還有誰？」

花寡婦道：「既然我們已非死不可，你說出來又有何妨？」

表哥盯著她，忽然笑了，大笑。

花寡婦道：「你笑什麼？」

表哥道：「我在笑你，你明明知道的，又何必來問我？」

花寡婦道：「我知道什麼？」

表哥道：「除了我師父外，另外兩個人，一個是木道人，還有一個就是你老子，你明明也跟我一樣，也是到這裡來臥底的，又何必裝蒜？」

花寡婦的臉色變了。

表哥道：「我想你一定知道老刀把子是個什麼樣的人，因爲你是個女人，你可以陪他上床去睡覺。」

花寡婦道：「你想拖我下水？」

表哥道：「其實我早就知道你的秘密了，我這麼樣做，只不過是個圈套，想誘你自己說出這秘密來，我寧可殺錯一百個人，也不能容一個奸細存在。」

花寡婦看著他，忽然嘆了口氣，道：「原來你並不是想拖我下水，而是想找個替死鬼。」

表哥道：「我爲什麼要找替死鬼？」

花寡婦道：「因爲你雖然沒有看見老刀把子，卻知道他已經來了。」她又嘆了口氣，接著道：「你的確可以算是個人才，只可惜有件事你還不明白。」

表哥道：「什麼事？」

花寡婦道：「這的確是個圈套，被套進去的人卻不是我，是你。」

表哥道：「哦？」

花寡婦道：「我和老刀把子早已懷疑到你，所以才會設下圈套來讓你上當，你若以爲我真的中了你的銷魂散，你就錯了。」她拍了拍衣襟，慢慢的站了起來——

中了銷魂散的人，一個對時中無藥可解，可是她現在已經站了起來。

表哥卻還是動也不動的坐在那裡，忽然轉向陸小鳳，道：「你看怎麼樣？」

陸小鳳嘆了口氣，苦笑道：「你們都是人才，我佩服你們。」

表哥忽又大笑：「能夠讓陸小鳳這樣的人佩服，我顧飛雲死而無憾。」

他居然真的說死就死，死得真快，甚至比他去殺別人的時候更快。

劍鋒一轉，鮮血飛濺，他的人已倒下去。他絕不能留下自己的活口，讓別人來逼問他的口供。

——你若想去刺探別人的秘密，就得先準備隨時犧牲自己。

花寡婦皺眉道：「想不到他真的一點也不怕死。」

老刀把子道：「怕死的人根本不能做這種事，太聰明的人也不能做。」

陸小鳳道：「還有種人更不能做！」

老刀把子道：「哦？」

陸小鳳道：「有種人無論走到哪裡好像都會有麻煩，就算他不想去惹麻煩，麻煩也會找上他。」

老刀把子道：「你就是這種人。」

陸小鳳苦笑道：「我一向很有自知之明。」

老刀把子道：「你替我惹的麻煩的確不少……」

陸小鳳打斷了他的話，道：「但是你絕不能殺我。」

老刀把子道：「爲什麼？」

陸小鳳道：「因爲我並不想到這裡來，是你自己要我來的，所以別人都能殺我，只有你不能，因爲我是你的客人。」

老刀把子沉默著，緩緩道：「我可以不殺你，只要你答應我一件事。」

陸小鳳道：「什麼事？」

老刀把子道：「守口如瓶，永不洩露這裡的秘密。」

陸小鳳立刻道：「我答應。」

老刀把子道：「好，我信任你，你走吧！」

陸小鳳怔住：「你要我走？」

老刀把子道：「就算主人不能殺客人，至少總能請客人走的。」

陸小鳳道：「可是外面……」

老刀把子冷冷道：「不管外面有什麼人在等著你，至少總比現在就死在這裡的好。」

陸小鳳不說話了，他看得出現在無論再說什麼都已沒有用，他只有走。

老刀把子卻又叫他回來，道：「可是你總算做過我的客人，而且總算沒有出賣我，所以你需要什麼，我都可以讓你帶走。」

陸小鳳道：「無論我要什麼都行？」

老刀把子道：「只要你能帶走的。」

陸小鳳道：「我要帶她走。」他要帶走的竟是花寡婦。

老刀把子閉上了嘴，過了很久才緩緩道：「你可以帶她走，可是以後最好永遠莫要再讓我看見你！」

四

山谷間還是雲霧淒迷，要找到那條若有若無的鐵索橋已經很不容易，要走過去更不容易。走過去之後呢？山谷裡是幽靈的世界，山谷外是什麼？有多少殺人的陷阱？

陸小鳳長長吐出了口氣，忽然笑了。

花寡婦看著他，忍不住問道：「你不怕？」

陸小鳳道：「怕什麼？」

花寡婦道：「死。」她輕輕握著他的手：「你不怕一走出這山谷，就死在別人的劍下？」

陸小鳳微笑道：「我反正已死過一次，再死一次又何妨？」

花寡婦也笑了，不管怎麼樣，他們總算已走出了幽靈山莊，走出了這死人的世界。

花寡婦柔聲道：「我時常在想，只要能讓我再真正活一天，我就應該心滿意足了。」

八 又見山莊

一

這片山巖上沒有車，崢嶸的山石，利如刀鋒。

花寡婦忽然停下來，低頭看自己的腳，她的腳纖秀柔美，卻有一絲鮮血正從腳底流出。

「你沒有穿鞋？」

「沒有。」花寡婦還在笑：「我一向很少走路。」

她連鞋都沒有穿就跟著他走了，她走的時候什麼都沒有帶。

「你什麼都不要，只要我跟你走，我還要什麼？」她的臉雖然已因痛楚而發白，笑得卻還是很溫柔：「這世上還有什麼能比真情更可貴？」

陸小鳳看著她，只覺得一股柔情已如春水般湧上他心頭。

他抱起了她，走過了這片山巖。

她在他耳邊低語：「現在西門吹雪一定也認爲你已死了，只要你願意，我們一定可以找個安靜的地方好好活下去，絕不止活一天。」

「本來我已決心要爲老刀把子死的，可是，我遇見了你。」她又接著道：「他也沒有一定要留下我，所以我希望你以後永遠忘了花寡婦這個人，我姓柳，叫柳青青。」

前面草色青青，木葉也青青。

陸小鳳並沒有直接走進去，他並沒有忘記這是片吃人的樹林。

他們在林外的山坡上坐下來，青青的草地上，有片片落葉。

還是春天，怎麼會有落葉？

陸小鳳拾起了一片，只看了兩眼，掌心忽然冒出了冷汗。

柳青青立刻發覺他異樣的表情，立刻問道：「你在看什麼？」

陸小鳳指了指落葉的根蒂，道：「這不是被風吹落的。」

葉蒂上的切口平滑和整齊。

柳青青皺起了眉，道：「不是風，難道是劍鋒？」

陸小鳳道：「也不是劍鋒，是劍氣！」

柳青青的臉色變了——誰手上的劍能發出如此鋒銳的劍氣？

陸小鳳從地上拾起了一根羽毛，也是被劍氣摧落的。

林外有飛鳥，飛鳥可充飢。

可是天下又有幾人能用劍氣擊落飛鳥？除了西門吹雪外還有誰？

柳青青已不再笑：「他還沒有走？」

陸小鳳苦笑道：「他一向是個不容易死心的人。」

柳青青垂下頭，道：「我知道他是個怎麼樣的人，我見過他。」

她忽又抬起頭：「可是我們用不著怕他，以我們兩個人之力，難道對付不了他一個？」

陸小鳳搖搖頭。

柳青青道：「你還怕他？爲什麼？」

陸小鳳也垂下頭，黯然道：「因爲我心裡有愧。」

柳青青道：「你真的做過那種事？」

陸小鳳道：「每個人都有做錯事的時候。」

柳青青道：「但你卻不是個糊塗人。」

陸小鳳道：「不糊塗的人也難免一時糊塗。」

柳青青的臉色更黯淡，道：「你認爲我們一定走不出這片樹林？」

陸小鳳道：「所以現在我們只有一條路可走。」

柳青青道：「哪條路？」

陸小鳳道：「回頭的路。」

柳青青吃驚的看著他，道：「再回幽靈山莊去？」

陸小鳳苦笑道：「無論那裡面有什麼在等著我，總比死在這樹林裡好。」

二

山谷裡還是雲霧淒迷，走回去也和走出來同樣不容易。

對面的山巖上，一個人彷彿正待乘風而去，正是那勾魂使者。

他雖然沒有臉，沒有名姓，可是他有手，有劍。

劍已在手，劍已出鞘。

他冷冷的看著陸小鳳，道：「你既然已出去，爲什麼又回來？」

陸小鳳笑了笑，道：「因爲我想家。」

勾魂使者道：「這裡不是你的家。」

陸小鳳道：「本來不是，現在卻是，因爲我已沒有別的地方可去。」

勾魂使者道：「你看看我手裡握著的是什麼？」

陸小鳳道：「好像是把劍。」

勾魂使者道：「你能勝得了我手中這柄劍，我就放你過去。」

陸小鳳道：「我勸你最好不要試！」

勾魂使者冷冷笑道：「你有把握能戰勝我？」

陸小鳳道：「我沒有把握，連一分把握都沒有，可是我至少有把握能接得住你十招。」

勾魂使者道：「能接住我十招又如何？」

陸小鳳道：「我有把握在十招之中看出你的武功來歷。」他又笑了笑，接著道：「我想你一定不願讓人知道你的來歷？」

勾魂使者閉上了嘴，握劍的手背上，青筋毒蛇般凸起。

陸小鳳連看都不再看他一眼，就施施然從他劍下走了過去，柳青青也只有跟著。

他手上青筋毒蛇般扭動，劍尖也有寒光顫動。

陸小鳳沒有回頭，柳青青卻連衣領都濕了。

她看得出陸小鳳全身上下連一點警戒都沒有，這一劍若是刺出，就憑劍尖那一道顫動的寒光，已足以致他的死命。

可是勾魂使者居然也就這麼樣看著他走過去，直等他走出很遠，劍才落下。

只聽一聲龍吟，一塊岩石已在他劍下裂成四瓣。

柳青青偷偷的回頭瞧了一眼，連背心都濕透了。

這山谷裡的岩石每一塊都堅逾精鋼，就算用鐵鎚利斧，也未必能砍得動分毫，這一劍的鋒銳和力量，實在太可怕。

又走出很遠後，她才輕輕吐出口氣，道：「你看到那一劍沒有？」

陸小鳳淡淡道：「那也沒什麼了不起。」

柳青青忍不住道：「要怎麼樣的劍法才算了不起？」

陸小鳳道：「那一劍能從從容容的收回去，才算了不起。」

剛才勾魂使者盛怒之下，真力發動，聚在劍尖，就好像弓已引滿，不得不發，所以那一劍擊出，威勢自然驚人。

可是這也證明了他還不能控制自己的火氣，真力還不能收發自如，若是能將這一劍從容收回，才真正是爐火純青的境界。

柳青青是名門之後，當然懂得這道理，卻還是忍不住道：「就算那一劍沒什麼了不起，如果用來對付你，你有把握能避開？」

陸小鳳道：「沒有。」

柳青青道：「你有把握確定他不會殺你？」

陸小鳳道：「也沒有。」

柳青青道：「但你卻好像一點也不在乎？」

陸小鳳笑了笑，道：「一個已無路可走的人，做事總是不能不冒一點險的。」

柳青青嘆了口氣，還沒有開口，就看見一個頭戴竹笠的灰衣人，背負著雙手，施施然然在前面走著。

「老刀把子！」

陸小鳳喊了一聲，沒有回應，想追上去，這灰衣人走路雖然像是在踱方步，他卻偏偏追不上。

等到他準備放棄時，前面的灰衣人卻忽然道：「你絕不是隨隨便便就會拿性命去冒險的那種人，你知道他絕不會殺你，你有把握？」

陸小鳳沒有否認，也不能否認，他忽然發現無論任何事都很難瞞過老把刀子。

老刀把子又道：「你憑什麼有這種把握？」

陸小鳳只有說實話：「我看得出他的臉是被劍鋒削掉的，以他的劍法，世上只有一個人能一劍削去他的臉。」

老刀把子道：「誰？」

陸小鳳道：「他自己。」

老刀把子冷笑。

陸小鳳道：「他寧可毀掉自己的臉，也不願讓人認出他，當然也不願讓我看出他的來歷，所以我確定他絕不會出手的。」

老刀把子霍然回頭，盯著他，目光在竹笠中看來還是銳如刀鋒：「你如此有把握，是不是因爲你早已猜出他是誰了？」

陸小鳳勉強笑了笑，道：「我只不過偶爾想起了一件事。」

老刀把子道：「說！」

陸小鳳道：「二十年前，武當最負盛名的劍客本是石鶴，最有希望繼承武當道統的也是他，可是就在他已將接掌門戶的前夕，江湖中卻突然傳出他已暴斃的消息——」

那時他正當盛年，一個內外兼修的中年人，怎麼會突然暴斃？

陸小鳳又道：「所以江湖中人對他的死，都難免有些懷疑，當時謠言紛紛，有人甚至說他是因爲不守清規，被逐出門戶，才憤而自盡，我卻懷疑他一直都活在世上，只不過無顏見人而已。」

老刀把子靜靜的聽著，等他說完了，才冷冷道：「你也不該再來見我的。」

陸小鳳道：「可是我也知道你絕不會殺我。」

老刀把子厲聲道：「你憑什麼？」

陸小鳳道：「我知道你現在正是要用人的時候，你也應該知道我是個很有用的人。」

老刀把子道：「我爲什麼要用你？」

陸小鳳道：「要做大事，就一定要用有用的人。」

老刀把子道：「你知道我要做大事？」

陸小鳳道：「要創立這片基業已不知耗盡多少人力物力，要維持下去更不容易，就算你訂的合約每人都要收費十萬兩，也未必能應付你的開支，就算能賺一點，以你的為人，也絕不會為這區區一點錢財而花費這麼多苦心。」

老刀把子道：「說下去。」

陸小鳳道：「所以我斷定你這麼樣做一定是別有所圖的，以你的才智，所圖謀的當然是一件大事。」

老刀把子冷冷的看著他，目光更銳利，忽又轉身，道：「跟我來。」

三

曲折蜿蜒的小路盡頭，是一棟形式古老拙樸的石屋，裡面的陳設也同樣古樸，甚至帶著種陰森森的感覺，顯見不常有人居住。

可是現在屋子裡卻已有三個人在等著，三個本已該死的人。

鈎子、表哥、管家婆，三個人正站在一張黃幔低垂的神案旁，臉上帶著種不懷好意的詭笑，用眼角瞟著陸小鳳。

陸小鳳雖然盡力控制著自己，還是難免覺得很吃驚。

老刀把子道：「現在你總算已明白了吧？」

陸小鳳苦笑道：「我不明白，一點都不明白。」

老刀把子道：「這件事從頭到尾，根本就是個圈套。」

陸小鳳還是不明白。

老刀把子道：「他們做的事，都是我安排的，爲的只不過是要試探你。」

陸小鳳道：「你懷疑我是來臥底的奸細？」

老刀把子道：「無論誰我都懷疑，這裡每個人都是經過了考驗的，顧飛雲殺的就是那些經不起考驗的人。」

陸小鳳終於明白了，道：「你故意放我走，也是爲了要試探我，是不是真的已被西門吹雪逼得無路可走。」

老刀把子道：「你若不回頭，此刻一定已死在那吃人的樹林裡。」

陸小鳳嘆了口氣，道：「你也算準了我會把柳青青帶走的，正好要她來殺我。」

老刀把子道：「那倒是個意外，你若不回頭，她也得陪你死！」

陸小鳳忍不住轉過頭，柳青青也正在盯著他。

兩個人都沒有開口，不管要說什麼，都已在這眼波一觸間說完了。

所以她既沒有埋怨，他也沒有歉疚。

這世上本就有種奇妙的感情，是不必埋怨，也無需歉疚的。

老刀把子看著他們，直等陸小鳳再回轉臉，才緩緩道：「現在你是不是已明白我爲什麼要這樣做？」

陸小鳳點點頭，道：「你要看看我是不是個值得被你用的人？」

老刀把子道：「你很不錯。」

他的語聲忽然變得很和緩：「你的武功機智都不錯，最重要的是，你沒有在我面前說謊。」

陸小鳳苦笑道：「既然明明知道騙不過你，又何必說謊？」

老刀把子道：「你是個聰明人，我喜歡聰明人，所以從今以後，你就是我的伙伴了，只要不走出這山莊，隨便你要幹什麼都行，我相信你這麼聰明的人，絕不會做傻事的。」

他回頭吩咐管家婆：「傳話下去，今天晚上擺宴爲他接風！」

管家婆退下，表哥和鈎子也隨著退下。

老刀把子忽然道：「你的家已被人拆了，從今天起，你可以搬到青青那裡去。」

陸小鳳遲疑著，勉強笑了笑，道：「你……」

老刀把子不讓他說下去，又道：「我已是個老人，老人總是容易忘記很多事的。」他站起來，轉過身，面對著那黃幔低垂的神龕，緩緩的道：「只有一件事我還不能忘記，時候到了，我一定會告訴你。」

陸小鳳沒有再問，他知道老刀把子說的話就是命令。

四

酒菜豐富而精美，酒的種類就有十二種，宴席的形式是古風的，十八張長桌擺成半個「口」字，老刀把子坐在正中，他的左邊就是陸小鳳。

大家對陸小鳳的看法當然已和前兩天大不同，不但因爲他是這宴會的主賓，而且忽然變成了老刀把子的親信。

第一個站起來向他敬酒致賀的是「鈎子」海奇闊，然後是表哥，管家婆，獨孤美。

只有葉靈始終連看都沒有看陸小鳳一眼，因爲他旁邊坐著的就是柳青青，這個吃人的寡婦好像也變了，變得安靜而溫柔。

老刀把子還是戴著那形式奇特的竹笠，就連坐他身旁的陸小鳳都完全看不見他的面目。他吃得極少，喝得更少，話也說得不多，可是無論誰看著他時，目中都帶著絕對的服從和尊敬。

到席的人比往日多，一共有五十九個，陸小鳳雖然大多不認得，卻可以想像得到，這些人昔日一定都有段輝煌的歷史，不是家財鉅萬的世家子弟，就是雄霸一方的武林豪傑，不但身分都很高，武功也一定都不錯，否則就根本沒有資格到這幽靈山莊來。

「是不是人都到齊了？」陸小鳳悄悄的問。

「只有兩個人沒有來。」柳青青悄悄回答：「一個是勾魂使者，他從不和別人相處。」

「還有一個是誰？」

「葉靈的姐姐，葉雪。」柳青青道：「她喜歡打獵，經常一出去就是十來天。」

「她爲什麼可以自由出入？」

「那是老刀把子特許的。」柳青青在冷笑：「這女人是個怪物，她要做的事，從來也沒有人能攔得住她，就算她在這裡的時候，也從來不跟別人說話。」

「為什麼？」

「因為她總覺得自己比別人強得多。」柳青青顯然很不願意談論這個人，更不願和陸小鳳談論這個人，事實上，他們也無法再說下去，因為他們剛說到曹操，曹操就已到了。

忽然間，一隻豹子從門外飛進來，重重的落到他們桌子面前。

葉雪就是跟著這豹子一起進來的，豹子落下，陸小鳳就看見了她的人。

她的人也像豹子一樣，敏捷、冷靜、殘酷，唯一不同的是這豹子已死了，死在她手裡。

死在她手裡的豹子這已是第十三條，附近山谷裡的豹子幾乎已全都死在她手裡。

她喜歡打獵，更喜歡獵豹。

人們為什麼總是喜歡獵殺自己的同類？

所有的野獸中，最兇悍敏捷、最難對付的就是豹子。

就算是經驗極豐富的獵人，也絕不敢單身去追捕一頭豹子，幾乎沒有人敢去做這種愚蠢而危險的事。

她不但敢做，而且做到了。

她是個沉靜內向的女人，可是她能獵豹，她看來美麗而柔弱，卻又像豹子般敏捷冷酷。

這許多種複雜而矛盾的性格，造成她一種奇特的魅力。

就連陸小鳳都從未看見過這種女人，他看著她，幾乎忘了身旁的柳青青。

葉雪卻始終在盯著老刀把子，蒼白的臉，蒼白的唇，忽然道：「你知道我哥哥死了？」

老刀把子點點頭。

葉雪道：「你知道是誰殺了他？」

老刀把子又點點頭。

葉雪道：「是誰？」

陸小鳳一顆心忽然提起，一個獵豹的女人，爲了復仇，是不惜做任何事的。

他不想做被捕殺的豹子。

可是老刀把子的回答卻令他很意外：「是西門吹雪！」

葉雪的臉色更蒼白，一雙手突然握緊。

老刀把子緩緩道：「你總記得，你哥哥以前就說過，若是死在西門吹雪手下，絕不許任何人爲他復仇，因爲那一定是場公平的決鬥。」

——也因爲他不願爲他去復仇的人再死於西門吹雪劍下。

葉雪的嘴唇在發抖，握緊的手也在發抖，忽然坐下來，坐到地上，道：「拿酒來。」

爲她送酒去的是管家婆，剛開封的一罈酒。

葉雪連眼角都沒有看他，冷冷道：「你最好走遠點，愈遠愈好！」

管家婆居然真的走了，走得很遠。

葉雪道：「誰來陪我喝酒？」

海奇闊搶著道：「我。」

葉雪道：「你不配。」

老刀把子忽然拍了拍陸小鳳，陸小鳳慢慢的站起來，走過去。

葉雪終於看了他一眼：「你就是陸小鳳？」

陸小鳳點點頭。

葉雪道：「你能喝？」

陸小鳳道：「能。」

葉雪道：「好，拿碗來，大碗。」

碗很大，她喝一碗，陸小鳳喝一碗，她不說話，陸小鳳也不開口，她不再看陸小鳳，陸小鳳也沒有再看她。

兩個人就這麼樣面對面的坐在地上，你一碗，我一碗。

一碗酒至少有八兩。十來碗喝下去，她居然還是面不改色。

等到酒罈的酒喝光，她就站起來，頭也不回的走了出去，沒有再說一句話，一個字。

陸小鳳站起來時，頭已有些暈了。

老刀把子道：「怎麼樣？」

陸小鳳苦笑，道：「我想不到她有這麼好的酒量，實在想不到。」

老刀把子忽然嘆了口氣，道：「我也想不到，我從來沒有看見過她喝酒。」

陸小鳳吃驚：「你也沒有見過？」

老刀把子道：「無論誰都沒有見過，這是她平生第一次喝酒。」

五

對一個已喝得頭暈腦脹的人來說，世上絕沒有任何事能比一張床看來更動人了，何況這張床本就很寬大、很舒服。

只可惜有個人偏偏就是不肯讓他舒舒服服的躺到床上。

一進屋子，柳青青就找了罈酒，坐到地上，道：「誰來陪我喝酒？」

陸小鳳前看看，後看看，左看看，右看看，苦笑道：「這屋子裡好像只有一個人。」

柳青青道：「你能喝？」

陸小鳳道：「我能不能不喝？」

柳青青道：「不能。」

陸小鳳只有坐下去陪她喝，他坐下去的時候，就已經準備醉了。

他真的醉了。

等到他醒來時，柳青青已在屋裡，他一個人躺在床上，連靴子都沒有脫，頭疼得就好像隨時都會裂開來。

他不想起來，他起不來，可是窗子外面卻偏偏有人在叫他。

窗子是開著的，人是獨孤美：「我已經來過三次了，看你睡得好熟，也不敢吵醒你。」

「你找我有事？」

「也沒有什麼事，只不過好久不見了，想跟你聊聊。」

不管怎麼樣，他總是個朋友，有朋友來找陸小鳳聊天，他就算頭真的已疼得裂開，也是不會拒絕的。

「我們最好出去聊，我怕看見那位花寡婦。」

外面還是有霧，冷而潮濕的霧，對一個宿醉未醒的人卻很有益。

獨孤美傷勢雖然好得很快，看來卻好像有點心事：「其實我早就想來找你，只怕你生我的氣。」

「我為什麼要生氣？」

「因為鈎子他們是我介紹給你的，我真的不知道他們會害你。」

陸小鳳笑了：「你當然不知道，你是我的朋友，你一直都在幫我的忙。」

獨孤美遲疑著，終於鼓起勇氣，道：「可是昨天晚上我又做錯了一件事。」

陸小鳳道：「什麼事？」

獨孤美道：「昨天晚上我也醉了，糊裡糊塗的把秘密洩露了出去，現在他們三個人都已知道葉孤鴻是死在你手上的。」

他們三個人，當然就是表哥、鈎子、管家婆。

陸小鳳笑不出了。

雖然只見面一次，他已很了解葉雪這個人，他當然更了解葉靈。

「據說這裡最難惹的就是她們姐妹兩個，她們若知道這件事，一定會來找你拚命。」獨孤美說得很婉轉：「你雖然不怕，可是明槍易躲，暗箭難防，所以……」

「所以怎麼樣？」

「所以你最好想法子堵住他們的嘴。」

陸小鳳又笑了，他已明白獨孤美的意思：「你是要我對他們友善一點，不要跟他們作對，假如他們有事找我，我最好也不要拒絕？」

獨孤美看著他，忽然用力握了握他的手，道：「我對不起你。」

只說了五個字，他就走了，看著他佝僂的背影消失，陸小鳳實在猜不透這個人究竟是他的朋友？還是隨時都準備出賣朋友的人？

現在他只能確定一件事──鈎子他們一定很快就會有事找他的。

會是件什麼樣的事？他連想都不敢想，也沒空去想了，因為就在這時候，已有一道劍光閃電般向他刺了過來。

這時獨孤美已走了很久，他也已走了一段路，已經快走回柳青青住的那棟平房。

劍光就是從屋簷後刺下來的，不但迅速，而且準確。

不但準確，而且毒辣。

他想不到這地方還有人要暗算他，他幾乎已完全沒有招架閃避的餘地。

幸好他是陸小鳳，幸好他還有手。

他突然伸出兩根手指來一挾──

世上有千千萬萬個人，每個人都有手，每雙手都有手指。

可是他這兩根手指，卻無疑是最有價値的，因爲這兩根手指已救過他無數次。

這一次也不例外。

手指一挾，劍鋒已在手指間。

冰冷的劍鋒，強而有力，卻掙不脫他兩根手指，他抬起頭，就看見了一雙冷酷而美麗的眼睛。

葉雪正在看著他。

陸小鳳在心裡嘆了口氣，苦笑道：「你已經知道了？」

葉雪又盯著他看了很久，才慢慢的點了點頭，道：「現在我才知道，陸小鳳果然不愧是陸小鳳，我總算沒有找錯人。」

她的聲音裡並沒有仇恨，陸小鳳立刻試探著問：「你是來找我的？還是來殺我的？」

葉雪道：「我只不過想來看看你這一招名聞天下的絕技而已，你若能接得住我這一劍，就是我要找的人。」

陸小鳳道：「我若死在你的劍下呢？」

葉雪道：「你活該。」

陸小鳳又不禁苦笑。

他既然還沒有死，當然忍不住要問：「現在我已是你要找的人？」

葉雪點點頭，道：「你跟我來。」

走完曲折的小路，穿過幽秘的叢林，再走一段山坡，就可以聽見流水聲。

水流並不急，在這裡匯集成一個小湖，四面山色翠綠，連霧都淡了，一個人如果能靜靜的在湖畔坐上半天，一定能忘記很多煩惱。

「想不到幽靈山莊裡，也有這麼安靜美麗的地方。」

孩子們通常都有個屬於他們自己的秘密小天地，這地方顯然是屬於葉雪的。

她爲什麼帶陸小鳳來？

「你究竟要我做什麼？」陸小鳳忍不住問。

葉雪站在湖畔，眺望著遠山，讓一頭柔髮泉水般披散下來。

她的聲音也像泉水般輕柔而平淡，可是她說出來的話卻讓陸小鳳大吃一驚，她說：「我要你做我的丈夫。」

陸小鳳只覺得自己呼吸已忽然停頓。

她轉過身，凝視著他，眼波清澈而明亮，就像是湖心的水波一樣。

「我還是個處女。」她接著說：「從來也沒有男人碰過我。」

她又保證：「我嫁給你之後，也絕不會讓任何人碰我。」

陸小鳳深深吸了口氣，道：「我相信。」

葉雪道：「你答應？」

陸小鳳勉強笑了笑，道：「你當然還有別的條件也要我答應。」

葉雪道：「我要你做的事，對你也同樣有好處。」

陸小鳳道：「你至少應該讓我知道是什麼事。」

葉雪溫柔的眼波裡忽然露出道刀鋒般的光，只有仇恨的光才會如此銳利：「我要你幫我去殺了西門吹雪。」

陸小鳳沒有反應，這要求他並不意外。

葉雪道：「我們若能找到他，他一定會立刻出手殺你，因爲他絕不會讓你再有第二次脫逃的機會。」

陸小鳳苦笑道：「你們根本不用去找他，只要我走出這山谷，他立刻就會找到我。」

葉雪道：「我知道，如果我要去找他一定很困難，要他來找，只有讓他來找你，所以我才選中你。」

陸小鳳道：「你要我去轉移他的注意，你才有機會殺他？」

葉雪並不否認，道：「他一定不會注意我，因爲他恨你，也因爲他根本不知道我是誰，只要你能將他的劍鋒挾住，我一定能殺了他。」

陸小鳳道：「我若失手了呢？」

葉雪道：「要對付西門吹雪，本來就是件很危險的事，可是我已經想了很久，只要你答應，我們至少有七成機會。」

陸小鳳道：「也許你的機會還不止七成，因爲我就算失手，你也可以乘他劍鋒還留在我胸膛裡的時候殺了他。」他笑了笑，笑得很艱澀：「這一點你當然也早就想到過，所以你才會向我保證，以後絕不讓別的男人碰你，因爲你要我死得安心。」

葉雪也不否認：「我的確想到過，你的機會實在並不大，我也知道你一向是個賭徒，只要值得賭的，你一定會下注。」她的眼波更深沉，就像是海洋般吸引住陸小鳳的目光。

過了很久很久，他才能將目光移開，他立刻就發現她已完全赤裸。

山峰青翠，湖水澄清，她靜靜的站在那裡，帶著種說不出的驕傲和美麗。她值得驕傲，因爲她這處女的軀體確實完全無瑕的。

她看著陸小鳳，又過了很久，才緩緩道：「只要你答應，我現在就是你的。」

她的聲音裡也充滿自信，她相信世上絕沒有任何男人能拒絕她。

陸小鳳的呼吸已停頓，過了很久才能開口：「我若拒絕了你，一定有很多人會認爲我是個瘋子，可是我……」

葉雪的瞳孔收縮：「可是你拒絕？」

陸小鳳道：「我只不過想要你知道一件事。」

葉雪道：「你說。」

陸小鳳道：「你哥哥並不是死在西門吹雪劍下的。」

葉雪動容道：「你怎麼會知道？」

陸小鳳道：「他死的時候，我就站在他面前，從劍上濺出來的血，幾乎濺到我身上。」

葉雪道：「是誰的劍？」

陸小鳳道：「是他自己的。」

葉雪忽然瘋狂大叫：「你說謊，你說謊……」

直等到山谷間的迴聲消寂，陸小鳳才說：「你是我見到女人中最美的，我本來立刻就可以得到你，我爲什麼要說謊？」他的話冷靜而尖銳，一下子就刺入了問題的中心。

然後他就走了，走出很遠很遠之後才回過頭，從扶疏的枝葉間還可以看到她。

她還是動也不動的站在那裡，整個人都彷佛已和這一片神秘而美麗的大自然融爲一體。

可是，又有誰知道她心裡的感覺？

陸小鳳忽然覺得心裡也有種說不出的刺痛——你刺傷別人時，自己也會同樣受到傷害。

所以他只看了一眼，就沒有再回頭。

九　畸人、畸情

一

幽秘寧靜的綠色山谷，完美無瑕的處女軀體，溫柔如水波的眼波……

陸小鳳盡力控制著自己，不要再去想，但是他自己也知道這些回憶必將永留在他心底。

他走得很快，走了很遠，本該已走回那條小路了，可是他停下來的時候，卻發現入山已更深。

然後他立刻又發現了一件可怕的事——他又迷了路。

更可怕的是，四面的霧又漸濃，甚至比幽靈山莊那邊更濃，無論眼力多好的人，都很難看得到兩丈外去，而且無論從哪個方向走，都可能離山莊更遠。

陸小鳳卻還是要試試，他絕不是那種能坐下來等雲開霧散的人。

又走了很遠，還是找不到路，在這陌生的山林，要命的濃霧中，要走到什麼時候才能走上歸途？正在他開始覺得饑餓疲倦，開始擔心的時候，他忽然嗅到了一股救命的香氣。

香氣雖然極淡，可是他立刻就能分辨出那是烤野兔的味道。

遠在童年時，他就已是個能幹的獵人，長大後對野味的興趣也一直都很濃。

兔子絕不會自己烤的，烤兔子的地方當然一定有人，附近唯一有人住的地方就是幽靈山莊。

他嚥下口口水，雖然覺得更餓，心神卻振奮了起來，屏住呼吸片刻，再深深吸了口氣，立刻就判斷出香氣是從他偏西方傳來的。

他的判斷顯然正確，因爲走出一段路後，香氣已愈來愈濃。

前面的山勢彷彿更險，地勢卻彷彿在往下陷落，烤兔子的香氣裡彷彿混合了一種沼澤中獨有的腐朽惡臭。

就算這裡有人，這地方也絕不是幽靈山莊。

陸小鳳的心又沉了下去，是怎麼樣的人會住在這種地方？他簡直無法想像。

就在這時，前面忽然響起一種怪異的聲音，他加緊腳步趕過去，就看見濃霧中出現一條怪異的影子。

他看得出那絕不是人的影子，卻又偏偏不像是野獸，他甚至無法形容這影子的形狀。

可是他一看見這影子，心裡立刻覺得有種說不出的恐懼和噁心，幾乎忍不住要嘔吐。

對面的影子似乎也不安的扭動著，等到陸小鳳鼓起勇氣衝過去時，這影子忽然消失了，徹底消失，就好像從來都沒有出現過。

陸小鳳竟忍不住機伶伶的打了個寒噤，站在那裡怔了很久，忽然感覺到風中還有種燒焦木炭的味道。

這裡一定就是烤兔子的地方。

他相信自己的判斷一定正確無誤，可是附近偏偏又沒有一點痕跡留下。

如果是別人，一定早已走過去，甚至已逃走。

但是他絕不放棄。

他先將這地方十丈方圓用一根看不見的繩子圍住，然後就展開地毯式的搜索。

地上的泥土落葉都帶著潮濕，正是接近沼澤地區的象徵。

只有一塊地特別乾燥，上面的落葉顯然是剛移過來的。

他伏下身，扒開落葉，像獵犬般用鼻子去嗅泥土，甚至還撮起一點泥土來嚐了嚐。

泥中果然有燒炭的味道，彷彿還混合著野兔身上的油脂。

他再往下挖掘，就找到一些枯枝，幾根啃過的碎骨頭，一根用樹枝做成的烤叉，叉上還帶塊吃剩下的兔肉，皮毛剝得很乾淨。只有人的手，才能做得出這種烤叉，只有人的牙齒，才會將骨頭啃得這麼乾淨，而且也只有人是熟食的動物。

這地方一定有人。

這個人不但有一雙很靈敏的手，而且做事極仔細，若不是陸小鳳，任何人都很難找得出一點他曾經在這裡烤過東西的痕跡。

這個人是誰？爲什麼會到這裡來？是不是也在逃避別人的追蹤？

剛才那扭曲而怪異的影子又是個什麼東西？

陸小鳳完全想不通，就因爲想不通，所以更好奇。

現在對他說來，能不能找到歸路已變成不太重要了，因爲他已決心要找出這些問題的答案。

答案一定就在這附近，可是附近偏偏又沒有任何足跡。

陸小鳳坐下來，先將那塊兔肉上的泥土擦乾淨，再撕成一條條的，慢慢咀嚼。

沒有鹽，已經被燒焦，又被埋在土裡的兔肉，吃起來不但淡而無味，簡直無法下嚥。

可是他勉強自己全都吃了下去。

無論要做什麼事，都得要有體力，饑餓卻是它的致命傷。

肚子裡有了東西後，果然就舒服些了，他躺下來，準備在這柔軟的落葉上小憩片刻再開始搜索，他當然絕對想不到，這一躺下去，就幾乎永遠站不起來。

二

煙一般的濃霧在木葉間浮動，陸小鳳剛躺下去，立刻就覺得這些煙霧遙遠得就像是天上的浮雲，所有的一切也都距離他愈來愈遠。

他整個人就像是忽然沉入了一個又軟又甜蜜的無底深洞裡，世界上每件事都彷彿變得遙遠了，變得美麗了，最重要的事也變得無足輕重，所有的痛苦都已得到解脫。

這種輕鬆而甜美的感覺，正是每個人都在尋求的，可是陸小鳳卻覺得有種說不出的恐懼。

他知道自己絕不會有這種感覺，也不該有，他身負重擔，他的擔子絕不能在這時放下。

更大的恐懼是，他再想站起來的時候，就發現自己全身的肌肉骨節都已鬆散脫力。

就在這時，他又看見了那怪異的影子。

扭曲的影子，在濃霧中看來就像是被頑皮孩子擰壞了的布娃娃，卻絕不像人。

因爲「他」全身都是軟的，每個地方都可以隨意扭曲。

人有骨頭，有關節。

人絕不是這樣子的，絕不是。

陸小鳳正想把擴散了的瞳孔集中注意，看得更清楚些，就聽見影子在說話。

「你是陸小鳳？」

聲音怪異，艱澀而遲鈍，但卻絕對是人的聲音。

這影子不但是人，而且還是個認得陸小鳳的人。

幸好這時陸小鳳的觀念中，已完全沒有驚奇和恐懼存在，否則他說不定會嚇得發瘋。

影子居然還在笑，吃吃的笑著道：「據說陸小鳳是從來不會中毒的，現在怎麼也中了毒？」

這一點陸小鳳就想不通。

飲食中只要有一點毒，無論是哪一種，他都能立刻警覺。

影子又笑道：「告訴你，這是大麻的葉子，我喜歡用它來烤肉吃，我吃了，就會覺得像神仙般快活，你吃了卻會變得像條死狗。」他又解釋：「剛才你嗅到烤肉的時候，已經把它的毒吸進去一點，所以等到你再吃那塊肉時，就絕不會有警覺。」

陸小鳳道：「你是故意引我來的？」

影子搖搖頭，道：「那塊肉卻是我故意留下來的，否則就算是一匹馬我也能吃下去。」

他好像對自己這句話覺得很欣賞——只有孤獨已久的人才會有喃喃自語的習慣，只有這種人才會欣賞自己的說話。

他吃吃的笑了半天，才接著道：「你若找不到那塊肉，我也許會放你走的，不幸你找到了。」

陸小鳳道：「不幸？」

影子道：「因爲我不能讓任何人知道我在這裡。」

他忽然用一種無法形容的怪異身法跳過來，落到陸小鳳身旁，點了陸小鳳的幾處穴道。

他的手看來就像是一隻腐爛了的蛇皮手套，但是他的出手卻絕對準確而有效。

比起他身上別的部份來，這隻手還算是比較容易忍受的。

沒有人能形容他的模樣，不能、不敢，也不忍形容。

陸小鳳的心神雖然完全處於一種虛無迷幻的情況中，可是看見了他這個人，還是忍不住要戰慄嘔吐。

影子冷笑道：「現在你看見我了，你是不是覺得我很醜？」

陸小鳳不能否認。

影子道：「你若被人從幾百丈高的山崖上推下來，又在爛泥裡泡了幾十天，你也會變成這個樣子的。」他笑的聲音比哭還悲哀：「我以前非但不比你醜，而且還是個美男子。」

陸小鳳並沒有注意他後面的這句話，只問：「你被人從高崖上推下來，又在爛泥泡了幾十天，可是你還沒有死？」

影子慘笑道：「我也不知道我怎麼會活下來，就好像是老天在幫我的忙，可是老天又好像是在故意要我受折磨。」

這個人能活到現在，的確是奇蹟，這奇蹟卻只不過是些爛樹葉造的。

沼澤中腐爛的樹葉生出種奇異的黴菌，就好像奇蹟般能治療人們的潰爛傷痛。

影子道：「我就靠爛泥中一些還沒有完全腐爛的東西塡肚子，過了幾十天之後才能爬出來，以後我才發覺，那些爛泥好像對我的傷很有用，所以每到我的傷又開始要流膿的時候，我就到爛泥裡去泡一泡，這麼多年來，居然成了習慣。」

陸小鳳終於明白，這個人的身子爲什麼能像蛇一樣隨意蠕動扭曲。

影子道：「可是這種習慣實在不是人受的，幸好後來我又在無意中發現，大麻的葉子可以讓我忘記很多痛苦，所以直到現在我還活著！」

生命的奇妙韌力，萬物的奇妙配合，又豈是人類所能想像？

陸小鳳長長吐出口氣，眼前的事物已漸漸回復了原形。

他一直在集中自己的意志，只可惜現在藥力雖已逐漸消失，穴道卻又被制住。

他忽然問：「你知道我叫陸小鳳，你認得我？」

影子道：「不認得，可是我見過你。」

陸小鳳道：「幾時見過的？」

影子道：「剛才。」

陸小鳳動容道：「你剛才見過我？」

影子道：「你知道了我的秘密，我本該殺了你滅口，就因爲我剛才見過你，所以你還活著。」

陸小鳳更不懂：「爲什麼？」

影子道：「因爲你總算還不是個壞人，並沒有乘機欺負阿雪。」他的聲音裡忽然充滿感情：「阿雪一直是個乖孩子，我不要她被人欺負。」

陸小鳳吃驚的看著他，道：「你是她的什麼人？」

影子不肯回答這句話，卻反問道：「西門吹雪爲什麼要殺你？你跟他有什麼仇？」

陸小鳳遲疑著，終於決定說實話：「他看見我跟他老婆睡在一張床上。」

影子閉上嘴，盯著他看了很久，忽然發出了奇怪的笑聲，道：「現在我總算明白你是爲什麼到幽靈山莊來的了。」

陸小鳳道：「我是爲了避禍來的。」

影子道：「你不是。」

影子道：「你也不怕死，你到這裡來，只不過爲了要發掘出這地方的秘密。」

他說得很有把握：「連阿雪那樣的女人你都不動心，怎麼會去偷西門吹雪的老婆？」

陸小鳳嘆了口氣，道：「我只問你一句話。」

影子道：「問。」

陸小鳳道：「我若是奸細，老刀把子怎麼會讓我活到現在，他是個多麼厲害的角色，你總該知道得比我清楚。」

影子忽然發抖，身子突然縮成了一團，眼睛裡立刻充滿悲憤、仇恨和恐懼。

陸小鳳緩緩道：「你當然知道，因爲從高崖上把你推下來的人就是他！」

影子抖得更厲害。

陸小鳳嘆了口氣，道：「但是你可以放心，我絕不會把這秘密說出去的。」

影子忍不住問：「爲什麼？」

陸小鳳道：「因爲我真的很喜歡葉雪，我絕不會害她的父親。」

影子又往後退縮了一步，聲音已嘶啞，道：「誰是她的父親？」

陸小鳳道：「你。」

影子忽然倒了下去，躺在地上，連呼吸都已停頓。

可是他還沒有死，過了很久，才嘆息著道：「不錯，我是的，大家都以爲我已死了，連他們兄妹都以爲我已死了。」

陸小鳳道：「你至少應該讓他們知道你還活著。」

影子又跳起來，道：「你千萬不能告訴他們，千萬不能。」

陸小鳳道：「爲什麼？」

影子道：「因爲我無論如何都不能讓他們看見我現在這樣子，我寧可也……」他的聲音突然停頓，將耳朵貼在地上，聽了很久，壓低聲音道：「千萬不要說看見過我，我求求你。」

說到最後三個字時，他就已消失，這三個字中的確充滿哀求之意。

又過了很久，陸小鳳才聽見腳步聲，一個人正踏著落葉走過來。

陸小鳳只希望來的是葉雪。

三

來的不是葉雪，是葉靈。

她看見陸小鳳，自己也吃了一驚，但立刻就鎮定下來。

這小姑娘顯然比任何人想像中都冷靜得多，也老練得多。

她問：「我剛才聽見這裡有人在說話，你在跟誰說話？」

陸小鳳道：「跟我自己。」

葉靈笑了，眨著眼笑道：「你幾時變得喜歡自言自語的？」

陸小鳳道：「就在我發現朋友們都不太可靠的時候。」

葉靈道：「你爲什麼要一個人躺在地上呢？」

陸小鳳道：「因爲我高興。」

葉靈又笑了，背負著雙手，圍著陸小鳳走了兩圈，忽然道：「你自己點住自己的穴道，也是因爲你高興？」

陸小鳳苦笑。

他不能不承認這小姑娘的眼力比別人想像中敏銳，可是他相信自己還是能對付她。

像他這樣的人，要騙過一個小姑娘，當然並不是件太困難的事。

「這裡的樹葉和野菌大部分都有毒的，我無意中吃了一些，只好自己點住幾處穴道，免得毒氣攻心。」他忽然發現說謊也不太困難。

葉靈看著他，好像已相信了，卻沒有開口。

陸小鳳又嘆道：「我點了自己的穴道後，才想到一個很嚴重的問題，因爲我已沒法子再將穴道解開，現在幸好你來了，真是謝天謝地。」

葉靈還是盯著他，不說話。

陸小鳳道：「我知道你一定能替我把穴道解開的，你一向很有本事。」

葉靈忽然道：「你等一等，我馬上回來。」

說完了這句話，她就飛一樣的走了，連頭都沒有回。

陸小鳳呆住。

幸好葉靈一走，影子又忽然出現。

陸小鳳鬆了口氣，道：「你要我做的事，我全都答應，現在你能不能放我走？」

影子的回答很乾脆：「不能。」

陸小鳳道：「爲什麼？」

影子道：「因爲我想看看阿靈究竟準備怎麼樣對付你。」他聲音裡帶著笑道：「這小丫頭從小是個鬼靈精，她玩的花樣，有時連我都想不到。」

陸小鳳想笑，卻已笑不出，因爲他也猜不出葉靈究竟想用什麼法子對付他，他只知道這鬼丫頭是什麼事都能做得出的。

他正想再跟影子談談條件，影子卻又不見了，然後他就又聽見了落葉上的腳步聲。

這次的腳步聲比上次重，葉靈也比上次來得快，她手裡拿著把不知名的藥草，顯然是剛採來的，一停下就喘息著道：「吃下去。」

陸小鳳吃了一驚：「你要我把這些亂七八糟的野草吃下去？」

葉靈板著臉：「這不是野草，這是救命的藥，是我辛辛苦苦去替你採來的。」

她又解釋：「要解開你的穴道很容易，可是你穴道解開了後，萬一毒氣攻心，我豈非反而害了你麼？所以我一定要先替你找解藥。」

陸小鳳道：「現在我中的毒好像已解了。」

葉靈道：「好像不行，要真的完全解了才行，反正這種藥草對人只有好處，多吃一點也沒關係。」

她的嘴在說話，陸小鳳的嘴卻已說不出話，因為他嘴裡已被塞滿了藥草。

他忽然發現「良藥苦口」這句話實在很有道理，不管這些藥草對人有多大的好處，他都絕不想再嚐試第二次。

好不容易總算將一把草全都嚥下肚子，葉靈也鬆了口氣，眨著眼道：「怎麼樣，好不好吃？」

陸小鳳道：「唔，唔。」

葉靈道：「這是什麼聲音？」

陸小鳳道：「這是羊的聲音，我忽然覺得自己好像變成一隻羊。」

葉靈也笑了，嫣然道：「我喜歡小綿羊，來，讓我抱抱你。」

她居然真的把陸小鳳抱了起來，她的力氣還真不小。

陸小鳳又吃了一驚，道：「你抱著我幹什麼？爲什麼還不把我穴道解開？」

葉靈道：「現在解藥的力量還沒有分散，這裡又不是久留之地，我只有先把你抱走了。」

陸小鳳道：「抱我到哪去？」

葉靈道：「當然是個好地方，很好很好的地方。」

陸小鳳只有苦笑。

被一個幾乎可以做自己女兒的小姑娘抱著走，這滋味總是不太好受的。

可是這小姑娘的胸膛偏偏又這麼成熟，身上的氣味偏偏又這麼香。

陸小鳳只好閉上眼睛，想學一學老僧入定，葉靈卻忽然唱起歌來。

「妹妹抱著泥娃娃，
要到花園去看花；
我叫泥娃娃聽我話，
娃娃叫我小媽媽。」

這兒歌有一半是陸小鳳唱出來的，有一半是她自己編出來的，編得真絕。

陸小鳳聽了當然有點哭笑不得，就在這時，他又發現了一件更讓他哭笑不得的事。

他忽然覺得不對了。

開始的時候，他還不知道究竟是什麼地方不對，不知道還好些，知道了更糟——他忽然發現自己竟似已變成條熱屋頂上的貓，公貓。

若是真的在熱屋頂上也還好些，可惜他偏偏是在一個少女又香又軟的懷抱裡，這少女又偏偏是他連動都不能動的。

他再三警告自己：「她還是個小女孩，我絕不能想這種事，絕對不能……」

只可惜有些事你想也沒用，就好像「天要下雨，老婆要偷人」一樣，誰都拿它沒辦法。

陸小鳳知道自己身體的某一部分發生了變化，一個壯年男人絕無法抑制的變化。

他只希望葉靈沒有看見。

他絕不去看葉靈，連一眼都不敢看。

可是葉靈卻偏偏在看著他，忽然道：「你的臉怎麼紅了？是不是在發燒？」

陸小鳳只好含含糊糊的回答了一句，連他自己都聽不清自己在說什麼。

幸好葉靈居然沒有追問，更幸運的是，他根本連動都不能動。

如果他的穴道沒有被制住，現在會做出什麼樣的事來？

他連想都不敢去想。

葉靈忽然又道：「看樣子一定是那些藥草的力量已發作了。」

陸小鳳忍不住道：「那些究竟是什麼草？是救命的？還是要命的？」

葉靈道：「是要命的。」

精。

她忽然停了下來，放下了陸小鳳，放在一堆軟軟的草葉上。

陸小鳳張開眼，才發現這是個山洞，葉靈的手叉著腰，站在他面前，笑得就像是個小妖精。

她眨著眼道：「現在你是不是覺得很要命？」

陸小鳳苦笑道：「簡直他媽的要命極了。」

葉靈道：「我知道有種藥能把你治好。」

陸小鳳道：「什麼藥？」

葉靈道：「我。」

她指著自己的鼻子：「只有我能把你治好。」

陸小鳳瞪著她。

她實在已不是個小女孩了，應該大的地方，都已經很大。

陸小鳳咬著牙，恨恨道：「這是你自己找的，怪不得我。」

葉靈道：「我不怪你，你又能怎麼樣？」

陸小鳳不能怎麼樣，他根本連動都不能動——這一點他剛才還覺得很幸運，現在卻已變成了很不幸。

他只覺得自己好像隨時都可能會脹破。

葉靈看著他，吃吃的笑道：「你知不知道這種事有時候真會要命的？」

陸小鳳知道。

他相信現在天下已絕沒有任何人能比他知道得更清楚。

更要命的是，他已看見了她的腿。

這小妖精的腿不知什麼時候忽然就露在衣服外面了。

她的腿均勻修長而結實。

陸小鳳的聲音已彷彿是在呻吟：「你是不是一定要害死我？」

葉靈柔聲道：「我很想救你，我本來就喜歡你，只可惜……」她用一根手指輕撫著陸小鳳：「我也是個處女，也從來沒有男人碰過我。」

這是她姐姐說過的話，她連口氣都學得很像。

陸小鳳忽然明白，葉雪那秘密的小天地，原來並沒有她自己想像中那麼秘密。

葉靈忽然冷笑，道：「老實告訴你，你們在那裡幹什麼，我全都看見了，看得清清楚楚。」

陸小鳳道：「那是你姐姐……」

葉靈大聲道：「她不是我姐姐，她是我天生的對頭，只要是我喜歡的，她都要搶走。」

陸小鳳道：「我……」

葉靈又打斷他的話，道：「她明知道是我先看見你的，她也要搶，可是這一次我絕不讓她了，你是我的，我要你嫁給我。」

她忽又笑了，笑得又甜蜜、又溫柔：「你要我嫁給你也行，無論你說什麼我都答應。」

到了這種時候，陸小鳳還有什麼好說的？

山洞裡黝黯而安靜，暮色已漸臨。

片刻安靜後，葉靈就哭了，哭得也不知有多傷心，就好像受盡了委屈。

「你欺負我，你怎麼能這樣子欺負我？你害了我一輩子。」

究竟是誰在欺負誰？誰在害誰？

陸小鳳只有苦笑，還不敢笑出來，不管怎麼樣，她總是個女孩子，而且真的是個從來也沒有讓男人碰過的女孩子。

一個男人如果對一個這樣的女孩子做了他們剛才做過的事，這個男人還有什麼好說的？

「你剛才答應過我的事，現在是不是就已經後悔了？」

「我沒有。」

「你真的不後悔？」

「真的。」

她笑了，又笑得像是個孩子。

「走，我們回家去。」她拉住他的手：「從今天起，你就是個有家室的男人，只要你不去找別的女人，我一定會像伺候皇帝一樣伺候你。」

夕陽西下，暮色滿山。

陸小鳳忽然覺得很疲倦，他這一生中，幾乎從來也沒有這麼樣疲倦過。

這並不是因爲那種要命的草，也不是因爲那件要命的事。

這種疲倦彷彿是從他心裡生出的，一個人只有在自己心裡已準備放棄一切時，才會生出這種疲倦。

——也許我真的應該做個「住家男人」了。

在這艷麗的夕陽下，看著葉靈臉上孩子般的笑靨，他心裡的確有這種想法。

——不管她做了什麼事，總是爲了喜歡我才做的。

她笑得更甜，他忍不住拉起了她的手，這時遠方正響起一片鐘聲，幽靈山莊中彷彿又將有盛宴開始。

難道老刀把子已爲他們準備好喜酒？

十 午夜悲歌

一

宴會還沒有開始，因爲大家還在等一個人，一個不能缺少的人。

陸小鳳悄悄的走進去，葉靈微笑著跟在他身後，她笑得很愉快，他卻有點愁眉苦臉的樣子，只希望不要引起別人的注意。可是大家卻偏偏在注意他，每個人的眼睛都在盯著他，表情都有點怪。

老刀把子盯著他，道：「你來遲了。」

陸小鳳道：「我迷了路，我……」

老刀把子根本不聽他說什麼，道：「可是我知道你聽見鐘聲一定會回來的，所以大家都在等你，已等了很久。」

陸小鳳勉強笑了笑，道：「其實大家本來不必等我。」

老刀把子道：「今天一定要等。」

陸小鳳道：「爲什麼？」

老刀把子道：「因爲今天有喜事。」

陸小鳳道：「誰的喜事？」

老刀把子道：「你的。」

陸小鳳怔住。

他想不通這件事老刀把子怎麼會現在就已知道？難道這本就是老刀把子叫葉靈去做的？

葉靈沒有開口，他也沒有回頭，更不敢正視坐在老刀把子身旁的葉雪。

葉雪一直低著頭，居然也沒有看他。

老刀把子道：「這地方本來只有喪事，你來了之後，總算爲我們帶來了一點喜氣。」

他的口氣漸漸和緩，又道：「大家也都很贊成這件事，你和阿雪本就是很好的一對。」

陸小鳳吃了一驚：「阿雪？」

老刀把子點點頭，道：「我已問過她，她完全聽我的話，我想你一定也不會反對的。」

陸小鳳又怔住。

他身後的葉靈卻已叫了起來：「我反對！」

每個人的臉色都變了，誰也想不到居然有人敢反對老刀把子。

葉雪也抬起頭，吃驚的看著她妹妹。

葉靈已站出來，大聲道：「我堅決反對，死也要反對！」

老刀把子怒道：「那麼你最好就趕快去死！」

葉靈一點也不畏懼，道：「我若去死，陸小鳳也得陪我去死。」

老刀把子厲聲道：「誰說的？」

葉靈道：「無論誰都會這麼說的，因爲我跟他已經是同生共死的夫妻。」

這句話更讓人吃驚，葉雪的臉上忽然就已失去了血色：「你已嫁給了他？」

葉靈昂起頭，冷笑道：「不錯，我已嫁給了他，已經把所有的一切都給了他，這次我總算比你搶先了一步，他雖然不要你，可是他要了我。」

葉雪整個人都在顫抖，道：「你……你說謊！」

葉靈挽起陸小鳳的臂，道：「你爲什麼不親口告訴她？我說的每個字都是真話。」

她說的每個字都像是一根針，陸小鳳用不著開口，大家也都已知道這件事不假。

葉雪忽然站起來，推開了面前的桌子，頭也不回的衝了出去。

葉靈更得意，拉著陸小鳳走到老刀把子面前，道：「阿雪是你的乾女兒，我也是的，你爲什麼不肯替我作主？」

老刀把子盯著她，目光刀鋒般從竹笠中射出，冷冷道：「你們真願意做一輩子夫妻？」

葉靈道：「當然願意。」

老刀把子道：「好，我替你作主，三個月後，我親自替你們辦喜事。」

葉靈道：「爲什麼要等三個月？」

老刀把子厲聲道：「因爲這是我說的，我說的話你敢不聽？」

葉靈不敢。

老刀把子道：「在這三個月裡，你們彼此不許見面，三個月後，你們若是都沒有變心，我就讓你們成親。」

他不讓葉靈開口，又吩咐柳青青：「這三個月我把陸小鳳交給你！」

葉靈咬著牙，忽然也跺了跺腳，衝了出去，衝到門口，又回過頭狠狠盯著陸小鳳：「你聽著，只要你敢碰一碰別的女人，我就去偷一百個男人給你看，讓你戴一百頂綠帽子。」

二

大堂裡的宴會已散，柳青青叫她的小廚房準備了幾樣菜。

菜很精緻，酒也很好，她一向是個很懂得生活情趣的女人。

她也很了解男人。

陸小鳳不開口，她也就默默的在旁邊陪著，陸小鳳的酒杯空了，她就倒酒。

菜沒有動，酒卻消耗得很快。

陸小鳳終於抬起頭，凝視著她，忽然道：「你為什麼不臭罵我一頓？」

柳青青道：「我為什麼要罵你？」

陸小鳳道：「因為我是個混蛋，因為我……」

柳青青不讓他再說下去，柔聲道：「你用不著為我難受，我年紀比你大，本就沒有野心要嫁給你的，我只想做你的朋友。」她笑了笑，笑得風情萬種：「只要你願意，我甚至可以做你的情婦。」

陸小鳳只有苦笑。

如果她真的臭罵他一頓，他也許反而會覺得好受些，就算給他幾個耳光，他都不在乎。

柳青青又道：「可是我知道你一定不敢冒這種險的。」

陸小鳳道：「冒什麼險？」

柳青青道：「戴綠帽的危險，那小鬼一向說得出，做得到。」她又笑了笑，道：「其實她也不能算小鬼了，她今年已十七，我十七的時候已經嫁了人。」

陸小鳳又開始在喝悶酒。

柳青青看著他喝了幾杯，忽然問道：「你是不是在想阿雪？」

陸小鳳立刻搖頭。

柳青青道：「你不想她，我倒有點爲她擔心，她一向最好強，最要面子，今天在大家面前丟了這麼大一個面子，恐怕……」

陸小鳳忍不住問：「恐怕怎麼樣？」

柳青青想說，又忍住，其實她根本用不著說出來，她的意思無論誰都不會不懂。

陸小鳳卻忽然冷笑，道：「你若怕她會去死，你就錯了。」

柳青青道：「哦？」

陸小鳳道：「她絕不是那種想不開的女人，她跟我也沒有到那種關係。」

柳青青沒有爭辯，她看得出陸小鳳已有了幾分酒意，也有了幾分悔意。

他後悔的是什麼？是爲了他對西門吹雪做的事？還是爲了葉雪？

無論誰拒絕了那麼樣一個女孩子，都會忍不住要後悔的。

也許他後悔的只不過是他和葉靈的婚事，他們實在不能算是很理想的一對。

柳青青心裡嘆息著，又爲他斟滿一杯，夜已很深了，太清醒反而痛苦，還不如醉了的好。

所以她自己也斟滿一杯，突聽外面有人道：「留一杯給我。」

進來的居然是表哥，柳青青冷冷道：「你從幾時開始認為我會請你喝酒的？」

表哥的神色很奇特，呼吸很急促，勉強笑道：「我本不是來喝酒的。」

柳青青道：「你想來幹什麼？」

表哥道：「來報告一件消息。」

柳青青道：「現在你為什麼要喝？」

表哥嘆了口氣，道：「因為這消息實在太壞了。」

壞消息總是會令人想喝酒，聽的人想喝，說的人更想喝。

柳青青立刻將自己手裡一杯酒遞過去，等他喝完才問道：「什麼消息？」

表哥道：「葉雪已入了通天閣。」

柳青青臉上立刻也露出種很奇怪的表情，過了很久，才轉身面對陸小鳳，緩緩道：「錯的好像不是我，是你。」

「通天閣是個什麼樣的地方？」

「是間木頭屋子，就在通天崖上，通天崖就是後面山頭那塊高崖。」

「我好像從來沒有看見過。」

「你當然沒有見過，這木屋本就是臨時蓋起來的。」

「那裡面有什麼？」

「什麼都沒有，只有棺材和死人。」

幽靈山莊真正的死人只有一個。

「蓋這間木屋是爲了要停放葉孤鴻的靈柩？」

「不是爲了要停放，是爲了要燒了它。」

陸小鳳的心已沉下去。

表哥道：「阿雪到那裡去，好像就是爲了準備要和她哥哥葬在一起，火葬！」

三

陰沉沉的夜色，陰森森的山崖，那間孤零零的木屋在夜色中看來，就像是死灰色的。

平台般的崖石下，站著三個人，海奇闊、管家婆、老刀把子。

山風強勁，三個人的臉色全都陰沉如夜色。

木屋的四周，已堆起了枯枝。

陸小鳳讓表哥和柳青青走過去參加他們，自己卻遠遠就停下來。

他的心很亂，他必須先冷靜冷靜。

柳青青已經在問：「她進去了多久？」

老刀把子道：「很久了。」

柳青青道：「誰先發現她在這裡？」

老刀把子道：「沒有人發現，是她要我來的，她叫在這裡守夜的人去叫我，因爲她還有最後一句話要告訴我。」

柳青青道：「她說什麼？」

老刀把子握緊雙拳，道：「她要我找出真兇，爲她哥哥復仇！」

柳青青道：「她說這是她最後一句話？」

老刀把子點點頭，臉色更沉重，黯然道：「她已經準備死。」

柳青青道：「你爲什麼不去勸她？」

老刀把子道：「她說只要我上去，她就立刻死在我面前。」

柳青青沒有再問，她當然也知道葉雪是個說話算數的人，而且從來不會因爲任何事改變主意。

風更冷，彷彿隱約可以聽見一陣陣哭泣聲。

柳青青忍不住機伶伶打了個寒噤，道：「我們難道就這樣看著她死？」

老刀把子壓低聲音，道：「我正在等你們來，你們也許能救她。」

柳青青道：「你要我們偷偷溜上去？」

老刀把子道：「你們兩個人的輕功最高，趁著風大的時候上去，阿雪絕不會發覺。」

柳青青道：「然後呢？」

老刀把子道：「表哥先繞到後面去，破壁而入，你在前面門口等著，她看見表哥時，就算不出手也會爭吵起來的，你就要立刻衝進去抱住她。」

柳青青沉吟著，道：「這法子不好。」

老刀把子冷冷道：「你能想得出更好的法子？」

柳青青想不出，所以她只有上去。

她的輕功果然不錯，表哥也不比她差，事實上，兩個人的確都已可算是頂尖高手，五六丈高的山崖，他們很容易就攀越上去。

木屋中還是一片黑暗死寂，葉雪果然沒有發現他們的行動。

柳青青悄悄打了個手勢，表哥就從後面繞了過去，然後就是「轟」的一響。

用易燃的木料搭成的屋子，要破壁而入並不難。

可是這「轟」的一響後，接著立刻就是一聲慘呼，在這夜半寒風中聽來，分外淒厲。

夜色中隱約彷彿有劍光一閃，一個人從山崖上飛落下來，重重跌在地上，半邊身子鮮血淋漓，竟是表哥。

只聽葉雪的聲音從風中傳來：「花寡婦，你還不走，我就要你陪我一起死。」

她的聲音又尖銳、又急躁：「你最好回去告訴老刀把子，他若不想再多傷人命，最好就不要再叫人上來，反正我是絕不會活著走出這裡的。」

用不著柳青青傳話，每個人都已聽見了她的話，每個字都聽得很清楚。

老刀把子雙拳緊握，目光刀鋒般從竹笠後瞪著表哥，厲聲道：「你是巴山顧道人的徒弟，你一向認爲自己武功很不錯，你爲什麼如此不中用？」

表哥握緊肩上的傷口，指縫間還有鮮血不停的湧出，額角上冷汗大如黃豆。

這一劍無疑傷得很重。

過了很久，他才能掙扎著開口說話：「她好像早就算準了我的行動，我一闖進去，她的劍已在那裡等著了。」

老刀把子忽然仰面嘆息，道：「我早就說過你們都不如她，游魂已死，將軍重傷，我已少了兩個高手，若是再少了她……」

他重重一跺腳，腳下的山石立刻碎裂。

就在這時，黑暗中忽然有人道：「也許我還有法子救她。」

來的是獨孤美。

老刀把子道：「你有法子？什麼法子？」

獨孤美笑了笑，道：「可惜我是個六親不認的人，當然絕不會無緣無故救人的。」

他笑得又卑鄙、又狡猾，老刀把子盯著他看了很久，才問：「你有什麼條件？」

獨孤美道：「我的條件很簡單，我想要個老婆。」

老刀把子道：「你要誰？」

獨孤美道：「葉家姐妹、花寡婦，隨便誰都行。」

老刀把子道：「你的法子有效？」

獨孤美道：「只要你答應，它就有效。」

老刀把子道：「只要有效，我就答應。」

獨孤美又笑了，道：「我的法子也很簡單，只要把陸小鳳綁到崖上去，我可以證明他就是殺害葉孤鴻的真兇，因為當時我就在旁邊看著，葉姑娘聽了我的話，一定會忍不住要衝出來為她哥哥復仇，等到她親手殺了陸小鳳，當然就不會想死了。」

老刀把子靜靜的聽著，忽然問道：「陸小鳳豈非是你帶來的？」

獨孤美笑道：「那時我只不過偶然良心發現了一次而已，我有良心的時候並不多。」

老刀把子又沉默了很久，慢慢的點了點頭，道：「你這法子聽來好像很不錯。」

這句話剛說完，他已出手，輕輕一巴掌就已將獨孤美打得爛泥般癱在地上。

獨孤美大叫：「我這法子既然不錯，你爲什麼要打我？」

老刀把子冷冷道：「法子雖不錯，你這人卻錯了。」

他第二次出手，獨孤美就已叫不出，他的出手既不太快，也不太重，但卻絕對準確有效。

陸小鳳還是遠遠的站著，老刀把子忽然走過去，拍了拍他的肩，道：「你跟我來！」

山坳後更黑暗，走到最黑暗處，老刀把子才停下，轉身面對陸小鳳，緩緩道：「獨孤美的法子本來的確很有效，我爲什麼不用？」

陸小鳳道：「因爲你知道我不是真兇。」

老刀把子道：「不對。」

陸小鳳道：「因爲你也需要我？」

老刀把子道：「對了。」

他們彼此都知道自己在對方面前完全不必說謊，因爲他們都是很不容易被欺騙的人，這使得他們之間有了種幾乎已接近友誼的互相諒解。

老刀把子道：「我已是個老人，我懂得良機一失，永不再來，所以……」

陸小鳳道：「所以你需要我，因爲你的機會已快要來了！」

老刀把子直視著他，緩緩道：「我也需要葉雪，因爲我要做的是件大事，你們都已是我計劃中不能缺少的人。」

陸小鳳道：「你要我去救她？」

老刀把子點點頭，道：「世上假如還有一個人能讓她活下去，這人就是你。」

陸小鳳道：「好，我去，可是我也有條件。」

老刀把子道：「你說。」

陸小鳳道：「我要你給我二十四個時辰，在這期限中，無論我做什麼你都不能干涉。」

老刀把子道：「我知道你做事一向喜歡用你自己的法子。」

陸小鳳道：「從現在開始，我不要任何人逗留在能夠看得見我的地方，只要你答應，兩天之後，我一定會帶她去見你。」

老刀把子道：「那時她還活著？」

陸小鳳道：「我保證。」

老刀把子不再考慮：「我答應。」

四

人都已走了，山崖上空蕩陰森，死灰色的木屋在黑暗中看來就像是孤寂的鬼魂。

陸小鳳迎著風走過去，山風又濕又冷，這鬼地方爲什麼總是有霧？

還沒有走得太近，木屋裡已傳出葉雪的聲音，又濕又冷的聲音：「什麼人？」

陸小鳳道：「你應該知道我是什麼人，我看不見你，你卻看得見我。」

沉寂很久後，回答只有一個字：「滾！」

陸小鳳道：「你不想見我？」

回答還是那個字：「滾。」

陸小鳳道：「你不想見我，爲什麼一直還在等我？」

木屋裡又是一陣沉寂，陸小鳳道：「你知道我遲早一定會來的，所以你還沒有死。」

他說得很慢，走得很快，忽然間就到了木屋門前：「所以我現在就要推門走進去，這次我保證附近絕沒有第二個人。」

他推開了門。

木屋裡更陰森黑暗，只看見一雙發亮的眼睛，眼睛裡帶著種無法描敘的表情，也不知是悲痛？是傷感？還是仇恨？

陸小鳳遠遠停下，道：「你沒有話對我說？」

哭泣早已停止，眼睛卻又潮濕。

陸小鳳道：「其實你不說我也知道，你這麼做並不是完全爲了我，只不過因爲你要的東西，從沒有被人搶走過。」

黑暗中又有寒光閃起，彷彿是劍鋒。

她是想殺了陸小鳳？還是想死在陸小鳳面前？

陸小鳳掌心已捏起冷汗，這一刻正是最重要的關頭，只要有一點錯誤，他們兩個人中就至少有一個要死在這裡。

他絕不能做錯一件事，絕不能說錯一個字。

黑暗中忽然又響起葉雪的聲音：「我這麼樣做，只因爲世上已沒有一個人值得我活下去。」

陸小鳳道：「還有一個人，至少還有一個。」

葉雪果然忍不住問：「誰？」

陸小鳳道：「你父親。」

他不讓葉雪開口，很快的接著道：「你父親並沒有死，我昨天晚上還見過他。」

葉雪忽然冷笑，道：「你憑什麼要我相信你這種鬼話？」

陸小鳳道：「這不是鬼話，現在我就可以帶你去找他。」

葉雪已經在猶豫：「你能找得到？」

陸小鳳道：「十二個時辰內若找不到，我負責再送你回來，讓你安安靜靜的死。」

葉雪終於被打動：「好，我就再相信你這一次。」

陸小鳳鬆了口氣，道：「你一定不會後悔的。」

忽然間，寒光一閃，冰冷的劍鋒已迫在眉睫，葉雪的聲音比劍鋒更冷：「這次你再騙我，我就要你跟我一起死！」

黑暗的山谷，幽秘的叢林，對陸小鳳來說，這一切都不陌生，就像是他身旁的女人一樣，有時雖然很可怕，卻又有種無法抗拒的吸引力。

這次他沒有迷路。他回去的時候，已經準備再來。

葉雪默默的走在他身旁，蒼白的臉，冰冷的眼神，顯然已決心要跟他保持一段距離。可是這種幽秘黑暗的山林裡，無論什麼事都會改變的。

他們已走了很久，風中又傳來沼澤的氣息，陸小鳳忽然停下來，面對著她：「昨天我就在這附近看見他的。」

葉雪道：「現在他的人呢？」

陸小鳳道：「不知道。」

葉雪的手握緊。

陸小鳳道：「我只知道他在前面的沼澤裡，可是我們一定要等到天亮再去找。」

他坐下來：「我們就在這裡等。」

葉雪冷冷的看著他，冷冷道：「我說過，這次你若再騙我……」

陸小鳳打斷她的話：「我從來沒有騙過你，也許就因爲我不肯騙你，所以你才恨我。」

葉雪轉過頭，不再看他，冷漠美麗的眼睛忽然露出倦意。

她的確已很疲倦，身心都很疲倦，可是她堅決不肯坐下去，她一定要保持清醒。

陸小鳳卻已躺在柔軟的落葉上，閉起了眼睛。

他閉上眼睛後，葉雪就在瞪著他，也不知過了多久，她的嘴唇忽然開始發抖，然後整個人都在發抖，就彷彿忽然想起件很可怕的事。

她用力咬著嘴唇，盡力想控制自己，怎奈這地方實在太靜，靜得讓人發瘋，她想到的事恰巧又是任何女人都不能忍受的。

她忽然衝過去，一腳踢在陸小鳳脅骨上，嘶聲道：「我恨你，我恨你……」

陸小鳳終於張開眼，吃驚的看著她。

葉雪喘息著道：「昨天晚上你跟我妹妹一定就在這裡，今天你又帶我來，你……你……」

她的聲音嘶啞，眼睛裡似已露出瘋狂之色，去扼陸小鳳的咽喉。

陸小鳳只有捉住她的手，她用力，他只有更用力。

兩個人在柔軟的落葉上不停翻滾掙扎，陸小鳳忽然發現自己已壓在她身上。

她的喘息劇烈，身子卻比落葉更柔軟，她已用盡了所有的力量。

然後她就忽然安靜了下來，放棄了一切掙扎和反抗，等她再張開眼睛看陸小鳳時，眼睛裡已充滿了淚水。

天地間如此安靜，如此黑暗，他們之間的距離如此接近。

陸小鳳的心忽然變得像是蜜糖中的果子般軟化了，所有的痛苦和仇恨，在這一瞬間都已被遺忘。

淚水湧出，流過她蒼白的面頰，他正想用自己乾燥的嘴唇去吸乾。

就在這時，從沼澤那邊吹來的冷風中，忽然帶來了一陣歌聲。

悲愴的歌聲，足以令人想起所有的痛苦和仇恨。

葉雪的呼吸停頓：「是他？」

陸小鳳在心裡嘆了口氣：「好像是的。」

葉雪又咬起嘴唇：「也許他知道我們已來了，正在叫我們去？」

陸小鳳默默的站起來，拉起了她的手，就好像從水裡拉起個幾乎被淹死的人。

在他的感覺中，這個幾乎被淹死的並不是葉雪，而是他自己。

五

除了爛泥外，沼澤裡還有什麼？腐爛的樹葉和毒草、崩落的岩石、無數種不知名的昆蟲和毒蛇、吸血的蚊蚋和螞蝗……

在這無奇不有的沼澤裡，你甚至可以找到成千上百種稀奇古怪的東西，而且可以保證絕沒有一種不是令人作嘔的。

可是在黑暗中看來，這令人作嘔的沼澤卻忽然變得有種說不出的美，除了那一陣陣連黑暗都掩飾不了的惡臭外，美得幾乎就像是個神秘而寧靜的湖泊。

悲歌已停止，陸小鳳也沒有再往前走。

他不得不停下來，因爲他剛才已一腳踩在濕泥裡，整個人都險些被吸了下去。

就像是罪惡一樣，沼澤裡彷彿也有種邪淫的吸力，只要你一陷下去，就只有沉淪到底。

葉雪的臉色更蒼白：「你說他這些年來一直都躲在這裡？」

陸小鳳點點頭。

葉雪道：「他怎麼能在這地方活下去？」

陸小鳳道：「因為他不想死。」他的聲音中也帶著傷感：「一個人若是真的想活下去，無論多大的痛苦都可以忍受的。」

這是句很簡單的話，但卻有很複雜深奧的道理，只有飽嚐痛苦經驗的人才能了解。

黑暗中有人在嘆息：「你說得不錯，卻做錯了，你不該帶別人來的。」

嘶啞苦澀的聲音聽來並不陌生，葉雪的手已冰冷。

陸小鳳緊握住她的手，道：「這不是別人，是你的女兒。」

看不見人，聽不見回應，他面對著黑暗的沼澤，大聲接著道：「你雖然不想讓她看見你，但是你至少應該看看她，她已經長大了。」

影子的聲音忽然打斷他的話：「她是不是還像以前那麼樣，喜歡一個人躲在黑房裡，好讓別人找不到她？」

這是她的秘密，她天生就有一雙能在黑暗中視物的眼睛。

她喜歡躲在黑暗裡，因為她知道別人看不見她，她卻能看得見別人。

知道這秘密的人並不多，她身子忽然抽緊。

陸小鳳道：「你已聽出他是誰？」

葉雪點點頭，忽然大聲道：「你不讓我看看你，我就死在這裡。」

又是一陣靜寂，黑暗中終於出現了一團黑影，竟是形式奇特的船屋，不但可以漂浮在沼澤上，還可以行走移動。

「你一定要見我？」

「一定。」葉雪回答得很堅決。

「陸小鳳，你不該帶她來的，真的不該。」

影子在嘆息，沒有人能比他更了解他女兒的驕傲和倔強。

「我可以讓你再見我一面，但是你一定會後悔的，因爲我已不是從前……」

葉雪大聲道：「無論你變成什麼樣子，你都是我爹，在我心裡，你永遠都不會變的，你永遠都是天下最英俊，對我最好的男人。」

漂浮移動的船屋已漸漸近了，到了兩丈之內，葉雪就縱身躍了上去。

陸小鳳沒有攔阻，他看得出他們父女之間必定有極深厚密切的感情。

他忽然想到自己的父母，想到他自己這一生中的孤獨和寂寞。

一聲驚呼，打斷了他的思緒。

呼聲是從船屋中傳出來的，是葉雪的聲音，船屋又漂走了，漸漸又將消失在黑暗中。

陸小鳳失聲道：「你不能帶她走。」

影子在笑：「她既然是我女兒，我爲什麼不能帶她走？」

笑聲中充滿了譏誚惡毒之意。

陸小鳳全身冰冷，他忽然發現了一件可怕的事：「你不是她的父親！」

影子曼聲而吟：「渭水之東，玉樹臨風……」

陸小鳳道：「我知道你就是『玉樹劍客』葉凌風，但你卻不是她的父親。」

影子大笑：「不管我是她的什麼人，反正我已將她帶走，回去告訴老刀把子，他若想要人，叫他自己來要。」

笑聲漸遠，船屋也不見了，神秘的沼澤又恢復了它的黑暗寧靜。

陸小鳳木立在黑暗中，過了很久，忽然長長嘆息，道：「我不必回去告訴你，他說的話，你每個字都應該聽得很清楚。」

他並不是自言自語，船屋遠去的時候，他就知道老刀把子已到了他身後。

他用不著回頭去看就已知道。

老刀把子果然來了，也長長嘆息一聲，道：「他說的我全都聽見，可是我一直跟你保持著很遠的距離，也沒有干涉你的行動。」

陸小鳳道：「我知道你是個言而有信的人。」

老刀把子道：「你還知道什麼？」

陸小鳳霍然轉身，盯著他：「阿雪並不是葉凌風的女兒，是你的。」

老刀把子既不否認，也沒有承認。

陸小鳳道：「就因爲葉凌風知道了這件事，所以你才要殺他。」

老刀把子笑了笑，笑聲艱澀：「我想不到他居然沒有死。」

陸小鳳道：「他活著雖然比死更痛苦，卻一直咬著牙忍受。」

老刀把子道：「因爲他要復仇。」

陸小鳳道：「可是他不敢去找你，只有用法子要你去找他，這地區他比你熟，而且又有阿雪做人質，他的機會比你好得多。」

老刀把子冷冷道：「我本來以爲你絕不會上當，想不到結果還是受了別人利用。」

陸小鳳道：「幸好我們的期限還沒有到。」

老刀把子道：「你有把握在限期之前把她找回來？」

陸小鳳道：「我沒有把握，但我一定要去。」

老刀把子道：「你準備怎麼去？像泥鰍一樣從爛泥中鑽過去？」

陸小鳳道：「我可以做個木筏。」

老刀把子沉吟著，道：「你做的木筏能載得動兩個人？」

陸小鳳道：「只有兩個人一起動手做的木筏，才能載得動兩個人。」

老刀把子笑了：「看來你這個人倒真是從來不肯吃虧的。」

沼澤旁本有叢林，兩個人一起動手，片刻間就砍倒了十七八棵樹——不是用刀砍，是用手砍。

老刀把子道：「你來剝樹上的枝葉，我去找繩子。」

陸小鳳苦笑道：「跟你這種人在一起做事，想不吃虧都不行。」

他雖然明知道自己的差使比較苦，也只有認命，因爲他不知道要到哪裡去才能找得到繩子。

老刀把子也同樣找不到，他剛俯下身，老刀把子的掌鋒已切在他後頸，他也就像是一棵樹般倒下去。

天色陰暗，還是有霧。

屋裡沒有人，床頭的小几上有一樽酒，酒盞下壓著張短箋：「一時失手，誤傷尊頸，且喜有酒，可以壓驚，醒時不妨先作小飲，午時前後再來相晤。」

看完了這短箋，陸小鳳才發現自己脖子痛得連回頭都很難。

這當然不是老刀把子失手誤傷的。可是老刀把子爲什麼要暗算他？爲什麼不讓他去救葉雪？

這其中還有什麼不可告人的秘密？他想不通，所以他乾脆不想，拿起酒瓶，就往嘴裡倒。

半瓶酒下肚，外面忽然有狗叫的聲音，開始時只有一條狗，忽然間就已變成七八條，大狗小狗公狗母狗都有，叫得熱鬧極了。

這幽秘的山谷中，怎麼會忽然來了這麼多狗？

陸小鳳忍不住要去看看，剛走過去推開門，又不禁怔住。

外面連一條狗都沒有，只有一個人。

一個又瘦又乾的黑衣人，臉色蠟黃，一雙眼睛卻灼灼有光。

陸小鳳嘆了口氣，苦笑道：「你究竟是人？還是狗？」

犬郎君道：「既不是人，也不是狗。」

陸小鳳道：「你是什麼東西？」

犬郎君道：「我也不是東西，所以才來找你。」

陸小鳳道：「找我幹什麼？」

犬郎君道：「你答應我一件事，我告訴你兩個消息。」

陸小鳳道：「是好消息？還是壞消息？」

犬郎君笑了，道：「從我嘴裡說出來的，哪有好消息？」

陸小鳳也笑了，忽然閃電般出手，用兩根手指挾住了他的鼻子。

武林中最有價值的兩根手指，江湖中最有名的無雙絕技。

犬郎君根本無法閃避，就算明明知道這兩根手指會挾過來，還是無法閃避。

陸小鳳微笑道：「據說狗的鼻子最靈，沒有鼻子的狗，日子一定不太好過的。」

犬郎君蠟黃色的臉已脹紅，連氣都透不過來。

陸小鳳放開了手，道：「先說你的消息。」

犬郎君長長透了口氣，道：「什麼消息？」

陸小鳳又笑了，忽然又閃電般出手，用兩根手指挾住了一個鼻子。

犬郎君還是躲不開。

陸小鳳又放開了手，微笑道：「你說是什麼消息？」

這次犬郎君只有說實話，因爲他已明白一件事——只要陸小鳳出手，隨時隨刻都可以挾住他的鼻子，就好像老叫化子抓虱子一樣容易。

「將軍快死了，小葉不見了。」

這就是他說出來的消息，消息實在不好。

陸小鳳道：「沒有人知道小葉到哪裡去了？」

犬郎君苦笑道：「連狗都不知道，何況人？」

陸小鳳道：「將軍呢？」

犬郎君道：「將軍在等死。」

陸小鳳道：「我知道自己出手的份量，我並沒有要他死。」

犬郎君道：「除了你之外，這裡還有別的人。」

陸小鳳道：「別人殺了他，這筆賬還是要算在我的頭上？」

犬郎君道：「所以你應該明白我是好意，將軍跟老刀把子一向有交情。」

陸小鳳道：「所以我也應該答應你的事？」

犬郎君道：「我只不過要你走的時候帶我走。」

陸小鳳道：「就是這件事？」

犬郎君道：「對你來說，這是件小事，對我卻是件大事。」

陸小鳳道：「好，我答應。」

犬郎君忽然跪下去，重重的磕了三個頭，仰天吐出口氣，道：「只可惜我沒有尾巴，否則我一見到你至少搖三次。」

陸小鳳道：「將軍在哪裡等死？」

犬郎君道：「將軍當然在將軍府。」

將軍府外一片叢林，犬郎君已走了，叢林中卻有人像狗一樣在喘息。

能喘息還是幸運的，將軍的呼吸已停頓。

一個人喘息著，騎在他身上，用一雙手扼住了他的咽喉。

這個人赫然竟是獨孤美。

陸小鳳衝過去，反手一掌將他打得飛了出去，將軍面如金紙，心彷彿還在跳，眼還沒有閉，乞憐的看著陸小鳳，好像有話要說，一個人在臨死前說出的話，通常都是很大的秘密。

可惜他連一個字都沒有說出來，陸小鳳俯下身時，他的心跳已停止。

獨孤美還在喘息。

陸小鳳一把揪起他，道：「你們有仇？」

獨孤美搖頭。

陸小鳳道：「他要殺你？」

獨孤美搖頭。

陸小鳳道：「那麼你爲何要殺他？」

獨孤美看著他，喘息漸漸平靜，目光漸漸銳利，忽然反問道：「你真的以爲我就是『六親不認』獨孤美？」

無論誰都想不到他會忽然問出這句話，陸小鳳也很意外：「你不是？」

獨孤美嘆了口氣，忽然又說出句令人吃驚的話：「把我的褲子脫下來。」

陸小鳳也盯著他看了很久，忽然笑了笑道：「我從來沒有脫過男人的褲子，可是這次我要破例了。」

獨孤美已是個老人，他臀部的肌肉卻仍然顯得結實而年輕。

「你有沒有看見上面的一個瘤？」

陸小鳳當然不會看不見，這個瘤已大得足夠讓一里外的人都看得很清楚。

獨孤美道：「用這把刀割開它。」

一把刀遞過來，刀鋒雪亮。

陸小鳳這一生中也不知做過多少離奇古怪的事，可是他接過這把刀時，還是忍不住遲疑了很久才能割下去。

鮮血飛濺，一顆金丸隨著鮮血從割開了的肉瘤中迸出來。

獨孤美道：「再割開這個球。」

一刀割下去，才發現這金丸是用蠟做的，包著金紙，裡面藏著塊黃絹，上面寫著：「武當掌門座下第四名弟子孫不變，奉諭易容改扮，查訪叛徒行蹤，此諭。」

下面不但有武當掌教的大印，還有掌門石真人的親筆花押。

獨孤美道：「這就是掌門真人要我在危急中用來證明身分的。」

陸小鳳吃驚的看著他，終於嘆了口氣，道：「看來你好像真的不是獨孤美。」

孫不變道：「未入武當前，我本是花四姑門下的弟子，花家的易容術妙絕天下，可是為了小心謹慎，我又投身到獨孤美門下為奴，整整花了十個月功夫去學他的聲容神態，直等到我自已覺得萬無一失的時候才出手。」

陸小鳳道：「你殺了他？」

孫不變點點頭，道：「我絕不能讓任何人再找到另一個獨孤美。」

陸小鳳道：「你要查訪的叛徒是誰？」

孫不變道：「第一個就是石鶴。」

陸小鳳道：「現在你已找到他？」

孫不變道：「那也多虧了你。」

陸小鳳道：「鍾無骨是死在你手裡的？」

孫不變道：「他也是武當的叛徒，我絕不能讓他活著。」

陸小鳳目光閃動，道：「玉樹劍客葉凌風早年是不是也曾在武當門下？」

孫不變道：「他跟鍾無骨都是武當的俗家弟子，都是被先祖師梅真人逐出門牆的。」

梅真人是木道人的師兄，執掌武當門戶十七年，才傳給現在的掌門石雁。

孫不變道：「我們研究很久，都認爲只有用獨孤美的身分做掩護最安全，只可惜……」

陸小鳳道：「只可惜你的秘密還是被將軍發現了。」

孫不變苦笑道：「大家都認爲他受的傷很重，我也幾乎被騙過，誰知躲在將軍府養傷的那個人竟不是他，他一直都在盯著我。」

陸小鳳道：「你怎麼會露出破綻的？」

孫不變道：「他本是獨孤美的老友，他知道獨孤美早年的很多秘密，我卻不知道，他用話套住了我，我只有殺了他滅口。」

陸小鳳道：「你爲什麼要將這秘密告訴我？」

孫不變道：「現在事機危急，我已不能不說，我不但要你爲我保守這個秘密，還要你助我一臂之力，這地方我已無法存身，一定要儘快趕回武當去。」

他勉強笑了笑，又道：「我當然也早就看出了你不是出賣朋友的人，我始終不相信你真的會勾引西門吹雪的妻子，那一定是你們故意演的一齣戲，因爲你們也想揭破這幽靈山莊的秘密。」

陸小鳳又盯著他看了很久，忽然長長嘆息，道：「可惜可惜，實在可惜。」

孫不變道：「可惜什麼？」

陸小鳳道：「可惜你看錯了人。」

孫不變臉色已變，厲聲道：「你難道忘了是誰帶你進來的？」

陸小鳳冷冷道：「我沒有忘，我也沒有忘記你在這兩天已害過我三次，若不是老刀把子，我已死在你手裡。」

孫不變道：「難道你看不出那是我故意做給他們看的？」

陸小鳳道：「我看不出。」

孫不變盯著他，忽然也長長嘆息，道：「好，你很好。」

陸小鳳道：「我不好，一點也不好！」

孫不變道：「那麼你就該死！」

喝聲中，他的人已撲起，指尖距離陸小鳳胸膛還有半尺，掌心突然向前一吐，直打玄璣穴，用的正是武當小天星掌力，而且認穴奇準。

只可惜他的掌力吐出時，陸小鳳的玄璣穴早已不在那裡，人也已不在那裡。

孫不變手掌一翻，玄鳥劃沙，平沙落雁，北雁南飛，一招三式，這種輕靈綿密的武當掌法在他手裡使出來，不但極見功力，變化也真快。

陸小鳳嘆道：「石道人門下的弟子，果然了得。」

這兩句話說完，孫不變的招式又全都落空，無論他出手多快，陸小鳳好像總能比他更快一步。

武當掌法運用的變化，陸小鳳知道的好像並不比他少。

他忽然停住手，盯著陸小鳳，道：「你也練過武當功夫？」

陸小鳳笑了笑，道：「我沒有練過武當功夫，可是我有很多武當朋友。」

孫不變眼睛裡又露出一線希望，道：「那麼你更該幫我逃出去。」

陸小鳳道：「只可惜你不是我的朋友，你救我一次，害我三次，現在我又讓了你八招，我們的賬早已結清了。」

孫不變咬了咬牙，道：「好，你出手吧！」

陸小鳳道：「我本來就已準備出手！」

他用的居然也是武當的小天星掌力，掌心吐出，打的也是玄璣穴。

孫不變引臂翻身，堪堪避開這一掌，陸小鳳的左掌卻已切在他後頸的大血管上。

他倒下去時，還在吃驚的看著陸小鳳。

陸小鳳微笑道：「你不知道我有兩隻手？」

孫不變當然知道，但他卻想不到一個人的手竟能有這麼快的動作。

六

老刀把子坐在他那張陳舊而寬大的木椅上，看著陸小鳳，看來彷彿很愉快。

舊木椅就好像老朋友一樣，總是能讓人覺得很舒服、很愉快的。

只可惜陸小鳳還是看不見他的臉。

孫不變就在他面前，他卻連看都沒有看一眼，他對陸小鳳的興趣顯然比對任何人都濃厚。

陸小鳳道：「這個人是奸細，從武當來的奸細。」

老刀把子道：「你爲什麼不殺了他？」

陸小鳳道：「我無權殺人，也不想殺人。」

老刀把子道：「那麼你就該放了他。」

陸小鳳很意外：「放了他？」

老刀把子淡淡道：「真正的奸細都早已死了，從來沒有一個能在這裡活過三天的。」

陸小鳳道：「難道他不是？」

老刀把子道：「他當然是個奸細，卻不是武當的奸細，是我的，很多年前我就送他到武當去臥底。」

陸小鳳怔住。

老刀把子卻在笑，笑得很愉快：「不管怎麼樣，你都該謝謝他。」

陸小鳳道：「我爲什麼要謝他？」

老刀把子道：「就因爲他，我才真正完全信任你。」

陸小鳳道：「他也是你派去試探我的？」

老刀把子微笑道：「有些人天生就是奸細，你只能讓他去做奸細做的事，而且永遠不會失望。」

陸小鳳道：「這個人就是天生的奸細？」

老刀把子道：「從頭到尾都是的。」

陸小鳳嘆了口氣，忽然一腳將孫不變踢得球一般滾了出去。

老刀把子也嘆了口氣道：「做奸細只有這一點壞處，這種人就好像驢子，時常都會被人踢兩腳的。」

陸小鳳道：「我只踢了一腳。」

老刀把子道：「還有一腳你準備踢誰？」

陸小鳳道：「踢我自己。」

老刀把子道：「你也是奸細？」

陸小鳳道：「我不是奸細，我只不過是條驢子，其笨無比的笨驢子。」他顯得很氣憤：「因爲想拚命去救人家的女兒，換來的卻是一巴掌，而且剛好砍在我脖子上。」

老刀把子又嘆了口氣，道：「其實你自己也該知道我絕不能讓你去救她。」

陸小鳳道：「我不知道。」

老刀把子道：「那沼澤裡不但到處都有殺人的陷阱，而且還有流沙，一陷下去，就屍骨無存，我怎麼能讓你去冒險？」

陸小鳳道：「爲什麼不能？」

老刀把子道：「因爲我需要你，將軍和鍾無骨都已死了，現在你已是我的右臂，若是再失去這條右臂，我計劃多時的大事，只怕就要成爲泡影。」

陸小鳳道：「你的意思是不是說，現在你已少不了我？」

他說話的方式很奇特，也很謹慎，本來他只用六個字就可以說完的話，這次卻用了十六個字。

老刀把子的回答卻簡單而乾脆：「是的。」

陸小鳳笑了，就在他開始笑的時候，他身子已飛鷹般掠起，他的手就是鷹爪。

鷹爪的獵物卻是老刀把子頭上的竹笠。

老刀把子還是坐著沒有動，他卻抓空了。

就算是最靈敏狡猾的狐兔，也很難逃脫鷹爪的一抓，他的出手絕對比鷹爪更迅速準確。

可是他抓空了，因爲老刀把子連人帶椅都已滑了出去，就像是急流上的皮筏般忽然滑了出去，那沉重的木椅就好像已黏在他身上。

陸小鳳嘆了口氣，身子飄落，他知道這一擊不中，第二次更難得手。

老刀把子道：「你想看看我？」

陸小鳳苦笑道：「你要我爲你去死，至少應該讓我看看你是什麼人。」

老刀把子道：「我不好看，我也不想要你爲我死，這件事成功後對大家都有利。」

陸小鳳道：「若是不成呢？」

老刀把子淡淡道：「你就算死了，也沒有什麼損失，你本來就已應該是個死人。」

陸小鳳道：「你創立這幽靈山莊，就是爲了要找人來替你冒險？」

老刀把子道：「到這裡來的人，本來都已應該死過一次，再死一次又何妨？」

陸小鳳道：「死過一次的人，也許更怕死。」

老刀把子同意這一點：「可是在這裡躲著，跟死有什麼分別？」

陸小鳳嘆了口氣，他承認分別的確不大。

老刀把子刀鋒般的目光在竹笠後盯著他：「你願不願意在這裡耽一輩子？」

陸小鳳立刻搖頭。

老刀把子道：「除了我們外，這裡還有三十七位客人，你好像都已見過，你看出了什麼？」

陸小鳳苦笑道：「我什麼都沒有看出來。」

老刀把子顯然很滿意：「你當然看不出的，因爲大家的稜角都已被磨圓了，看起來都是很平凡庸碌的人。」

陸小鳳道：「可是他們……」

老刀把子道：「能到這裡來的，每個人都是好手，每個人都有段輝煌的歷史，都跟你一樣，不甘寂寞，誰也不願意在這裡耽一輩子。」

他的聲音很愉快：「大家唯一能重見天日的機會，就是做成這件事。」

陸小鳳終於問道：「這件事究竟是什麼事？」

老刀把子道：「你很快就會知道的。」

陸小鳳道：「很快是什麼時候？」

老刀把子道：「就是現在。」

這句話剛說完，外面已有鐘聲響起，老刀把子站起來，聲音更愉快：「可是我們一定要先吃飯，今天中午這頓飯我保證你一定會滿意的。」

七

菜很多，酒卻很少，老刀把子顯然希望每個人都保持清醒。

可是他自己卻喝了用金樽裝著的大半杯波斯葡萄酒，後來居然還添了一次。

這是陸小鳳第一次看他喝酒。

「對他說來，今天一定是個大日子。」陸小鳳心裡在想：「為了等這一天，他一定已等了很久。」

大家都在低著頭，默默的吃飯，卻吃得很少，大部分都沒有喝酒。

所以陸小鳳就可以多喝一點，然後才能以愉快的眼神去打量這些人。

雖然大家穿的都是寬大保守的長袍，在大廳裡陰黯的光線下看來，還是有幾個人顯得比較觸目。

一個是長著滿臉金錢癬的壯漢，兩杯酒喝下去，就使得他臉上每塊癬看來都像是枚發亮的銅錢。

一個是紫面長髯，看來竟有幾分像是戲台上的關公。一個是腦滿腸肥，肚子球一般凸出來。一個是像貌嚴肅，像是坐在刑堂上的法吏。一個滿嘴牙都掉光了的老婆婆，吃得卻比誰都多。

還有幾個特別安靜沉默的瘦削老人，他們令人觸目，也許就因爲他們的沉默。

除了柳青青外，年紀最輕的是個臉圓如盆，看來還像是孩童般的小矮子。年紀最大的，就是這幾個安靜沉默的黑衣老人。

陸小鳳試探著，想從記憶中找出這些人的來歷。他第一個想到的，當然就是「金錢豹」花魁。

這個人身材高大，酒喝得不比陸小鳳少，動作彷彿很遲鈍，滿臉的癬使他看起來顯得甚至有點滑稽。

可是等到他暗器出手時，就絕不會再有人覺得滑稽了。

江南花家是江湖中最負盛名的暗器世家，他就是花家嫡系子弟。

有人甚至說他的暗器功夫已可排名在天下前三名之內。

陸小鳳也已注意到，他的酒喝得雖多，一雙手卻仍然很穩。

那個法吏般嚴肅的人，是不是昔年黑道七十二寨的刑堂總堂主「辣手追魂」杜鐵心？

那老婆婆是不是「秦嶺雙猿」中的母猿？只爲了一顆在傳說中可以延年益壽的異種蟠桃，就割斷了她老公「聖手仙猿」婁大聖的脖子。

那幾個從來沒有說過話的黑衣老人是誰？還有那圓臉大頭的小矮子？

陸小鳳沒有再想下去，因爲柳青青正在悄悄的拉他衣角，悄悄的問：「你老婆呢？」

陸小鳳怔了怔，才想起她問的是葉靈：「聽說她不見了。」

柳青青道：「你想不想知道她在哪裡？」

陸小鳳道：「不想。」

柳青青撇了撇嘴，故意嘆息：「男人果然沒有一個好東西，可是我偏要告訴你。」她聲音更低：「現在她一定在水裡。」

陸小鳳不懂：「她怎麼會在水裡？你怎麼知道她在水裡？」

柳青青道：「因爲她偷了人家一件如意魚皮水靠，和四對分水飛魚刺才走的。」

陸小鳳更吃驚，令他吃驚的有兩件事：

——水靠和飛魚刺不一定要在水裡才有用，在沼澤的爛泥裡也同樣用得著。

葉靈是不是找她姐姐去了？她怎麼會知道沼澤裡發生的那些事？

——如意水靠和飛魚刺是江湖中很有名的利器，屬於一個很有名的人。

「飛魚島主」于還不但名動七海，在中原武林也很有名，不但水性極高，劍法也不弱。

這個人如果還沒有死，如果也在這裡，應該也很觸目。可是陸小鳳並沒有發現他。

柳青青還在等他的反應，所以一直沒有開口。

陸小鳳沉吟著，終於問道：「這件事老刀把子知不知道？」

柳青青笑了笑，道：「這裡好像還沒有他不知道的事。」

——葉靈去找她姐姐，難道也是老刀把子授意的？否則她怎麼會知道葉雪的行蹤？

陸小鳳沒有再問別的，因爲他忽然發現有個人已無聲無息的到了他們身後。

他回過頭，就看見了一張沒有臉的臉，赫然正是那從不露面的勾魂使者。

大廳裡氣氛更沉重嚴肅，大家對這個沒有臉的人彷彿都有些畏懼。

他沒有坐下，只是動也不動的站在老刀把子身後。

他腰上佩著劍。形式古雅的劍鞘上，有七個刀疤般的印子，本來上面顯然鑲著有珠玉寶石。

這是不是武當派中，唯有掌門人能佩帶的七星寶劍！

就在這時，海奇闊忽然站起來，用洪鐘般的聲音宣佈：「天雷行動已開始！」

十一 天雷行動

一

天雷行動的計劃中，分四個步驟——

第一步是：選派人手，分配任務。

第二步是：易容改扮，分批下山。

第三步是：集合待命，準備出擊。

第四步才是正式行動。

現在開始進行的只不過是第一步，進行的過程已令人膽戰心驚。

大廳中的氣氛的沉重和緊張已達到頂點，老刀把子才站起來。

「這世界上有很多人早就該死了，卻沒有人敢去制裁他們，有很多事早就該做了，卻沒有人敢去做，現在我們就是要去對付這些人，去做這些事。」

陸小鳳發現這個人的確是個天生的首領，不但沉著冷靜，計劃周密，而且口才極好，只用幾句話就已將這次行動解釋得很清楚。

「我們的行動就像是天上的雷霆霹靂一樣，所以就叫做天雷行動。」

廣闊的大廳中只能聽到呼吸聲和心跳聲，每個人都在等著他說下去。

老刀把子的聲音停頓了很久，就好像暴風雨前那片刻靜寂，又好像特地要讓大家心裡有個準備，好聽那一聲石破天驚的雷霆霹靂。

「我們第一次要對付的有七個人。」他又停頓了一下，才說出這七個人的名字：「武當石雁、少林鐵肩、丐幫王十袋、長江水上飛、雁蕩高行空、巴山小顧道人，和十二連環塢的鷹眼老七。」

本已很靜寂的大廳，更死寂如墳墓，連呼吸心跳聲都已停止。

陸小鳳雖然早知道他要做的是件大事，可是每聽他說一個字，還是難免吃一驚。

過了很久，才有人開始擦汗，喝酒，還有幾個人竟悄悄躲到桌下去嘔吐。

老刀把子的聲音卻更鎮定：「這次行動若成功，不但必能令天下轟動，江湖側目，而且對大家都有好處。」他再次停頓：「我已將這次行動的每一個細節都計劃好，本該絕對有把握成功的，只可惜每件事都難免有意外，所以這次行動還是難免有危險，所以我也不勉強任何人參加。」

他目光掃視，穿透竹笠，刀鋒般從每個人臉上掠過：「不願參加的人，現在就可以站起來，我絕不勉強。」

大廳中又是一陣靜寂，老刀把子又緩緩坐下，居然又添了半杯酒。

陸小鳳也忍不住去拿酒杯，才發現自己的掌心已開始冒汗。

直到這時，還沒有一個人站起來，卻忽然有人問：「不願參加的人，以後是不是還可以留在這裡？」

老刀把子的回答很確定：「是的，隨便你要留多久都行。」

問話的人又遲疑片刻，終於慢慢的站起來，肚子也跟著凸出。

陸小鳳忽然想起這個人是誰了，在二十年前，江湖中曾經有四怪，一個奇胖，一個奇瘦，一個奇高，一個奇矮。

奇胖如豬的那個人就叫做朱菲，倒過來唸就成了「肥豬」。

可是認得他的人，都知道他非但不是豬，而且十分能幹，跟他交過手的人，更不會認爲他是豬，因爲他不但出手快，而且手也狠，一手地趟刀法「滿地開花八十一式」，更是武林少見的絕技。

陸小鳳知道這個人一定就是朱菲，卻想不到第一個站起來的人會是他。

朱菲並不是膽小怕死的人。

「可是我不能去。」他有理由：「因爲我太胖，目標太明顯，隨便我怎麼樣易容改扮，別人還是一眼就可以認出我。」

這理由很不錯。甚至老刀把子都不能不承認，卻又不禁覺得很惋惜。

朱菲的地趟功夫，江湖中至今無人能及，這種人才老刀把子顯然很需要。

可是他只不過輕輕嘆了口氣，並沒有說什麼。

所以別的人也有膽子站起來——有了第一個，當然就會有第二個，然後就愈來愈多。

老刀把子一直冷冷的看著，不動聲色，直到第十三個人站起來，他才聳然動容。

這個人像貌平凡，表情呆板，看來並不起眼。

可是一個人若能令老刀把子聳然動容，當然絕對不會是個平凡的人物。

老刀把子道：「你也不去？」

這人面上毫無表情，淡淡道：「你說不去的人站起來，我已站起來。」

老刀把子道：「你爲什麼不去？」

這人道：「因爲我的水靠和魚刺全不見了。」

這句話說出來，陸小鳳也不禁聳然動容，他實在想不到這個平凡呆板的人，就是昔年南海群劍中名聲僅次於白雲城主的六位島主之一。

這個人竟是「飛魚島主」于還！

在陸上，白雲城主是名動天下的劍客，在水裡，他卻絕對比不上于還。

老刀把子的這次任務，顯然也很需要一個水性精熟的人。

只聽「啵」的一聲，他手裡的酒杯突然碎了，粉碎。

也就在這時，一聲慘呼響起，坐在杜鐵心身旁的一個人剛站起來，又倒下去，整個人撲倒在桌上，壓碎了一片杯盞，酒汁四溢。然後大家就看見一股鮮血隨著酒汁溢出，染紅了桌布。

杜鐵心手裡的一雙筷子也早已變成紅的，當然也是被鮮血染紅的。

于還霍然回頭：「你殺了他？」

杜鐵心承認：「這還是我第一次用筷子殺人。」

于還道：「你爲什麼殺他？」

杜鐵心道：「因爲他知道的秘密已太多，他活著，我們就可能會死。」

他用沾著血的筷子挾了塊干貝，慢慢咀嚼，連眼睛都沒有眨。

「辣手無情」杜鐵心，本來就是個殺人不眨眼的狠角色。

于還盯著他，緩緩道：「他知道多少秘密，我也同樣知道，你是不是也要殺了我？」

杜鐵心冷冷道：「是的。」

他還是連眼睛都沒有眨：「不去的人，一個都休想活著走出這屋子。」

于還臉色變了，還沒有開口，已有人搶著道：「這話若是老刀把子說的，我也認命了，可是你……」

他沒有說下去，因爲旁邊已忽然有根筷子飛來，從他左耳穿進，右耳穿出。

那個沒有牙的老婆婆手裡的筷子已只剩下一根，正在嘆著氣喃喃自語：「雙木橋好走，獨木橋難行，看來我只好用手抓著吃了。」

她果然用手抓起塊排骨來，用僅有的兩個牙齒啃得津津有味。

嘩啦啦一聲響，那耳朵裡穿著筷子的人也倒了下去，壓碎了一片碗盞。

本來站著的人已有幾個想偷偷坐下。

杜鐵心冷冷道：「已經站起來的，就不許坐下。」

朱菲忍不住道：「這是誰的意思？」

杜鐵心道：「是我們大家的意思。」

朱菲遲疑著，終於勉強笑了笑，道：「其實我並不是不想去，只可惜我太胖了，若是我要去，除非把我像麵條一樣搓細點。」

杜鐵心道：「好，搓他！」

那個圓臉大頭的小矮子忽然跳起來，大聲道：「我來搓。」

他的頭大如斗，身子卻又細又小，站著的時候，就像是半截竹筷子插著個圓柿子，實在很滑稽可笑。

朱菲卻笑不出，連臉色都變了，這個人站在他面前就像是個孩子，他卻對這個人怕得要命。

看看他臉上的驚懼之色，再看看這個人的頭，陸小鳳的臉色也變了。

難道這個人就是西極群鬼中，最心黑手辣的「大頭鬼王」司空斗？

他沒有看錯，朱菲果然已喊出了這名字：「司空斗，這件事與你無關，你想幹什麼？」

司空斗道：「我想搓你。」

他手裡也有雙筷子，用兩隻手挾在掌心，就好像已將這雙筷子當作了朱菲，用力搓了幾搓，掌心忽然一股粉末白雪般落下來。

等他攤開手掌，筷子已不見了，他竟用一雙孩子的小手，將這雙可以當作利劍殺人的筷子，搓成了一堆粉末。

朱菲的臉已扭曲，整個人都彷彿軟了，癱在椅子上，可是等到司空斗作勢撲起時，他忽然往桌下一鑽，雙肘膝蓋一起用力，眨眼間已鑽過了七八張桌子，動作之敏捷靈巧，無法形容。

只可惜桌子並不是張張都連接著的，司空斗已飛身而起，十指箕張，看準了他一從桌下鑽出，立刻凌空下擊。

誰知朱菲的動作更快，右肘一挺，又鑽入了對面的桌下。

只聽「噗」的一聲，司空斗十指已洞穿桌面，等他的手拔出來，桌上就多了十個洞。

朱菲索性賴在桌下不出來了，司空斗右臂一掃，桌上的碗盞全被掃落，湯汁酒菜都灑在一個人身上，一個安靜沉默的黑衣老人。

司空斗反手一掌，正想將桌子震散，突聽一個人道：「等一等。」

一雙筷子伸過來，尖端朝上，指著他的脈門，司空斗這一掌若是拍下去，這隻手就休想再動了。

幸好他反應還算快，立刻硬生生的挫住了掌勢。

四個黑衣老者還是安安靜靜的坐在那裡，冷冷的看著他。

司空斗好像直到現在才看見他們，咧開大嘴一笑道：「能不能勞駕四位把桌子下那條肥豬踢出來？」

身上濺了酒汁的黑衣老者冷冷道：「不能。」

司空斗道：「你想護著他？」

黑衣老者道：「你不犯我，我不犯人。」

司空斗道：「誰犯了你？」

黑衣老者道：「你。」

司空斗不笑了：「犯了你又怎麼樣？」

黑衣老者道：「人若是犯我，就不是人。」

司空斗道：「誰不是人？」

黑衣老者道：「你。」

司空斗冷笑道：「我本就不是人，是鬼。」

黑衣老者道：「也不是鬼，是畜牲。」

他冷冷的接著道：「我不殺你，只殺畜牲，殺一兩個畜牲，不能算開殺戒。」

司空斗雙拳一握，全身的骨節都響了起來，圓盆般的臉已變成鐵青色。

老刀把子忽然道：「這個人我還有用，吳先生放他一馬如何？」

黑衣老者沉吟著，終於點頭，道：「好，我只要他一隻手。」

司空斗又笑了，大笑，笑聲如鬼哭。

他左手練的是白骨爪，右手練的黑鬼爪，每隻手上都至少有二十年苦練的功力，要他的一隻手等於要他的半條命。

黑衣老者道：「我就要你的左手。」

司空斗道：「好，我給你！」

「你」字出口，雙爪齊出，一隻手已變得雪白，另一隻手卻變成漆黑。

他已將二十年的功力全都使了出來，只要被他指尖一觸，就算是石人也得多出十個洞。

黑衣老者還是端坐不動，只嘆了口氣，長袖流雲般捲出。

只聽「格」的一響，如拗斷蘿蔔，接著又是一聲慘叫。

司空斗的人已經飛了出去，撞上牆壁，當他滑下來就不能動了，雙手鮮血淋漓，十指都已經被拗斷。

黑衣老者嘆了口氣，道：「我本來只想要你一隻手的。」

另一個白髮老者冷冷道：「只要一隻手，用不著使出七成力。」

黑衣老者道：「我已有多年未出手，力量已捏不準了，我也高估了他。」

白髮老者道：「所以你錯了，畜牲也是一條命，你還是開了殺戒。」

黑衣老者道：「是，我錯了，我佛慈悲。」

四個人同時雙手合什，口誦佛號，慢慢的站了起來，面對老刀把子：「我等先告退，面壁思過三日，以謝莊主。」

老刀把子居然也站起來，道：「是他自尋死路，先生何必自責？」

黑衣老者道：「莊主如有差遣，我等必來效命。」

老刀把子彷佛鬆了口氣，立刻拱手道：「請。」

黑衣老者道：「請。」

四個人同時走出去，步履安詳緩慢，走到陸小鳳面前，忽然停下。

白髮老者忽然問道：「陸公子可曾見到苦瓜上人？」

陸小鳳道：「去年見過幾次。」

白髮老者道：「上人妙手烹調，做出的素齋天下第一，陸公子的口福想必不淺。」

陸小鳳道：「是的。」

白髮老者道：「那麼他的身子想必還健朗如前。」

陸小鳳道：「是的。」

白髮老者雙手合什，道：「我佛慈悲，天佑善人……」

四個人同時口誦佛號，慢慢的走了出去，步履還是那麼安穩。

陸小鳳的腳卻已冰冷。

他終於想出了這四個人的來歷，看到老刀把子對他們的恭謹神情，看到那一手流雲飛袖的威力，看到他們佛家禮數，他才想起來的。

他以前一直想不出，只因爲他們已蓄了頭髮，易了僧衣，他當然不會想到他們是出家的和尙，更想不到他們就是少林寺的五羅漢。

五羅漢本是嫡親的兄弟，同時削髮爲僧，投入少林，現在只剩下四個人，因爲大哥無龍羅漢已死了。

他們在少年時就已縱橫江湖，殺人無數，人稱「龍、虎、獅、象、豹」五惡獸，每個人的一雙手上都沾滿血腥。

可是他們放下屠刀，立地成佛，惡名昭彰的五惡獸，從此變成了少林寺的五羅漢，無龍、無虎、無獅、無象、無豹，只有一片佛心。

無龍執掌藏經閣，儼然已有護法長老的身分，卻不知爲了什麼，一夕忽然大醉，翻倒燭台，幾乎將少林的中心重地藏經閣燒成一片平地。

掌門方丈震怒之下，除了罰他面壁十年之外，還責打了二十戒棍，無龍受辱，含恨而死，手足連心，剩下的四羅漢的佛心全部化作殺機，竟不惜蹈犯天條，去刺殺掌門。

江湖中人只知道他們那一次行刺並未得手，卻沒有人知道他們生死下落，更沒有人知道早已洗心革面的無龍羅漢，怎麼會忽然大醉的？

這件事已成了武林中的疑案之一，正如誰也不知道石鶴怎麼會被逐出武當的。

可是陸小鳳現在卻已知道，無龍的大醉，必定和苦瓜和尚有關——要吃苦瓜和尚那天下無雙的素席，總是難免要喝幾杯的。

他們剛才再三探問苦瓜和尙的安好，想必就是希望他還活著，他們才好去親手復仇。

剛才無豹乍一出手，就令人骨折命斃，可見他心中的怨毒已積了多深。

他們最恨的卻還不是苦瓜，而是少林，就正如石鶴恨武當，高濤恨鳳尾幫一樣。

巴山礦藏極豐，而且據說還有金砂，顧飛雲當然想將顧家道觀的產業，從他的堂弟小顧道人手中奪回來。

海奇闊在海上已不能立足，當然想從水上飛手裡奪取長江水面的霸業。

杜鐵心與丐幫仇深如海，那紫面長髯的老者，很可能就是昔年和高行空爭奪雁蕩門戶的「百勝刀王」關天武。

老刀把子這一次行動，正好將他們的冤家對頭一網打盡，他們當然會全力以赴。

可是這些人大都已是一派宗主的身分，平日很難相聚，他們的門戶所在地，距離又很遠，怎麼能在一次行動中就將他們一網打盡？

老刀把子已經在解釋：「四月十三日是已故去的武當掌門梅真人的忌日，也是石雁接掌門戶的十週年慶典，據說他還要在這一天，立下繼承武當道統的長門弟子。」他冷笑著，接著道：「到了那一天，武當山當然是冠蓋雲集，熱鬧得很，鐵肩和王十袋那些人，也一定都是會中的貴賓。」

「我們是不是已決定在那一天動手？」這句話陸小鳳本來也想問的，杜鐵心卻搶先問了出來。

老刀把子點點頭，道：「所以我們一定要在四月十二日之前，就趕到武當去。」

可是他們這些人若是同時行動，用不著走出這片山區，就一定已轟動武林。

這次行動絕對機密，絕不能打草驚蛇。

「所以我們不但要分批去，而且每個人都要經過易容改扮。」

這些事老刀把子早已有了極周密的計劃。

管家婆道：「行事的細節，由我為各位安排，完全用不著各位操心。」

老刀把子道：「我可以保證，負責各位易容改扮的，絕對是天下無雙的好手，雖不能將各位脫胎換骨，改造成另外一個人，卻絕對可以讓別的人看不出各位的本來面目。」

現在唯一的問題是：「我們怎麼樣將兵刃帶上山去？」

沒有人能帶兵刃上武當山，所有的武器都要留在解劍池旁的解劍巖上。

老刀把子道：「但是我也可以保證，在那天晚上出手之前，每個人都可以到雪隱去找到一件自己稱手的兵刃。」

婁老太太剛啃完一條雞腿，就搶著問：「雪隱在哪裡？」

老刀把子笑道：「雪隱就是隱所，也就是廁所的意思。」

婁老太太又問：「明明是廁所，為什麼偏偏要叫雪隱？」

老刀把子道：「這是方外人用的名詞，它的來歷有兩種說法。」

——「雪」就是雪竇山的明覺禪師，「隱」是杭州的靈隱寺，因為雪竇曾經在靈隱寺司廁職，所以寺刹即以雪隱稱廁。

——因爲福州的神僧雪峰義存，是在打掃隱所中獲得大悟的，故有此名。

婁老太太還想再問，管家婆已送了盤燒雞過去，讓她用雞腿塞住她自己的嘴。

要怎樣才能塞住于還那些人的嘴？他們知道的秘密豈非已太多了？

這些人的臉上已全無血色，因爲他們自己也知道處理這種事通常只有一種法子！

只有死人才不會洩露秘密。

要想在死中求活，通常也只有一種法子：「你要殺我滅口，我就先殺了你！」

于還突然躍起，就像是條躍出水面的飛魚。

他的飛魚刺有五對，葉靈只偷了四對，剩下的一對就在他衣袖裡，現在已化作了兩道閃電，直打老刀把子。

老刀把子沒有動，他身後的石鶴卻動了，七星皮鞘中的長劍已化作飛虹。

飛虹迎上了閃電，「叮，叮」兩聲響，閃電突然斷了，兩截鋼刺半空中落了下來，飛虹也不見了，劍光已刺入于還的胸膛。

他看看手裡剩下的兩截飛魚刺，再看看從前胸直刺而入的劍鋒，然後才抬起頭，看著面前這個沒有臉的人，好像還不能相信這是真的。

石鶴也在冷冷的看著他，忽然問道：「我這一劍比葉孤城的天外飛仙如何？」

于還咬著牙，連一個字都沒有說，扭曲的嘴角卻露出種譏嘲的笑意，彷彿是在說：「葉孤城已死了，你就算比他強又如何？」

石鶴懂得他的意思，握劍的手突然轉動，劍鋒也跟著轉動。

于還的臉立刻扭曲，忽然大吼一聲，撲了上來，一股鮮血標出，劍鋒已穿胸而過。

陸小鳳不忍再看，已經站起來的，還有幾個沒有倒下，他不能看著他們一個個死在眼前。

他悄悄的站起來，悄悄的走了出去。

霧又濕又冷，他深深的吸入了一口，將冷霧留在胸膛裡。他必須冷靜。

「你不喜歡殺人？」

這是老刀把子的聲音，老刀把子也跟著他走了出來，也在呼吸著這冷而潮濕的霧氣。

陸小鳳淡淡道：「我喜歡喝酒，可是看別人喝酒就是另外一回事了。」

他沒有回頭去看老刀把子，但是他聽得出老刀把子聲音裡帶著笑意，顯然對他的回答覺得很滿意。

老刀把子已在說：「我也不喜歡看，無論什麼事，自己動手去做總比較有趣些。」

陸小鳳沉默著，忽然笑了笑，道：「有些事你卻好像並不喜歡自己動手。」

老刀把子道：「哦？」

陸小鳳道：「你知道葉靈偷了于還的水靠和飛魚刺，你也知道她去幹什麼，但你卻沒有阻止。」

老刀把子承認：「我沒有。」

陸小鳳道：「你不讓我去救葉雪，你自己也不去，爲什麼讓她去？」

老刀把子道：「因爲我知道葉凌風絕不會傷害她的。」

陸小鳳道：「你能確定？」

老刀把子點點頭，聲音忽然變得嘶啞：「因爲她才是葉凌風親生的女兒。」

陸小鳳又深深吸了口氣，好像完全沒有注意到他聲音裡露出的痛苦和仇恨：「還有一件事，你好像也不準備自己動手。」

老刀把子在等著他說下去。

陸小鳳道：「你是不是要石鶴去對付武當石雁，虎豹兄弟們對付少林鐵肩？」

老刀把子道：「那是他們自己的仇恨，他們本就要自己去解決。」

陸小鳳道：「杜鐵心能對付王十袋？」

老刀把子道：「這些年來，他武功已有精進，何況還有婁老太太做他的助手。」

陸小鳳道：「小顧道人應該不是表哥的對手，水上飛對海奇闊你買誰贏？」

老刀把子道：「長江是個肥地盤，水上飛已肥得快飛不動了，無論是在陸上還是在水裡，我都可以用十對一的盤口，賭海奇闊贏。」

陸小鳳道：「可是關天武卻已敗在高行空手下三次。」

老刀把子道：「那三次都有人在暗中助了高行空一臂之力。」

陸小鳳道：「是什麼人？」

老刀把子冷笑道：「你應該想得到的，高行空縱橫長江，武當掌門的忌日，干他什麼事？他爲什麼要巴巴的趕去？」

難道是武當弟子在暗中出手的？雁蕩的門戶之爭，武當弟子爲什麼要去多管閒事？

陸小鳳並不想問得太多，又道：「那麼現在剩下的就只有鷹眼老七了，就算管家婆管不住他，再加上一個花魁就足足有餘。」

老刀把子道：「花魁還有別的任務，高濤也用不著幫手。」

陸小鳳道：「所以主要的七個人都已有人對付，而且都已十拿九穩。」

老刀把子道：「十拿十穩。」

陸小鳳笑了笑，道：「那末你準備要我幹什麼？去對付那些掃地洗碗的火工道人？」

老刀把子道：「我要你做的事，才是這次行動的成敗關鍵。」

陸小鳳道：「什麼事？」

老刀把子也笑了笑，道：「現在你知道已夠多了，別的事到四月十二的晚上，我再告訴你。」他拍了拍陸小鳳的肩：「所以今天晚上你不妨輕鬆輕鬆，甚至可以大醉一場，因爲你明天可以整整睡上一天。」

陸小鳳道：「我要等到後天才下山？」

老刀把子道：「你是最後一批下山的。」

陸小鳳道：「我那批人裡面還有誰？」

老刀把子道：「管家婆、婁老太太、表哥、鉤子，和柳青青。」他又笑了笑，道：「好戲總是要等到最後才登場的，你們當然要留在最後。」

陸小鳳淡淡道：「何況有他們跟著我，我至少不會半途死在別人手裡。」

老刀把子的笑聲更愉快，道：「你放心，就算你在路上遇見了西門吹雪，他也絕對認不出你。」

陸小鳳道：「因爲要爲我易容改扮的那個人，是天下無雙的妙手。」

老刀把子笑道：「一個人若能將自己扮成一條狗，你對他還有什麼不放心的？」

他說的是犬郎君。

犬郎君的任務就是將每個人的容貌改變得讓別人認不出來。

任務完成了之後？

——我只不過要你走的時候帶我走。

陸小鳳終於明白了他的意思，他當然已看出自己的危機。

老刀把子仰面向天，長長吐出口氣，耕耘的時候已過去，現在只等著收穫，他彷彿已能看見果實從枝頭長出來。

一顆顆果實，就是一顆顆頭顱。

陸小鳳忽然轉臉看著他，道：「你呢？所有的事都有人做了，你自己準備做什麼？」

老刀把子道：「我是債主，我正準備等著你們去替我把賬收回來。」

陸小鳳道：「武當欠了石鶴一筆賬，少林欠了虎豹兄弟，誰欠你的？」

老刀把子道：「每個人都欠我的。」他又拍了拍陸小鳳的肩，微笑著道：「你豈非也欠了我一點？」

陸小鳳也長長吐出口氣，可是那團又冷又潮濕的霧，卻好像還留在他胸膛裡。

他知道無論誰欠了老刀把子的債，遲早都要加倍奉還的。他只怕自己還不起。

二

犬郎君躺在床上，眼睜睜看著屋頂。

他實在很想睡一下，他已經閉上眼睛試過很多次，卻偏偏睡不著。

狡兔死，走狗烹。現在他就覺得自己好像已經在鍋裡，鍋裡的湯已經快煮沸了，他怎麼睡得著？

夜深人靜，窗子上突然「格」的一響，一個人風一般掠入了窗戶，是陸小鳳。

犬郎君還沒有出聲，陸小鳳已掩住了他的嘴：「這棟屋子裡只有你一個人？」

只有他一個人，誰也不願住在一棟到處掛滿了狗皮和人皮的屋子裡，誰也受不了爐子上的銅鍋裡散發出的那一陣陣膠皮惡臭氣。

易容改扮並不是別人想像中那麼輕鬆愉快的事，想做一張完好無缺的人皮面具，不但要有一雙靈巧穩定的手，還得要有耐心。

陸小鳳已被那一陣陣惡臭燻得皺起了眉，忍不住道：「你在煮什麼？」

犬郎君道：「煮牛皮膠，人皮面具一定要用牛皮膠貼住才不會掉。」

陸小鳳道：「人皮面具？你真的用人皮做面具？」

犬郎君道：「一定要用人皮做的面具貼在臉上，才能完全改變一個人臉上的輪廓，而且每一張人皮面具都要先依照那個人的臉打好樣子。」他忽然對陸小鳳笑了笑，道：「我也照你的臉形做好了一張。」

陸小鳳苦著臉道：「也是人皮的？」

犬郎君道：「貨真價實的人皮。」

陸小鳳道：「你一共做了多少張？」

犬郎君道：「三十一張。」他又補充著道：「除了老刀把子外，每個人都有一張。」

老刀把子爲什麼不必易容改扮？難道他到了武當還能戴著那簍子般的竹笠？

陸小鳳道：「這些人經過易容後，臉上是不是還留著一點特殊的標誌？」

犬郎君道：「一點都沒有。」

陸小鳳道：「如果大家彼此都不認得，豈非難免會殺錯人？」

犬郎君道：「絕不會。」

陸小鳳道：「爲什麼？」

犬郎君道：「因爲每一批下山的人的任務都不同，有的專對付武當道士，有的專對付少林和尚，只要這組人能記住彼此間易容後的樣子，就不會殺到自己人身上來了。」

陸小鳳沉吟著，忽然壓低聲音，道：「你能不能在每批人臉上都留下一點特別的記號？譬如說，一點痳子，或者是一顆痣。」

犬郎君看著他，眼睛裡帶著一種奇怪的表情，過了很久，才悄悄的問：「你有把握能帶我一起走？」

陸小鳳道：「我有把握。」

犬郎君吐出口氣，道：「你答應了我，我當然也答應你。」

陸小鳳道：「你準備怎麼做？」

犬郎君眨了眨眼，道：「現在我還沒有想出來，等我們一起走的時候，我再告訴你。」

這裡每個人好像跟老刀把子一樣，除了自己外，絕不信任何人。有時他們甚至連自己都不信任。

犬郎君忽又問道：「花寡婦是不是跟你一批走？」

陸小鳳道：「大概是的。」

犬郎君道：「你想讓她變成什麼樣子？是又老又醜？還是年輕漂亮？」

陸小鳳道：「愈老愈好，愈醜愈好。」

犬郎君道：「爲什麼？」

陸小鳳道：「因爲沒有人相信陸小鳳會跟一個又老又醜的女人在一起的，所以也沒有人會相信我就是陸小鳳。」

犬郎君道：「所以她愈老愈醜，你就愈安全，不但別人認不出你，你自己也可以不動心。」他眨著眼笑道：「這幾天你的確要保持體力，若是跟一個年輕漂亮的寡婦在一起，要保持體力就很不容易了。」

陸小鳳看著他，冷冷道：「你知道你的毛病是什麼？」

犬郎君搖搖頭。

陸小鳳道：「你的毛病就是太多嘴。」

犬郎君陪笑道：「只要你帶我走，這一路我保證連一個字都不說。」

陸小鳳道：「就算你想說，我也有法子讓你說不出來。」

犬郎君忍不住問：「你有什麼法子？」

陸小鳳道：「我是個告老歸田的京官，不但帶著好幾個跟班隨從，還帶著一條狗。」他微笑著，又道：「你就是那條狗，狗嘴裡當然是說不出人話來的。」

犬郎君瞪著他看了半天，終於苦笑，道：「不錯，我就是那條狗，只求你千萬不要忘記，我這條狗只能吃肉，不啃骨頭。」

陸小鳳道：「可是你最好也不要忘記，不聽話的狗非但要啃骨頭，有時還要吃屎。」

他大笑著走出去，忽又回頭：「葉雪和葉靈本應該在第幾批走的？」

犬郎君道：「我也不知道，老刀把子給我的名單上，根本沒有她們姐妹的名字。」

夜更深。

陸小鳳在冷霧中坐下來，心裡在交戰——現在是到沼澤中去找她們姐妹？還是去大醉一場？

他的選擇是大醉一場。

三

就算不去找她們，也不是一定要醉的，可是他醉了，爛醉如泥。

他爲什麼一定要醉？

難道他心裡有什麼不可告人的苦衷？

四月初三，下午，多霧。

陸小鳳醒來時，只覺得頭疼如裂，滿嘴發苦，而且情緒十分低落，就好像大病一場。

他醒了很久才睜開眼，一睜開眼就幾乎跳了起來。

婁老太太怎麼會坐到他床頭來的？而且還一直在盯著他？

他揉了揉眼睛，才看出這個正坐在他床頭咬蠶豆的老太婆並不是婁老太太，可是也絕不會比婁老太太年輕多少。

「你是誰？」

他忍不住要問，這老太太的回答又讓他大吃一驚。

「我是你老婆。」老太太咧開乾癟了的嘴冷笑：「我嫁給你已經整整五十年，現在你想不認我做老婆也不行了。」

陸小鳳吃驚的看著她，忽然大笑，笑得在床上直打滾。

這老太太竟是柳青青，他還聽得出她的聲音。

「你怎麼會變成這樣子的？」

「因爲那個王八蛋活見了鬼，我想要年輕一點，他都不答應。」

柳青青用力咬著蠶豆，恨恨道：「現在我變成這個樣子，你是不是很高興？」

陸小鳳故意眨了眨眼，道：「我爲什麼要高興？」

柳青青道：「因爲你本來就希望我愈老愈好，愈醜愈好，因爲你本來就一直在逃避我，好像生怕我活活的把你吞下去。」

陸小鳳還是裝不懂：「爲什麼要逃避你？」

柳青青道：「你若不是在逃避我，爲什麼每天都喝得像死人一樣？」她冷笑著，又道：「其實我也知道你不敢碰我，可是我又有點奇怪，要你每天晚上跟我這麼樣一個老太婆睡覺，你怎麼受得了？」

陸小鳳坐了起來，道：「我爲什麼要每天晚上跟你睡覺？」

柳青青道：「因爲你是告老歸田的京官，我就是你老婆，而且是個出名的醋罈子。」

陸小鳳說不出話來了。

柳青青道：「我還有個好消息告訴你，我們的兒子也一直跟在我們身邊的。」

陸小鳳又吃了一驚：「我們的兒子是誰？」

柳青青道：「是表哥。」

陸小鳳忽然倒了下去，直挺挺的倒在床上，連動都不會動了。

柳青青大笑，忽然撲在他身上，吃吃的笑道：「我的人雖老，心卻不老，我還是每天都要的，你想裝死都不行。」

陸小鳳苦笑道：「我絕不裝死，可是你若要我每天都跟你這麼樣一個老太婆做那件事，我就真的要死了。」

柳青青道：「你可以閉起眼睛來，拚命去想我以前的樣子。」她已笑得喘不過氣：「何況你們男人不是常常喜歡說，只要閉起眼睛來，天下的女人就都是一樣的。」

現在陸小鳳總算明白自作自受是什麼意思了。

這個洞本來是他自己要挖的，現在一頭栽進去的，偏偏就是他自己。

四

犬郎君來的時候，柳青青還在喘息。

看著一個老掉了牙的老太太，少女般的躺在一個年輕男人身旁喘息，如果還能忍得住不笑出來，這個人的本事一定不小。犬郎君的本事就不小。

他居然沒有笑出來，居然能裝作沒有看見，可是等到陸小鳳站起來，他卻忽然向陸小鳳擠了擠眼睛，好像在問：「怎麼樣？」

陸小鳳簡直恨不得將他這雙眼珠挖出來，送給柳青青當蠶豆吃。

幸好他還沒有動手，門外已有個比柳青青和妻老太太加起來都老的老太婆伸進頭來，陪著笑道：「老爺和太太最好趕緊準備，我們天一亮就動身。」

這個人當然就是管家婆。

又有誰能想得到，昔年不可一世的鳳尾幫內三堂的高堂主，竟會變成這副樣子？

陸小鳳又覺得比較愉快了，忽然大聲道：「我那寶貝兒子呢？快叫他進來給老夫請安。」

看起來好像又年輕了二十歲的表哥，只好愁眉苦臉的走進來。

陸小鳳板著臉道：「在京裡做官的人，家規總是比較嚴的，就算在路上，也馬虎不得，所以你以後每天都要來跟我磕頭請安，你知不知道？」

表哥只有點頭。

陸小鳳道：「既然知道，還不趕緊跪下去磕頭？」

看著表哥真的跪了下去，陸小鳳的心情更好了，不管怎麼樣，做老子總比做兒子愉快得多。

這一路上他當然也不會寂寞，除了老婆外，他還有個兒子，有個管家，有個管家婆。

他甚至還有一條狗。

「不能帶這條狗去！」

海奇闊斷腕上的鈎子已卸下來，光禿禿的手腕在沒有用衣袖掩蓋著的時候，顯得笨拙而滑稽。

他的表情卻很嚴肅，態度更堅決：「我們絕不能帶他去。」

陸小鳳道：「這也是老刀把子的命令？」

海奇闊道：「當然是。」

陸小鳳道：「你是不是準備殺了他？」

海奇闊道：「是。」

現在犬郎君的任務已結束，他們已用不著對他有所顧忌。

陸小鳳道：「誰動手殺他？」

海奇闊道：「我。」

陸小鳳道：「你不用鈎子也可以殺人？」

海奇闊道：「隨時都可以。」

陸小鳳道：「好，那麼你現在就先過來殺了我吧。」

海奇闊臉色變了：「你這是什麼意思？」

陸小鳳淡淡道：「我的意思很簡單，他去，我就去，他死，我就死。」

他當然不能死。

海奇闊看看表哥，表哥看看管家婆，管家婆看看柳青青。

柳青青看看犬郎君，忽然問道：「你是公狗？還是母狗？」

犬郎君道：「是公的。」

柳青青道：「有些狗晚上喜歡睡在主人的床旁邊，你呢？」

犬郎君道：「我喜歡睡在門口，而且一睡就像死狗一樣，什麼都聽不見。」

柳青青笑了：「只要不是母狗，隨便你想帶多少去，我都不反對。」

陸小鳳道：「有沒有人反對的？」

海奇闊嘆了口氣，道：「沒有。」

管家婆立刻道：「半個人都沒有。」

陸小鳳看看表哥：「你呢？」

表哥笑了笑，道：「我是個孝子，我比狗還聽話十倍。」

所以我們的陸大爺就帶著四個人和一條狗，浩浩蕩蕩的走出了幽靈山莊。

這已是他第二次離開這地方，他知道自己這一次是絕不會再回來了。

十二 鬼屋

一

四月初五，晴。

陸小鳳正對著一面擦得很亮的銅鏡微笑。

看到鏡子裡的人居然不是自己，這種感覺雖然有點怪怪的，卻很有趣。

鏡子裡這個老人當然沒有本來那麼英俊，看起來卻很威嚴，很有氣派，絕不是那種酒色過度，一條腿已進了棺材的糟老頭。

這一點無疑使他覺得很愉快，唯一的遺憾就是不能洗臉。

所以他只能用乾毛巾象徵性在臉上擦了擦，再痛痛快快的漱了口，再轉過頭看看床上的老太婆。

他搖著頭嘆氣道：「犬郎君的確應該讓你年輕一點的，現在你看來簡直像我的媽。」

柳青青咬著牙，恨恨道：「是不是別人隨便把你弄成個什麼樣的人，你都一樣能夠自我陶醉的？」

陸小鳳笑了，大笑。

這時，那條聽話的狗已搖著尾巴進來了，孝順的孩子也已趕來磕頭請安。

陸小鳳更愉快，他笑道：「今天你們都很乖，我請你們到『三六九』去吃火腿干絲和小籠湯包去。」

「三六九」的湯包小巧玲瓏，一籠二十個，一口吃一個，吃上個三五籠也不嫌多。

連陸大爺的狗都吃了三籠，可是他的管家婆卻只能站在後面侍候著。

在京裡做官的大老爺們，規矩總是比別人大的。

店裡的跑堂在旁邊看著只有搖頭，用半生不熟的蘇州官話搭訕著道：「看來能在大老爺家裡做條狗也是好福氣的，比好些人都強得多了。」

陸小鳳正在用自己帶來的銀牙籤剔著牙，嘴裡嘖嘖的直響，忽然道：「你既然喜歡牠，爲什麼不帶牠出去溜溜，隨便在外面放泡野屎，回來老爺有賞。」

跑堂的遲疑著，看看管家和管家婆：「這位管家老爺不去？」

陸小鳳道：「他不喜歡這條狗，所以這條狗就喜歡咬他。」

跑堂的害怕了：「這位老爺喜不喜歡咬別人的？」

陸小鳳從鼻孔裡哼了一聲，道：「別人就算請牠咬，牠還懶得張口哩。」

大老爺的夫人也在旁邊開了腔：「我們這條狗雖然不咬人，也不啃骨頭，可就是有點喜歡吃屎，你最多只能讓牠舐一舐，千萬不能讓牠真的吃下去，牠會鬧肚子的。」

跑堂的只有陪笑著，拉起牽狗的皮帶，小心翼翼的帶著這位狗老爺散步去了。

管家看看管家婆，管家婆看看孝子，孝子看看老太太。

老太太微笑道：「你放心，你老子這條狗是乖寶貝，絕對不會跑的，而且牠就算會跑，也跑不了。」

孝子忍不住問：「為什麼？」

老太太道：「因為你也要跟著牠去，牠拉屎的時候，你也得在旁邊等著。」

表哥果然聽話得很，站起來就走。

陸小鳳笑了，微笑著道：「看來我們這個兒子倒真是孝子。」

陸小鳳有個毛病，每天吃早點之後，好像都一定要去方便方便。他的酒喝得太多，所以腸胃不太好。

老太太就算是個特大號的醋罈子，盯人的本事再大，至少老爺在方便的時候，她總不能在旁邊盯著的。

可是一條狗要盯著一個人的時候，就沒有這麼多顧忌了，不管你是在方便也好，是不方便也好，牠都可以跟著你。

所以陸小鳳每次要方便的時候，犬郎君都會搖著尾巴跟進去。

今天也不例外。

陸小鳳一蹲下去，他就立刻壓低聲音道：「那個跑堂的絕不是真的跑堂。」

沒有反應，陸小鳳根本不睬他。

犬郎君道：「他的輕功一定很高，我從他的腳步聲就可以聽得出來。」

還是沒有反應。就像大多數人一樣，陸小鳳在方便的時候，也是專心一意，全神貫注的。

犬郎君又道：「而且我看他一定還是易容的高手，甚至比我還高。」

陸小鳳忽然道：「你知不知道你是個什麼？你是個妖怪。」

犬郎君怔了怔：「妖怪？」

陸小鳳道：「一條狗居然會說話，不是妖怪是什麼？」

犬郎君道：「可是……」

陸小鳳不讓他說下去，又問道：「你知不知道別人怎麼對付妖怪的？」

犬郎君搖搖頭。

陸小鳳冷冷道：「不是活活的燒死，就是活活的打死。」

犬郎君連一個字都不敢再說，就乖乖的搖著尾巴溜了。

陸小鳳總算輕鬆了一下，對他來說，能一個人安安靜靜的坐下來，就算是坐在馬桶上，也算是種享受，而且是種很難得的享受，因爲他忽然有了個會盯人的老婆。

他出去的時候，才發現柳青青已經在外面等著，而且像已等了很久，地上的蠶豆殼已有一大堆。

陸小鳳忍不住道：「你是喜歡看男人方便？還是喜歡嗅這裡的臭氣？」

柳青青道：「我只不過有點疑心而已。」

陸小鳳道：「疑心什麼？」

柳青青道：「疑心你並不是真的想方便，只不過想藉機避開我，跟你的狗朋友說悄悄話。」

陸小鳳道：「所以你就坐在外面聽我是不是真的方便了？」

柳青青笑道：「現在我才知道，這種聲音實在不太好聽。」

陸小鳳嘆了口氣，苦笑道：「幸好他是條公狗，若是母狗，那還了得？」

柳青青淡淡道：「若是條母狗，現在他早已是條死狗了。」

二

四月初六，時晴多雲。

管家婆的簿子上記著：

早點在城東奎元館吃的，其間又令人溜狗一次，來回約半個時辰。

溜狗的堂倌姓王，當地土生土長，幹堂倌已十四年，已娶妻，有子女各一。

此人已調查確實，絕無疑問。

這簿子當然是要交給老刀把子看的。

海奇闊卻反對：「不行，不能這麼寫。」

管家婆道：「爲什麼不能？」

海奇闊道：「我們根本就不該帶這條狗來，更不該讓他找別人去溜狗，老刀把子看了，一定會認爲其中有問題。」

管家婆道：「你準備怎麼辦？」

海奇闊冷笑，道：「這條狗若是條死狗，豈非就沒問題了？」

管家婆道：「你不怕陸小鳳？」

海奇闊道：「活狗已經變成了死狗，就好像生米已煮成熟飯一樣，他能把我怎麼樣？」

管家婆吐出口氣，道：「卻不知這條活狗，要等到什麼時候才會變成死狗？」

海奇闊道：「快了。」

管家婆道：「明天你去溜狗？」

海奇闊嘆了口氣，道：「這好像還是我生平第一次做這種事。」

管家婆道：「是不是最後一次？」

海奇闊道：「是的，絕對是的。」

四月初七，晴。

海奇闊已牽著狗走了很遠，好像沒有回頭的意思。

表哥跟在後面，忍不住道：「你幾時變成這樣喜歡走路的？」

海奇闊道：「剛才。」

表哥道：「現在你準備走到哪裡去？」

海奇闊道：「出城去。」

表哥道：「出城去幹什麼？」

海奇闊道：「一條狗死在路上，雖然是件很平常的事，狗皮裡若是忽然變出個人來，就完全是另外一件事了。」

表哥道：「這種事當然是絕不能讓別人看見的。」

海奇闊道：「所以我要出城去。」

他緊緊握著牽狗的皮帶，表哥的手也握住了衣袂下的劍柄。

這條狗不但聽得懂人話，而且還是個暗器高手，如果狗沒有死在人手裡，人反而死在狗手裡了，那才真的是笑話。

誰知這條狗居然連一點反應都沒有。

表哥道：「你知不知道狗肚子裡在打什麼鬼主意？」

海奇闊道：「我只知道這附近好像已沒有人了。」

表哥道：「簡直連條人影都沒有。」

海奇闊忽然停了下來，看著這條狗，嘆息著道：「犬兄犬兄，我們也曾在一起吃過飯，喝過酒，總算也是朋友，你若有什麼遺言後事，也不妨說出來，只要我們能做的，我們一定替你做。」

狗在搖尾巴，汪汪的直叫。

海奇闊道：「你搖尾巴也沒有用，我們還是要殺了你。」

表哥道：「可是我保證絕不會把你賣到掛著羊頭的香肉店去。」

海奇闊還在嘆著氣，醋鉢般大的拳頭已揮出，一拳打在狗頭上。

拳頭落下，立刻聽見了骨頭碎裂的聲音。

這條狗狂吠一聲，居然還能撐起來，表哥的劍卻已刺入了牠的脖子。

鮮血飛濺，海奇闊凌空掠起，等他落下來時，活狗就已變成了死狗。

海奇闊鬆了口氣，笑道：「看來殺狗的確比殺人輕鬆得多。」

表哥卻沉著臉，忽然冷笑道：「只怕我們殺的真是條狗。」

海奇闊吃了一驚，立刻俯下身，想剝開狗皮來看看。

狗皮裡面也是狗，這條狗竟不是犬郎君。

海奇闊臉色變了，道：「我明明看見的。」

表哥道：「看見什麼？」

海奇闊道：「看見犬郎君鑽進這麼樣一張狗皮裡去，就變成了這麼樣一條狗。」

表哥冷冷道：「狗有很多種，同種的狗樣子都差不多的。」

海奇闊道：「那麼犬郎君到哪裡去了？這條狗又是怎麼來的？」

表哥道：「你爲什麼不去問陸小鳳？」

廁所外面居然又有人在等著，陸小鳳剛走到門口，連褲帶都沒有繫好，就看見了海奇闊。

海奇闊的樣子，看來就像是已經憋不住了，一泡屎已拉在褲胯裡。

陸小鳳嘆了口氣，喃喃道：「爲什麼我每次方便的時候，外面都有人在排隊，難道大家都吃錯了藥，都在拉肚子？」

海奇闊咬著牙，恨恨道：「我倒沒有吃錯藥，只不過殺錯了人。」

陸小鳳好像吃了一驚，道：「你殺了誰？」

海奇闊道：「我殺了一條狗。」

陸小鳳道：「你殺的究竟是人？還是狗？」

海奇闊道：「我殺的那條狗本來應該是個人的，誰知牠竟真的是條狗，狗皮裡面也沒有人。」

陸小鳳又嘆了口氣，道：「狗就是狗，狗皮裡面當然只有狗肉和狗骨頭，當然不會有人！」他嘆息著，拍了拍海奇闊的肩：「最近你一定太累了，若是還不好好的去休息休息，說不定真會發瘋的。」

海奇闊看樣子好像真的要被氣瘋了，忽然大叫道：「犬郎君呢？」

陸小鳳淡淡道：「他既不是我兒子，又不是我的管家，我怎麼知道他在哪裡？」

海奇闊道：「可是一定要帶他下山來的卻是你。」

陸小鳳道：「我只不過說要帶條狗下山，並沒有說要帶犬郎君。」他又拍了拍海奇闊，微笑道：「現在你雖然殺了我的狗，可是我並不想要你償命，不管怎麼樣，一個好管家總比一條狗有用得多，何況，我也不忍讓管家婆做寡婦。」

海奇闊已氣得連話都說不出。

陸小鳳終於已繫好褲帶，施施然走了，走出幾步又回頭，帶著笑道：「這件事你一定要告訴老刀把子，他一定會覺得很有趣的，說不定還會重重的賞你一樣東西。」

他笑得實在有點不懷好意：「你想不想得出他會賞你樣什麼東西呢？」

海奇闊已想到了。

不管那是樣什麼東西，都一定是很重很重的，卻不知是重重的一拳？還是重重的一刀。

海奇闊忽然大笑，道：「我總算想通了。」

陸小鳳道：「想通了什麼？」

海奇闊道：「我殺的既然是條狗，死的當然也是條狗，不管那是條什麼樣的狗都一樣，反正都已是條死狗。」他眨了眨眼，微笑道：「連人死了都是一樣的，何況狗？」

陸小鳳也大笑，道：「看來這個人好像真的想通了。」

四月初八，晴時多雲偶陣雨。

今天管家婆簿子上的記載很簡單：「趕路四百里，狗暴斃。」

三

四月初九，陰。

沒有雨，只有陰雲，一層層厚厚的陰雲掩住了日色，天就特別黑得早。

荒僻崎嶇的道路上渺無人煙，除了亂石和荒草外，什麼都看不見。

「我們怎麼會走到這裡來了？」

「因爲趕車的怕錯過宿頭，所以要抄近路。」

「這條是近路？」

「本來應該是的，可是現在……」管家婆嘆了口氣，苦笑道：「現在看來卻好像是迷了路。」

現在本來已到了應該吃飯的時候，他們本來已應該洗過臉，漱過口，換上了乾淨舒服的衣裳，坐在燈光輝煌的飯館裡吃正菜前的冷盤。可是現在他們卻在一個完全陌生的地方迷了路。

「我餓了，餓得要命。」柳青青顯然不是個能吃苦的人：「我一定要吃點東西，我的胃一向不好。」

「假如你真的一定要吃點東西，就只有像羊一樣吃草。」

柳青青皺起了眉：「車上難道連一點吃的都沒有？」

「非但沒有吃的，連水都沒有。」

「那我們怎麼辦？」

「只有一個辦法。」

「什麼辦法？」

「餓著。」

柳青青忽然推開門，跳下車：「我就不信沒有別的辦法，我去找。」

「找什麼？」

「無論什麼樣的地方都有人住的，這附近一定也有人家。」柳青青說得好像很有把握，其實心裡連一點把握都沒有。

可是她肯去找，她不能不去找。因爲她不能吃苦，不能挨餓。

無論你要找的是什麼，只有肯去找的人，才會找得到。

世上本就有很多事都是這樣子的——第一個發明車輛的人，一定是懶得走路的人，就因爲人們不願吃苦，所以人類的生活才會進步。

她肯去找，所以她找到了。

山坳後的山坡下，居然真的有戶人家，而且是很大的一戶人家。

事實上，你無論在任何地方都很難找到這麼大一戶人家。

在黑暗中看來，山坡上的屋頂就像是陰雲般一層層堆積著，寬闊的大門最少可以容六匹馬並馳而入。

可是門上的朱漆已剝落，門也是緊閉著，最奇怪的是，這麼大的一戶人家，竟幾乎完全看不見燈火。

據說一些無人的荒野中，經常會有鬼屋出現的，這地方難道就是棟鬼屋？

「就算真的是鬼屋，我也要進去看看。」柳青青只怕挨餓，不怕鬼。

她已經在敲門，將門上的銅環敲得比敲鑼還響，門裡居然還是完全沒有回應。

她正準備放棄的時候，門卻忽然開了，開了一線，一線燈光照出來，一個人站在那燈光後的黑暗中，冷冷的看著她。

陰森森的燈光，照花了她的眼睛，等到她看清這個人時，就再也不敢再看第二眼。

這個人實在不像一個人，卻也不像鬼，若說他是人，一定是個泥人，若說他是鬼，也只能算是個用泥塑成的鬼。

他全身上下都是泥，臉上、鼻子上、眉毛上，甚至連嘴裡都好像被泥塞住。

幸好他還會笑。

看見柳青青臉上的表情，他就忽然大笑了起來，笑得臉上的乾泥「噗落噗落」往下直掉。

無論是人是鬼，只要還會笑，看來就比較沒有那麼可怕了。

柳青青終於壯起膽子，勉強笑道：「我們迷了路……」

她只說了一句，這人就打斷了她的話：「我知道你們迷了路，若不是迷了路的人，怎會跑到這鬼地方來？」他笑得很愉快：「可是老太太你用不著害怕，這裡雖然是個鬼地方，但我卻不是鬼，我不但是個人，而且還是個好人。」

柳青青忍不住問道：「好人身上怎麼會有這麼多泥？」

這人道：「無論誰挖了好幾天蚯蚓，身上都會有這麼多泥的。」

柳青青怔了怔：「你在挖蚯蚓？」

這人點點頭，道：「我已經挖了七百八十三條大蚯蚓。」

柳青青更吃驚：「挖這麼多蚯蚓幹什麼？」

這人道：「這麼多還不夠，我還得再挖七百一十七條才夠數。」

柳青青道：「爲什麼？」

這人道：「因爲我跟別人打賭，誰輸誰就得挖一千五百條蚯蚓，少一條都不行。」

柳青青道：「你輸了？」

這人嘆了口氣，道：「現在雖然還沒有輸，可是我自已知道已經輸定了。」

柳青青看著他，眼睛已看得發直：「用這種法子來打賭倒是真特別，跟你打賭的那個人，一定是個怪人。」

這人道：「不但是個怪人，而且是個混蛋，不但是個混蛋，而且是個大混蛋。」

陸小鳳一直遠遠的站著，忽然搶著道：「不但是個大混蛋，而且是特別大的一個。」

這人立刻同意：「一點也不錯。」

陸小鳳道：「他若是混蛋，你呢？」

這人又嘆了口氣，道：「我好像也是的。」

陸小鳳還想再說什麼，柳青青卻已搶著道：「你不是混蛋，你是個好人，我知道你一定肯讓我們在這裡借宿一宿的。」

這人道：「你想在這地方住一晚？」

柳青青道：「嗯。」

這人道：「你真的想？」

柳青青道：「當然是真的。」

這人吃驚的看著她，就好像比看見一個人在爛泥裡挖蚯蚓還吃驚。

柳青青忍不住道：「我們迷了路，附近又沒有別的人家，所以我們只有住這裡，這難道是件很奇怪的事？」

這人點點頭，又搖搖頭，喃喃道：「不奇怪，一點也不奇怪。」

他嘴裡雖然在說不奇怪，自己臉上的表情卻奇怪得很。

柳青青又忍不住問：「這地方難道有鬼？」

這人道：「沒有，一個也沒有。」

柳青青道：「那麼你肯不肯讓我們在這裡住一晚？」

這人又笑了：「只要你們真的願意，隨便要在這裡住多久都沒有關係。」

他轉過身，走入荒涼陰森的庭院，嘴裡喃喃自語，彷彿在說：「怕只怕你們連半個時辰都耽不下去，因為從來也沒有人能在這裡耽得下去。」

四

前面的一重院落裡有七間屋子，每間屋子裡都有好幾盞燈。燈裡居然還有油。

這個人居然將每間屋子裡的每盞燈都點亮了，然後才長長吐出口氣：「無論什麼樣的地方，只要一點起燈，看來好像就會立刻變得好多了。」

其實這地方本來就不太壞，雖然到處都積著厚厚的一層灰，可是華麗昂貴的裝潢和傢俬並沒有破爛，依稀還可以想見當年的風采。

柳青青試探著問道：「你剛才是不是在說，從來也沒有人能在這裡耽得下去？」

這個人承認。

柳青青當然要問：「爲什麼？」

這人道：「因爲這裡有樣東西從來也沒有人能受得了。」

柳青青再問道：「是什麼東西？在哪裡？」

這人隨手一指，道：「就在這裡。」

他指著的是個水晶盒子，就擺在大廳正中的神案上。

磨得非常薄的水晶，幾乎完全是透明的，裡面擺著的彷彿是一瓣已枯萎了的花瓣。

「這是什麼花？」

「這不是花，也不是你所能想像得到的任何東西。」

「這是什麼？」

「這是一個人的眼睛。」

柳青青的眼睛張大了，瞳孔卻在收縮，情不自禁退了兩步。

「什麼人的眼睛？」

「一個女人，一個很有名的女人，這個女人最有名的地方，就是她的眼睛。」

「爲什麼有名？」

「因爲她的眼睛是神眼，據說她不但能在黑暗中繡花，而且還能在三十步外用繡花針打穿一隻蚊子的頭。」

「你說的是神眼沈三娘？」

「除了她還有誰？」

「是誰把她的眼睛擺在這裡的？」

「除了她的丈夫還有誰？」

「她的丈夫是不是那個『玉樹劍客』葉凌風？」

「是的，江湖中也只有這麼樣一個葉凌風，幸好只有一個。」

柳青青握緊了雙手，手心已濕了。

她是不是也知道葉凌風和老刀把子之間的恩怨糾纏？他們被帶到那裡來，是無意間的巧合？還是冥冥中有人在故意安排？

挖蚯蚓的人一張臉完全被泥蓋著，誰也看不出他臉上的表情。

可是他的聲音已有些嘶啞：「這裡一共有九十三間屋子，每間屋子裡都有這樣一個水晶盒子。」

每間屋子裡都有？

柳青青立刻衝進了第二間屋子，果然又看見了一個完全相同的水晶盒。

盒子裡擺著的，赫然竟是隻乾枯了的耳朵。

挖蚯蚓的人幽靈般跟在她身後：「沈三娘死了後，葉凌風就將她分成了九十三塊……」

柳青青忍不住叫了起來：「他爲什麼要這樣做？」

挖蚯蚓的人嘆了口氣，道：「因爲他太愛她，時時刻刻都想看到她，無論走到哪裡都想看到她，哪怕只能看見一隻眼睛、一隻耳朵也好。」

柳青青咬緊牙，幾乎已忍不住要嘔吐。

陸小鳳忽然問道：「據說沈三娘的表哥就是武當的名劍客木道人？」

挖蚯蚓的人點點頭。

陸小鳳道：「據說他們成親，就是木道人做的大媒。」

挖蚯蚓的人道：「不錯。」

陸小鳳道：「葉凌風這麼樣做，難道不怕木道人對付他？」

挖蚯蚓的人道：「木道人想對付他的時候，已經太遲了，沈三娘死了還不到三個月，他自己也發了瘋，自己一頭撞死在後面的假山上，腦袋撞得稀爛。」

一個人若是連腦袋都撞得稀爛，當然就沒有人能認得出他的本來面目，也就沒有人能證明死的那個人究竟是誰了。

柳青青總算已喘過氣來，立刻問道：「他死了之後，別人爲什麼還不把這些盒子搬走？」

挖蚯蚓的人道：「因爲想搬這些盒子的人，現在都已經躺在盒子裡。」

柳青青道：「什麼樣的盒子？」

挖蚯蚓的人道：「一種長長的、用木頭做的，專門裝死人的盒子，大多數人死了後，都要被裝在這種盒子裡。」

柳青青勉強笑了笑，道：「那至少總比被裝在這種水晶盒子裡好得多。」

挖蚯蚓的人道：「只可惜也好不了太多。」

柳青青道：「爲什麼？」

挖蚯蚓的人道：「因爲被一雙鬼手活活揑死的滋味並不好受。」

柳青青道：「可是你剛才還說這地方連一個鬼都沒有的？」

挖蚯蚓的人道：「這地方一個鬼是沒有的，這地方至少有四十九個鬼，而且都是冤死鬼。」

柳青青道：「這地方本來一共有多少人？」

挖蚯蚓的人道：「四十九個。」

柳青青道：「現在這些人已全都死光了？」

挖蚯蚓的人道：「假如每天都有隻眼睛在水晶匣子裡瞪著你，你受不受得了？」

柳青青道：「我受不了，我一定會發瘋。」

挖蚯蚓的人道：「你受不了，別人也一樣受不了，所以每個人都想把這些盒子搬走，可是無論什麼人，只要一碰到這些盒子，舌頭立刻就會吐出半尺長，一霎眼的功夫就斷了氣，就像這樣子。」

他自己也把舌頭伸出來！伸得長長的，他臉上全是黑泥，舌頭卻紅如鮮血，只有被活活扼死的人才會變成這樣子。

柳青青立刻轉過頭，不敢再看他一眼，卻還是忍不住問道：「你呢？你沒有動過這些盒子？」

挖蚯蚓的人搖搖頭，又點點頭，他舌頭還是伸得長長的，根本沒法子說話。

柳青青道：「這裡的人豈非已死光了，你怎麼還活著？難道你不是人？」

挖蚯蚓的人忽然從懷裡伸出手，將一條黑黝黝的東西往柳青青拋了過去，這些東西竟是活的，又溫又軟又滑，竟是活生生的蚯蚓。

柳青青驚呼一聲，幾乎嚇得暈了過去。

她並不是那種很容易被嚇暈的女人，可是這些又濕又軟又滑的蚯蚓，有誰能受得了？

等她躲過了這些蚯蚓，挖蚯蚓的人竟已不見了，燈光閃了兩閃，屋子裡的燈也忽然熄滅。

她回過頭，陸小鳳他們居然全都不在這屋子裡。

幸好隔壁一間屋子裡有燈，她衝過去，這屋裡的燈也滅了。

再前面的一間屋裡雖然還有燈，可是等她衝過去時，燈光也熄滅。

這七間燈火明亮的屋子，忽然之間，就已變得一片黑暗。

忽然之間，她什麼都已看不見，連自己伸出去的手都已看不見。

——那隻眼睛是不是還在水晶盒子裡瞪著她？

——那四十九個舌頭吐得長長的冤死鬼，是不是也在黑暗中看著她？

她看不見他們。她不是神眼。

——那該死的陸小鳳死到哪裡去了？

「老頭子，死老頭子，姓陸的，你還不快出來！」她大喊，沒有回應。

連一個人的回應都沒有，管家婆、鈎子、表哥，也全都不知溜到哪裡去了。

——難道他們全都被那雙看不見的鬼手活活扼死？

——難道這根本就是個要命的圈套？

她想衝出去，三次都撞在牆上，她全身都已被冷汗濕透。

最後一次跌倒時，她的腿已軟了，幾乎連爬都爬不起來。黑暗中卻忽然有隻手伸過來，拉起了她。

——是不是陸小鳳？

不是。冰冷乾枯的手，指甲最少有一寸長。

她忍不住又放聲大呼：「你是誰？」

「你看不見我的，我卻能看見你。」黑暗中有人在吃吃的笑：「我是神眼。」

這是女人的聲音。這隻手難道是從水晶盒子裡伸出來的？

笑聲還沒有停，她用盡全身力氣撲過去。

她撲了個空，那隻冰冷乾枯的手，卻又從她背後伸了過來，輕撫著她的咽喉。

她並不是那種很容易就會被嚇暈的人，可是現在她已暈了過去。

五

四月初十，晴。

柳青青醒來時，陽光正照在窗戶上。

窗戶在動，窗外的樹木也在動——就像飛一樣的往後退。

她揉了揉眼睛，忽然發現自己又到了馬車上，陸小鳳正坐在她對面，笑嘻嘻的看著她。

她咬了咬嘴唇，很疼。

這不是夢。她跳了起來，瞪著陸小鳳。

陸小鳳微笑道：「早。」

柳青青道：「早？現在是早上？」

陸小鳳笑道：「其實也不算太早，昨天晚上你睡得簡直像死人一樣。」

柳青青咬著牙，道：「你呢？」

陸小鳳道：「我也睡了一下。」

柳青青忽然跳起來，撲過去，撲在他身上，扼住了他的脖子，狠狠道：「說，快說，這究竟是怎麼回事？」

陸小鳳道：「什麼事？」

柳青青道：「昨天晚上的事。」

陸小鳳嘆了口氣，道：「我正想問你，你是怎麼回事？好好的爲什麼要一頭撞到牆上去，把自己撞昏了？」

柳青青叫了起來，道：「我沒有瘋，爲什麼要撞自己的頭？」

陸小鳳苦笑道：「連你自己都不知道，我怎麼會知道！」

柳青青道：「我問你，屋子裡那些燈，怎麼會忽然一起滅了的？」

陸小鳳道：「燈裡沒有油了，當然會滅！」

柳青青道：「那個挖蚯蚓的人呢？」

陸小鳳道：「燈滅了，他當然要去找燈油。」

柳青青道：「他找到沒有？」

陸小鳳道：「就因為他找到了燈油，我們才能找到你。」

柳青青道：「他真的是個人？」

陸小鳳道：「不但是人，而且還是個好人，不但找到了燈油，還煮了一大鍋粥，我們每個人都吃了好幾碗。」

柳青青怔住，怔了半天，才問道：「燈滅的時候，你們在哪裡？」

陸小鳳道：「在後面。」

柳青青道：「我在前面，你們到後面去幹什麼？」

陸小鳳道：「你在前面，我們為什麼一定也要在前面，我們又不是你的跟屁蟲，為什麼不能到後面去看看？」

柳青青忽又大喊：「管家的，管家婆，乖兒子，你們全進來。」

車子停下，她叫的人也全都過來了，她將剛才問陸小鳳的話又問了一遍，他們的回答也一樣。

他們也不懂，她為什麼好好的要把自己一頭撞暈。

柳青青幾乎又氣得快暈過去了，忍不住問道：「難道你們全都沒有看見那隻手？」

管家婆道：「什麼手？」

柳青青道：「扼住我脖子的鬼手。」

陸小鳳忽然笑了笑，道：「我看見了。」他笑得很神秘：「不但看見了，而且還把它帶了回來。」

柳青青眼睛裡立刻發出了光：「在哪裡？」

陸小鳳道：「就在這裡。」

他微笑著，從身上拿出一段掛窗簾的繩子，繩子上還帶著好幾個一寸長的鈎子，就像是指甲一樣的鈎子：「這是不是纏在你脖子上的鬼手？」

柳青青說不出話來。

海奇闊忽然大笑道：「想不到大名鼎鼎的江南女俠柳青青，居然會被一段繩子嚇得暈過去。」

陸小鳳道：「其實你應該想得到的。」

海奇闊道：「爲什麼？」

陸小鳳道：「因爲她是個女人，而且年紀也不算小。」

他嘆息著，苦笑道：「女人到了她這種年紀，總難免會疑神疑鬼的。」

六

四月十一日，晴。

黃昏。

從昨天早上到現在，柳青青說的話加起來還沒有她平常一頓飯的時候說得多。

她的臉色也很不好看，不知道是因爲驚魂未定？還是因爲行動的時候已經快到了。

現在他們距離武當已只有半天的行程，老刀把子卻一直沒有消息，也沒有給他們最後的指示，所以不但她變了，別的人也難免有點緊張。誰也不知道這次行動他們能有多少成把握？石雁、鐵肩、王十袋、高行空……這些人幾乎已可算是武林中的精英。何況，除了這七個人之外，還不知有多少高手也已到了武當山。

「你想西門吹雪會不會去？」

「他可能不會去。」

「爲什麼？」

「因爲他在找陸小鳳，他絕對想不到陸小鳳敢上武當。」

說這句話的人正是陸小鳳自己。他這麼樣說，也許只不過因爲他自己心裡希望如此。

黃昏時的城市總是最熱鬧的，他們的車馬正穿過鬧市。

「就算西門吹雪不會去，木道人卻一定會在那裡，近年來他雖然已幾乎完全退隱，可是像冊立掌門這種大事，他總不能置身事外的。」

「當然。」

「木道人若到了，木松居士想必也會去，就只這兩個人，已不是容易對付的。」

「我想老刀把子一定已有了對付他們的法子，否則他爲什麼一直都沒有把他們列入這個計劃裡？」

「不管怎麼樣，現在我們都不該想這件事。」陸小鳳又開了口。

「我們應該想什麼？」

「想想應該到哪裡吃飯去。」

表哥、管家婆、海奇闊，此刻全都在車上，本來好像都想說話的，卻忽然同時閉上了嘴，六隻眼睛一起盯在對街的一家酒樓門口。車馬走得很慢，就在他們經過時，正有三個人走入了酒樓。

一個人赤面禿頂，目光灼灼如鷹，一個人高如竹竿，瘦也如竹竿，走起路來一搖三晃，好像一陣風就能將他吹倒。

還有個人扶著這兩人的肩，彷彿已有了幾分醉態，卻是個白髮蒼蒼的道人。

這三個人陸小鳳全認得，表哥、管家婆、海奇闊也全都認得。

目光如鷹的，正是十二連環塢的總瓢把子「鷹眼」老七。

連路都走不穩的，卻是以輕功名動大江南北的「雁蕩山主」高行空。

那個已喝得差不多了的老道士，就正是他們剛剛還在談起的武當名宿木道人。

表哥的眼睛雖然在盯著他們，心裡卻只希望車馬快點走過去。

誰知陸小鳳卻忽然道：「叫車子停下來。」

表哥嚇了一跳：「爲什麼？」

陸小鳳道：「因爲我們就要在這家酒樓吃飯。」

表哥更吃驚：「你不認得那三個人？」

陸小鳳道：「我認得他們，可是他們卻不認得我了。」

表哥道：「萬一他們認出來了怎麼辦？」

陸小鳳道：「他們現在若能認出我們，到了武當也一樣認得出。」

表哥想了想，終於有點明白他的意思：「你是想試試他們，是不是能認得出我們來？」

陸小鳳淡淡道：「反正我們總得這麼冒一次險的，現在被他們認出來，至少總比到了武當才被認出來的好。」

這句話剛說完，柳青青已在用力敲著車廂，大聲道：「停車。」

直到這時爲止，大家顯然都認爲陸小鳳這想法不錯，所以沒有一個人反對。

因爲這時他們還沒有走上酒樓。等他們走上去時，後悔已來不及了，最後悔的一個人，就是陸小鳳。

十三　最後指示

一

這酒樓的裝潢很考究，氣派也很大，可是生意並不太好。

現在雖然正是晚飯的時候，酒樓上的雅座卻只有三桌客人。

高行空他們並不是三個人來的，酒樓上早已先到了一個人在等著他們。

這人高大威武，像貌堂堂，看氣派，都應該是武林中的名人。

可是陸小鳳卻偏偏不認得他，甚至連見都沒有見過。武林中的名人，陸小鳳沒有見過的並不多。

人最多的一桌，也是酒喝得最多的一桌，座上有男有女。

男的衣著華麗，看來不是從揚州那邊來的鹽商富賈，就是微服出遊的京官大吏，女的姿容冶艷，風流而輕佻，無疑是風塵中的女子。

人最少的一桌只有一個人。

一個白衣人，白衣如雪。

看見這個人，陸小鳳的掌心就沁出了冷汗，他實在想不到會在這裡遇見這個人，否則就算有人在後面用鞭子抽他，他也絕不會上來的。

既然已上了樓，再下去就來不及了。

陸小鳳只有硬著頭皮找了個位子坐下，柳青青冷冷的看著他，幾乎可以看見一粒粒汗珠已透過他臉上的人皮面具冒了出來。

白衣人卻連眼角都沒有看他們。

他的臉鐵青。

他的劍就在桌上。

他喝的是水，純淨的白水，不是酒。

他顯然隨時隨地都在準備殺人。

木道人在向他打招呼，他也像是沒有看見，這位名重江湖的武當名宿，竟彷彿根本就沒有被他看在眼裡。

他根本就從未將任何人看在眼裡。

木道人卻笑了，搖搖頭喃喃笑道：「我不怪他，隨便他怎麼無禮，我都不怪他。」

那高大威武的老人忍不住問：「爲什麼？」

木道人道：「因爲他是西門吹雪！」

天上地下，獨一無二的西門吹雪。

天上地下，獨一無二的劍。

只要他手裡還有劍，他就有權不將任何人看在眼裡。

也許他現在眼裡只看見陸小鳳一個人。

仇恨就像種奇異的毒草，雖然能戕害人的心靈，卻也能將一個人的潛力全部發揮，使他的意志更堅強，反應更敏銳。何況，這種一劍刺出，不差毫厘的武士，本就有一雙鷹隼般的銳眼。

現在他雖然絕對想不到陸小鳳就在他眼前，但陸小鳳只要露出一點破綻，就絕對逃不過他這雙銳眼。

菜已經點好了，堂倌正在問：「客官們想喝什麼酒？」

柳青青立刻搶著道：「今天我們不喝酒，一點都不喝。」

酒總是容易令人造成疏忽的，任何一點疏忽，都足以致命。

可是酒也能使人的神經鬆弛，心情鎮定。

陸小鳳道：「今天我們不喝一點酒，我們要喝很多。」他微笑著拍了拍表哥的肩：「今天是我的乖兒子的生日，吉日怎可無酒？你先給我們來一罈竹葉青。」

柳青青狠狠的盯著他，他也好像完全看不見，微笑著又道：「天生男兒，以酒爲命，婦人之言，愼不可聽，來，你們老兩口也坐下來陪我喝幾杯。」

管家婆和海奇闊也只好坐下來，木道人已經在那邊拊掌大笑，道：「好一個『婦人之言，愼不可聽』，聽此一言，已當浮三大白。」

酒來得真快，喝得更快。三杯下肚，陸小鳳神情就自然得多了，眼睛裡也有了光。

現在他總算已走出了西門吹雪的陰影，彷彿根本已忘了酒樓上還有這麼樣一個人。

西門吹雪劍鋒般銳利的目光，卻忽然盯到他身上。

木道人也在看著他，忽然舉杯笑道：「這位以酒爲命的朋友，可容老道士敬你一杯？」

陸小鳳笑道：「恭敬不如從命，老朽也當回敬道士三杯。」

木道人大笑，忽然走過來，眼睛裡也露出刀鋒般的光，盯著陸小鳳，道：「貴姓？」

陸小鳳道：「姓熊，熊虎之熊。」

木道人道：「萍水相逢，本不該打擾的，只是熊兄飲酒的豪情，像極了我一位朋友。」

柳青青心已在跳了，陸小鳳居然還是笑得很愉快，道：「道長這位朋友在哪裡？」

木道人道：「遠在天邊，近在眼前。」

柳青青一顆心已幾乎跳出腔子，陸小鳳杯中的酒也幾乎濺了出來。

木道人卻又仰面長嘆，接著道：「天忌英才，我這位朋友雖然已遠去西天，可是此間有酒，又有故人，他的一縷英魂，說不定又已回到我眼前。」

柳青青鬆了口氣，陸小鳳也鬆了口氣，因爲他們都沒有去看西門吹雪。

西門吹雪蒼白的臉似已白得透明，一隻手已扶上劍柄。

忽然間，窗外響起「嗆」的一聲龍吟。

只有利劍出鞘時，才會有這種清亮如龍吟般的響聲。

西門吹雪的瞳孔立刻收縮。

就在這同一刹那間，夜空中彷彿有厲電一閃，一道寒光，穿窗而入，直刺西門吹雪。

西門吹雪的劍在桌上，猶未出鞘，劍鞘旁一隻盛水的酒杯卻突然彈起，迎上了劍光。

「叮」的一響，一隻酒杯竟碎成了千百片，帶著千百粒水珠，冷霧般飛散四激。

劍光不見了，冷霧中卻出現了一個人。

一個黑衣人，臉上也蒙著塊黑巾，只露出一雙灼灼有光的眸子。

桌上已沒有劍，劍已在手。

黑衣人盯著他，道：「拔劍。」

西門吹雪冷冷道：「七個人已太少，你何必一定要死？」

黑衣人不懂：「七個人？」

西門吹雪道：「普天之下，配用劍的人，連你只有七個，學劍到如此，並不容易。」他揮了揮手：「你走吧。」

黑衣人道：「不走就死？」

西門吹雪道：「是。」

黑衣人冷笑，道：「死的只怕不是我，是你。」

他的劍又飛起。

木道人皺起了眉：「這一劍已不在葉孤城的天外飛仙之下，這個人是誰？」

只有陸小鳳知道這個人是誰。

他又想起了在幽靈山莊外的生死交界線上，那穿石而入的一劍。

石鶴，那個沒有臉的人。他本來就一心想與西門吹雪一較高低的。

又是一聲龍吟，西門吹雪的劍已出鞘。

沒有人能形容他們兩柄劍的變化和迅速。

沒有人能形容他們這一戰。

劍氣縱橫，酒樓上所有的杯盤碗盞竟全都粉碎，劍風破空，逼得每個人呼吸都幾乎停頓。

那四個衣著華麗的老人，居然還是面不改色，陪伴在他們身旁的女孩子，卻已驚飛燕散，花容失色。

忽然間，一道劍光沖天飛起，黑衣人斜斜竄出，落在他們桌上。

西門吹雪的劍光凌空下擊，黑衣人全身都已在劍光籠罩下。他已失盡先機，已退無可退。

誰知就在這時，這塊樓板竟忽然間憑空陷落了下去——桌子跟著落了下去，桌上的黑衣人落了下去，四個安坐不動的華衣老人也落了下去。

酒樓上竟忽然陷落了一個大洞，就像是大地忽然分裂。

西門吹雪的劍光已從洞上飛到，這變化顯然也大出他意料之外。

他正想穿洞而下，誰知這塊樓板竟忽然又飛了上來，「咔嚓」一聲，恰巧補上了這個洞。

桌子還在這塊樓板上，四個華衣老人也還是動也不動的坐在那裡。

這塊樓板竟像是被他們用腳底吸上來的，桌上的黑衣人卻已不見了。

劍光也不見了，劍已入鞘。

西門吹雪冷冷的看著他們，冷酷的目光中，也有了驚詫之色。

高行空、鷹眼老七、木道人，也不禁相顧失色。

現在他們當然都已看出來，這四個華衣老人既不是腰纏萬貫的鹽商富賈，也不是微服出遊的京官大吏，而是功力深不可測的武林高手。

他們以內力壓斷了那塊樓板，再以內力將那塊樓板吸上來，功力達這一步的，武林中有幾人？

西門吹雪忽然道：「三個人。」

華衣老者們靜靜的看著他，等著他說下去。

西門吹雪道：「能接住我四十九劍的人，只有三個人。」

剛才那片刻之間，他竟已刺出了七七四十九劍。

他殺人的確從未使出過四十九劍。

華衣老者年紀最長的一個終於開口，道：「你看他是其中哪一個？」

西門吹雪道：「都不是。」

華衣老者道：「哦？」

西門吹雪冷冷道：「這三人都已有一派宗主的身分，縱然血濺劍下，也絕不會逃的。」

華衣老者淡淡道：「那麼他就一定是第四個人。」

西門吹雪道：「沒有第四個。」

華衣老者道：「閣下手中還有劍，爲何不再試試，我們是否能接得住閣下的四十九劍？」

西門吹雪道：「縱然能接得住，你們四人恐怕最多也只能剩下三個。」

華衣老者道：「你呢？」

西門吹雪閉上了嘴。要對付這四個人，他的確沒有把握。

華衣老者們也閉上了嘴。要對付西門吹雪，他們也同樣沒有把握。

跟著他們來的四個艷裝少女中，一個穿著翠綠輕衫的忽然叫了起來。

「舅舅。」她大叫著衝向陸小鳳：「我總算找到你了，我找得你好苦。」

陸小鳳怔住。

他一向是個光棍，標準的光棍，可是現在不但忽然多了個兒子出來，又忽然做了別人的舅舅。

這少女已跪倒在他面前，淚流滿面的道：「舅舅你難道已不認得我了？我是小翠，你嫡親的外甥女小翠。」

陸小鳳忽然一把摟住她：「我怎麼會不認得你，你的娘呢？」

小翠好像已被抱得連氣都透不出來，喘息著道：「我的娘也死了。」

陸小鳳道：「你怎麼會跟那些老頭子到這裡來的？」

小翠道：「我……我沒法子，他們……他們……」一句話未說完，已放聲大哭了起來。

陸小鳳忽然跳起來，衝到華衣老人們的面前，破口大罵：「你們為什麼要欺負她？否則她怎麼會哭得如此傷心？」

他揪住一個老人的衣襟：「看你們的年紀比我還大，卻來欺負一個孤苦伶仃的小女孩，你們是不是人？我跟你們拚了。」

他用力拉這老人，小翠也趕過來，在後面拉他，忽然間，「嘩啦啦」一聲響，這塊樓板又陷落了下去，三個人跌作一團。

西門吹雪似也怔住。

剛才他面對著的，很可能就是他這一生中最可怕的對手。

可是現在忽然之間，他面對著的已只不過是個大洞。

他只有走。

走過木道人面前時，他忽然又停下來，道：「你好。」

木道人也怔了怔，開懷大笑，道：「好，我很好，想不到你居然還認得我。」

西門吹雪道：「可曾見到陸小鳳？」

木道人不笑了，嘆息著道：「我見不著他，誰都見不著他了！」

西門吹雪冷笑！

木道人轉開話題，道：「你是不是也到武當去？」

西門吹雪道：「不去！」

木道人道：「爲什麼？」

西門吹雪道：「我有劍，武當有解劍岩。」

木道人道：「你的劍從不肯解？」

西門吹雪道：「是的。」

那高大威武的老人忽然冷笑道：「你也不敢帶劍上武當？」

西門吹雪冷冷道：「我只敢殺人，只要你再說一個字，我就殺了你。」

沒有人再說一個字。

西門吹雪的手中仍有劍。

他帶著他的劍，頭也不回的走下了樓，頭也不回的走了出去。

陸小鳳還在跟那些華衣老者糾纏，他卻連看都不再看他一眼。

鬧市燈火依舊。

看著他走上燈火輝煌的長街，看著他走遠，高大威武的老人才嘆了口氣，道：「這世上難道真的只有三個人能接住他四十九劍？」

木道人道：「真的。」

老人道：「有沒有人能解下他的劍？」

木道人道：「沒有。」

高行空道：「難道他真的已天下無敵？」

高大威武的老人忽然笑了，道：「也許沒有人能解下他的劍，但卻有個人能殺了他！」

高行空、鷹眼老七同時搶著問道：「誰？」

高大威武的老人笑得彷彿很神秘，緩緩道：「只要你們有耐心等著，這個人遲早總會出現的！」

二

忽然就發生的衝突，又忽然結束，別的人看來雖莫名其妙，他們自己心裡卻有數。

西門吹雪一走，陸小鳳也就走了，華衣老者們當然不會阻攔他，大家都好像根本沒有發生過任何事一樣。

現在陸小鳳又舒舒服服的坐到他那輛馬車上，車馬又開始往前走。

他那穿著翠綠輕衫，長得楚楚動人的外甥女，就坐在他對面，臉上的淚痕雖未乾，卻連一點悲哀的表情都沒有，眼睛裡還帶著笑意，彷彿覺得這件事很有趣。

陸小鳳好像也覺得這件事很有趣，忽然道：「你是我嫡親的外甥女？」

小翠道：「嗯。」

陸小鳳道：「你媽媽就是我的妹妹？」

小翠道：「嗯。」

陸小鳳道：「現在她已經死了？」

小翠道：「嗯。」

陸小鳳道：「現在你是不是要帶我們到你家去？」

小翠道：「嗯。」

陸小鳳道：「你家裡還有些什麼人？」

小翠忽然笑了笑，道：「還有些你一定會喜歡的人。」

陸小鳳道：「你怎麼知道我會喜歡什麼人？」

小翠眨著眼睛：「我當然知道。」

陸小鳳道：「有些人是多少人？」

小翠道：「不少。」

她也笑得很神秘，忽然把頭伸到窗外，大聲吩咐趕車的：「從前面那條巷子向左轉，右邊第三間紅門就到了。」

鋪著青石板的巷子，兩邊高牆內一棵棵紅杏開得正好，牆內的春色已濃得連關都關不住了。

右邊第三間紅門本來就是開著的，門楣上掛著好幾盞粉紅色的宮燈。

小翠一走進去就大聲的喊：「大家快出來，我們的舅舅來了。」

她的叫聲還沒有停，院子裡就有十七八個女孩子擁了出來。

她們都很年輕，就像是燕子般輕盈美麗，又像是麻雀般吱吱喳喳吵個不停。

年輕的女孩子誰不喜歡舅舅呢？

她們都擁到陸小鳳身旁，有的拉手，有的牽衣角，一個個都在叫：「舅舅。」

陸小鳳又怔住：「她們都是我的外甥女？」

小翠點點頭，道：「你喜不喜歡她們？」

陸小鳳只有承認：「喜歡，每一個我都喜歡。」

小翠笑了：「我就知道你一定會喜歡她們的。」

她又去警告那些女孩子：「可是你們卻要小心點，我們這個舅舅什麼都好，就是有點不太老實，抱著你的時候，簡直讓人連氣都喘不過來。」

女孩子們笑得更嬌，吵得更厲害了：「你是不是已經被他抱過？」

「舅舅不公平，抱過她，爲什麼不抱我？」

「我也要舅舅抱。」

「我也要。」

陸小鳳左顧右盼，很有點想要去左擁右抱的意思，柳青青冷眼旁觀，正準備想個法子讓他清醒清醒，莫要樂極生悲。

誰知小翠的動作居然比她還快，已拉住陸小鳳的手，衝出了重圍。

女孩子們又大叫：「你叫我們出來的，爲什麼又把舅舅拉走？他又不是你一個人的舅舅？」

陸小鳳立刻同意：「既然大家都是我的外甥女，我也該陪陪她們才是。」

小翠不理他，一直將他拉入了後面的長廊，才鬆開手，似笑非笑的用眼角瞟著他：「看來你的野心倒真不小，那些野ㄚ頭都是母老虎，你難道不怕她們拆散你這把老骨頭！」

這已經很不像外甥女對舅舅說話的樣子，她究竟是什麼人？爲什麼要認陸小鳳做舅舅？把陸小鳳拉到這裡來幹什麼？

陸小鳳眨了眨眼睛，故意問道：「你是不是想單獨跟我在一起？」

小翠又笑了，吃吃的笑著道：「我可沒有這麼大的膽子，剛才你就差點把我全身骨頭都抱碎了，若是單獨跟你在一起，那還得了？」

陸小鳳道：「有時我也會很溫柔的，尤其是在旁邊沒有人的時候。」

小翠故意嘆了口氣，道：「難怪別人說你是老色狼，居然連自己的外甥女都要打主意。」

陸小鳳道：「誰說我是老色狼？」

小翠道：「一個人說的。」

陸小鳳道：「誰？」

小翠道：「當然也是個你一定會很喜歡的人，我保證你一看見他，立刻就會將別人的話全都忘了。」

陸小鳳眼睛又亮了，立刻問道：「這個人在哪裡？」

小翠指了指走廊盡頭處的一扇門，道：「他就在那屋裡等著你，已等了很久了，你還不快去？」

陸小鳳道：「你呢？」

小翠又吃吃的笑道：「我這個紅娘只管送信，可不管帶人進洞房。」

長廊裡也掛著好幾盞粉紅色的宮燈，燈光比月色更溫柔。

那些野丫頭居然沒有追進來，柳青青居然也沒有追進來。

門是虛掩著的。

門裡靜悄悄的聽不見人聲。

——究竟是誰在裡面等著他？裡面是個溫柔陷阱？還是個殺人的陷阱？

陸小鳳正在遲疑著，小翠已在後面用力推了他一把，將他推進了這扇門。

屋裡的燈光更溫柔，錦帳低垂，珠簾搖曳，看來竟真有幾分像是洞房的光景。
現在新郎已進了洞房，新娘子呢？
帳子裡也寂無人聲，好像並沒有人，桌上卻擺著幾樣菜、一壺酒。
菜都是陸小鳳最喜歡吃的，酒也是最合他口味的竹葉青。
這個人無疑認得他，而且還很了解他。
──是不是葉靈已趕到他前面來了，故意要讓他嚇一跳？
──若不是葉靈，還有誰知道他就是陸小鳳？
他將自己認得的每個女人都想了一遍，覺得都不可能。
於是他索性不想了，正準備坐下將剛才還沒有吃完的晚飯補回來，帳子裡忽然有人道：
「今天你不妨開懷暢飲，無論想要誰陪你喝都行了，就算喝醉了也無妨，明天我們沒有事。」
陸小鳳嘆了口氣，剛才那些粉紅色的幻想，一下子全都變成了灰色的。
灰撲撲的衣服，灰撲撲的聲音。
這是老刀把子的聲音。
陸小鳳嘆息著，苦笑道：「你明明有很多法子可以跟我見面，為什麼偏偏要我空歡喜一場？」
老刀把子道：「因為我現在跟你說的話，絕不能讓第二個人聽見。」
他的人終於出現了，穿的果然是那套灰撲撲的衣裳，頭上當然也還是戴著那頂簍子般的竹笠，跟這地方實在一點也不相配。

陸小鳳連酒都已喝不下去，苦笑道：「你是不是準備把我罵得狗血淋頭？」

老刀把子道：「剛才你做的事確實很危險，若不是我早已有了安排，不但木道人很可能認出你，西門吹雪只怕也認出了你。」

他的聲音居然很和緩：「可是現在事情總算已過去，總算沒有影響大局。」

陸小鳳卻忍不住要問：「剛才的事你已全都知道？難道剛才你也在那裡？」

老刀把子道：「我不在，可是我知道。」

陸小鳳又嘆了口氣，道：「我最佩服你的一點，倒並不是因爲你什麼事都知道。」

老刀把子道：「你最佩服的是哪一點？」

陸小鳳道：「你居然想得出要無虎無豹那些老和尙帶著女人去喝酒，就憑這一點，我想不佩服你都不行。」

狎妓冶遊的人們，竟是昔日的少林高僧，這種事除了老刀把子，有誰能想得到？

所以西門吹雪他們縱然覺得他們武功行跡可疑，也絕不會懷疑到他們就是死而復活的無虎兄弟。

江湖之中，本就有很多身懷絕技，深藏不露的風塵異人。

老刀把子淡淡道：「就因爲別人想不到，所以這件事才不致影響大局。」

陸小鳳道：「可是等到四月十三那一天，他們又在武當出現時……」

老刀把子道：「那時他們已變成了上山隨喜的遊方道士，沒有人會注意他們的。」

陸小鳳道：「我呢？那天我變成了什麼樣的人？」

老刀把子道：「你是個火工道人，隨時都得在大殿中侍奉來自四方的貴客。」

陸小鳳苦笑道：「這倒真是個好差事。」

老刀把子道：「那一天武當山上冠蓋雲集，絕對沒有人會注意到一個火工道士的。」

陸小鳳道：「我真正的差事是什麼？是對付石雁？還是對付木道人？」

老刀把子道：「都不是，我早已有了對付他們的人。」

陸小鳳道：「那麼我呢？你找我來，總不會是特地要我去侍候那些客人的？」

老刀把子道：「你當然還有別的事要做，這計劃的成敗關鍵，就在你身上。」

陸小鳳忍不住喝了杯酒，想到自己肩上竟負著這麼大的責任，他忍不住又喝了一杯。他實在有點緊張。

老刀把子居然也倒了杯酒，淺淺啜了一口，才緩緩道：「我要你做的事並不是殺人，我只不過要你去替我拿一個賬簿。」

陸小鳳道：「誰的賬簿？」

老刀把子道：「本來是梅真人的，他死了之後，就傳到石雁手裡。」

陸小鳳想不通：「堂堂的武當掌門，難道也自己記賬？」

老刀把子道：「每一筆賬都是他們親手記下的。」

陸小鳳試探著問道：「賬上記著的當然不是柴米油鹽。」

老刀把子道：「不是。」

陸小鳳更好奇：「上面記的究竟是什麼？」

老刀把子居然將杯中酒一飲而盡，才沉聲道：「賬上記的是千千百百人的身家性命。」

陸小鳳道：「是哪些人？」

老刀把子道：「都是些有身分的人，有名的人，有錢的人。」

陸小鳳更不懂：「他們的身家性命，和石雁的賬簿有什麼關係？」

老刀把子道：「這本賬簿上記著的，就是這些人的隱私和秘密。」

陸小鳳道：「見不得人的秘密？」

老刀把子點點頭，道：「石雁若是將這些秘密公開了，這些人非但從此不能立足於江湖，只怕立刻就要身敗名裂，死無葬身之地！」

陸小鳳長長嘆了口氣，道：「堂堂的武當掌門，總不該做出脅人隱私的事。」

老刀把子冷冷道：「他們的確不該做的，可是他們偏偏做了出來。」

他的聲音忽然充滿怨毒：「若不是因爲他們總是以別人的隱私作爲要脅之手段，石鶴怎麼會在接掌武當門戶的前夕自毀面目？顧飛雲、高濤、柳青青、鍾無骨等這些人，他們的秘密，又怎麼會被人知道？」

陸小鳳又不禁吐出口氣，道：「這些秘密都是梅真人和石雁說出來的？」

老刀把子恨恨道：「因爲他們要脅不遂，他們就一定要將這人置之於死地，就算這個人已洗心革面，想重新做人，也已絕無機會。」

陸小鳳道：「可是你給了他們一個機會。」

老刀把子道：「我只給了他們一次機會，不是一個機會。」

陸小鳳道：「那有什麼不同？」

老刀把子道：「他們是想重新做人，不是做死人。」

——活在幽靈山莊中的人，和死又有什麼分別？

——只有毀了那賬簿，他們才真正有重新做人的機會。

老刀把子握緊雙手，道：「這才是我這次行動的最大目的，我們只許成功，不許失敗！」

「噗」的一聲，酒杯在他掌中粉碎，一絲鮮血從指縫間流了出來。

陸小鳳看著這一絲鮮紅的血，忽然變得沉默了起來，因爲他心裡正在問自己——

老刀把子這件事，是不是做得正確？

如果是正確的，一個正直的人，是不是就應該全力幫助他完成這件事！

武當是名門正宗，梅真人和石雁一向受人尊敬，他從未懷疑過他們的人格。

可是現在他對所有的事都已必須重新估計。

老刀把子盯著他，彷彿想看出他心底最深處在想什麼。

陸小鳳究竟在想什麼？誰知道？

老刀把子緩緩道：「我很了解，你若不是真的願意去做一件事，誰也沒法子勉強你，所以你一定要了解這件事的真相。」

陸小鳳忽然問道：「既然你的目的是爲了救人，爲什麼還要殺人？」

老刀把子道：「我要殺的，只是一些非殺不可的人！」

陸小鳳道：「王十袋、高行空、水上飛，這些人都非殺不可？」

老刀把子冷笑：「我問你，只憑梅真人和石雁的親信弟子，怎麼能查得出那麼多人的隱私和秘密？」

陸小鳳道：「難道你要殺的這些人，都是他們的密探？」

老刀把子點點頭，道：「因爲這些人本身也有隱私被他們捏在手裡。」

陸小鳳也握緊了雙手，終於問道：「那本賬簿在哪裡？」

老刀把子道：「就在石雁頭上戴著的道冠裡。」

陸小鳳的心沉了下去。

武當石雁少年時就已是江湖中極負盛名的劍客，近年來功力修爲更有精進，平時雖然絕少出手，據一般估計，他的劍法已在木道人之上。

西門吹雪說的三個人其中無疑是有他。

武當掌門的道冠，不但象徵著武當一派的尊嚴，本身就已是無價之寶，何況道冠中還藏著有那麼大的秘密。

老刀把子道：「我也知道要從他頭上摘下那頂道冠來並不容易。」

那又豈非是不容易，那簡直難如登天摘月。

陸小鳳道：「我們爲什麼一定要在他戴著這道冠時動手？」

老刀把子道：「因爲那是我們唯一的機會。」

他有很充足的理由解釋：「因爲除了他自己之外，誰也不知道平時這頂道冠藏在哪裡。」

陸小鳳長長嘆了口氣，道：「我做不到。」

那一天武當道觀的大殿中，燈火通明，高手如雲，要在眾目睽睽之下，從武當掌教真人的頭上摘下他的道冠來，這種事有誰能做得到？

老刀把子道：「只有你，你一定能做到。」

陸小鳳道：「就算我能摘下來，也絕對沒法子帶著它在眾目睽睽下逃出去。」

老刀把子道：「不是在眾目睽睽之下，你出手時，沒有人能看見你。」

陸小鳳道：「爲什麼看不見？」

老刀把子道：「因爲那時大殿內外七十二盞長明燈一定會同時熄滅。」

——燈裡的油乾了，燈自然會熄滅。

老刀把子道：「我們至少已試驗了八百次，算準了燈裡的油若只有一兩三錢，就一定會在他宣佈繼承人的時候燃盡，我們在武當的內線，到時一定會使每盞燈裡的油都只有一兩三錢。」

這計劃實在周密。

陸小鳳道：「可是大殿中一定有點著的蠟燭。」

老刀把子道：「這一點由花魁負責，他滿天花雨的暗器手法，已無人能及。」

現在這計劃幾乎已天衣無縫。

燈滅時大殿中驟然黑暗，大家必定難免驚惶，就在這片刻之間，陸小鳳要出手奪道冠，石鶴殺石雁，無虎兄弟殺鐵肩，表哥殺小顧道人，管家婆殺鷹眼老七，海奇闊殺水上飛，關天武殺高行空，杜鐵心殺王十袋。

老刀把子道：「無論他們是否能得手，等到燈火再亮時，他們就都已全身而退。」

只要一擊不中，就全身而退。

老刀把子道：「你也一樣，縱然道冠不能得手，你也一定要走，因爲在那種情況中，無論任何人都絕沒有第二次出手的機會。」

他又補充著道：「無論你是否得手，都要立刻趕回來這裡，燈亮之後，大家都一定只會去照顧已負了傷的友伴同門，誰都不會注意到大殿中已少了些什麼人，更不會有人追蹤。」

何況那時根本還沒有人知道這件事究竟是怎麼會發生的。

陸小鳳又不禁長長嘆了口氣，道：「我佩服你！」

他這一生中，也不知插手過多少件陰謀，絕沒有任何一次能比得上這一次。

這計劃幾乎已完全無懈可擊。

可是他還有幾點要問：「我們爲什麼不先殺了石雁，再取他頂上道冠？」

老刀把子道：「因爲我們沒有一擊就能命中的把握。」

這件事卻只許成功，不許失敗，這件事的確已耗盡了他的一生心血。

陸小鳳又問：「若沒有我，我的差使誰做？」

老刀把子道：「葉雪！」

陸小鳳苦笑道：「爲什麼會是她？」

老刀把子道：「她輕功極高，又是天生夜眼，在石雁驟出不意之下，她至少有七八成得手的機會。」

他忽然用手握住了陸小鳳的手：「你卻有九成機會，甚至還不止九成，我知道你也有在黑暗中明察秋毫的本事，而且你還有這一雙天下無雙的手。」

他握著這隻手，就好像在握著件無價的珍寶。

陸小鳳卻在看著他的手。

他的手瘦削、穩定、乾燥，手指長而有力。

若是握住了一柄合手的劍，這隻手是不是比西門吹雪的手更可怕？

這個人究竟是誰？

現在陸小鳳若是反腕拿住他的脈門，摘下他頭上的竹笠，立刻就可以知道他是誰了。成功機會就算不大，至少也該試一試。但是陸小鳳沒有試。

這使得他對自己很憤怒，忽然大聲問道：「你難道從來都沒有想到過她的死活？」

老刀把子道：「你說的是誰？」

陸小鳳道：「是你的女兒，葉雪！」

老刀把子淡淡道：「想了也沒有用的事，又何必去想？」

陸小鳳道：「你知不知道她的母親死了之後還被……」

老刀把子立刻打斷了他的話，目光刀鋒般在竹笠裡怒視著他：「你可以要我替你做任何事，但是你以後千萬不要在我面前再提起這個女人。」

——爲什麼？

——沈三娘是葉凌風的妻子，卻爲他生了一個女兒，她對不起的是葉凌風，並不是他。

——他爲什麼如此恨她？

陸小鳳想不通，想了很久都想不通。

老刀把子的憤怒很快就被抑制：「明天白天沒有事，隨便你想幹什麼都無妨，後天凌晨之前，我會安排你到武當去。」

他站起來，顯然已準備結束這次談話：「那裡香火道人的總管叫彭長淨，你到了後山，無論什麼事他都會替你安排的。」

陸小鳳道：「然後呢？」

老刀把子道：「然後你就只在那裡等著。」

陸小鳳道：「等燈滅的時候？」

老刀把子道：「不錯，等燈滅的時候。」

他走出去，又回過頭：「從現在開始，你就完全單獨行動，用不著再跟任何人連絡，也不再有人來找你。」

陸小鳳苦笑道：「從現在開始，連我老婆兒子都已見不到了。」

老刀把子道：「但是你不會寂寞的，你還有很多外甥女。」

十四 香火道人

一

四月十三日，黎明前。武當後山一片黑暗，過了半山後，風中就已有了寒意。

靜夜空山，一縷縷白煙從足下升起，也不知是雲？還是霧？

遠遠看過去，依稀已可見那古老道觀莊嚴巍峨的影子。

到了這裡，帶路的人就走了：「你在這裡等著，很快就會有人來接應你。」

陸小鳳並沒有多問，也不想知道這個人是誰，今天雖然是個大日子，他的精神並不太好。他的外甥女實在太多。

幸好他並沒有等多久，黑暗中就有人壓低了聲音在問：「你來幹什麼的？」

這是他們約定的暗號，回答應該是：「來找豆子，十三顆豆子。」

黑暗中果然立刻出現了一個人，陸小鳳再問：「你是誰？」

「彭長淨。」

彭長淨看來竟真的有點像是顆豆子，圓圓的，小小的，眼睛很亮，動作很靈敏，很快的打量了陸小鳳兩眼，就板著臉道：「你喝過酒？」

陸小鳳當然喝過酒，喝得還不少。

彭長淨道：「這裡不准喝酒、不准說粗話、不准看女人，走路不准太快，說話不准太響。」

陸小鳳笑了：「這裡准不准放屁？」

彭長淨沉下臉，冷冷道：「我不知道你以前是幹什麼的，我也不想知道，到了這裡，你就得守這裡的規矩。」

陸小鳳不笑了，也已笑不出。他知道他又遇見了一個很難對付的人。

彭長淨道：「還有一件事你最好也記住。」

陸小鳳道：「什麼事？」

彭長淨道：「到了山上，你就去蒙頭大睡，千萬不要跟人打交道，萬一有人問起你，你就說是我找你來幫忙的。」

他想了想，又道：「我的師弟長清是個很厲害的人，萬一你遇上他，說話更要小心。」

陸小鳳道：「我一定會很小心、很小心的。」

彭長淨道：「好，你跟我來。」

他不但動作靈敏，輕功也很不錯。

陸小鳳實在沒想到一個火工道人的總管，竟有這麼好的身手。

彭長淨卻更意外，陸小鳳居然能跟得上他，無論他多快，陸小鳳始終都能跟他保持同樣的一段距離。

老刀把子顯然沒有將陸小鳳的來歷身分告訴他。

除了老刀把子自己之外，每個人知道的好像都不太多。

所以其中就算有一兩個人失了風，也不至於影響整個計劃。

天還沒有亮，後山的香積廚裡已有人開始工作，淘米、生火、洗菜、熬粥，每個人都在默默的做自己的事，很少有人開口說話。

這位彭總管對他屬下的火工道人們，想必比對陸小鳳更不客氣。

香積廚後面，有兩排木屋，最旁邊的一間，屋裡堆著一簍簍還沒有完全曬乾的醃蘿蔔，屋角擺著張破舊的竹床。

彭長淨道：「你就睡在這裡。」

陸小鳳忍不住要問：「睡到什麼時候？」

彭長淨道：「睡到我來找你的時候，反正這裡有吃的。」

陸小鳳吃了一驚：「吃這些醃蘿蔔？」

彭長淨冷冷道：「醃蘿蔔也是人吃的。」

陸小鳳嘆了口氣，苦笑著喃喃道：「我只怕蘿蔔吃多了會放屁。」

彭長淨道：「你可以不吃，就算餓一天，也餓不死人的。」

他已準備走了：「你還有什麼不明白的事？」

陸小鳳道：「只有一件事。」

彭長淨道：「你說。」

陸小鳳道：「我只奇怪你為什麼不改行做牢頭去？」

問完了就往竹床上一躺，用薄被蓋住了頭，死人也不管了。

只聽房門「砰」的一聲響，彭長淨只有把氣出在這扇木板門上。

陸小鳳笑了。

對付這種人，你只有想法子氣氣他，只要有一點機會能讓他生氣，就千萬不要錯過，最好能讓他氣得半死。

可是這床棉被卻已先把陸小鳳臭得半死，他伸出頭來想透口氣，醃蘿蔔的氣味也並不比這床被好多少，只有鼻子不通的人，也許還能在這裡睡得著。

東方的曙色，已將窗紙染白，然後陽光就照上了窗櫺。

他眼睜睜的看著屋裡這扇唯一的窗戶，叫他就這麼樣躺在這裡，再眼睜睜的等著太陽落下去，那簡直要他的命。何況，現在肚子又餓得要命，要他吃醃蘿蔔，更要他的命。

有了這麼多要命的事，他如果還能耽得下去，他就不是陸小鳳。

就算彭長淨說的話是聖旨，陸小鳳也不管的，好歹也得先到廚房裡找點東西吃。

山上既然來了這麼多貴賓，香積廚裡當然少不了有些冬菇香菌之類的上素。

他雖然寧可吃大魚大肉，可是偶爾吃一次素，他也不反對。

他只不過反對挨餓。他認為每個人都應該有免於飢餓匱乏的自由。

太陽已升得很高，香積廚裡的人正在將粥菜點心放進一個個塗著紅漆的食盒裡，再分別送出去。

早點雖然簡單些，素菜還是做得很精緻，顯然是送給貴客們吃的。

陸小鳳正準備想法子弄個食盒，帶回他那小屋去享受，突聽一個人大聲道：「你過來。」

說話的人是中年道士，陰沉沉的一張馬臉，看樣子，就很不討人歡喜。

陸小鳳東看看，西看看，前看看，後看看，前後左右都沒有別人。

這馬臉道士叫的就是他。

他只有走過去。

臨時被找來幫忙的火工道人好像不止他一個，這道士並沒有盤問他的來歷，只不過要他把一個最大的食盒送到「聽竹小院」去，而且要趕快送去。

陸小鳳提起食盒就走，他看見擺進食盒裡的是一碟油燜筍，一碟扁尖毛豆，一碟冬菇豆腐，一碟羅漢上齋，還有一大鍋香噴噴的粳米粥。

這些東西都很合他的口味，他實在很想先吃了再說。

如果他真的這麼樣做，他也不是陸小鳳了。

陸小鳳做事，並不是完全沒有分寸的，他並不想誤了大事。

這食盒裡的菜既然精緻，住在聽竹小院裡的當然是特別的貴客。

現在唯一的問題是，他根本不知道聽竹小院在哪裡。

他正想找個樣子比較和氣的人問問，卻看見了個樣子最不和氣的人。

彭長淨正在冷冷的盯著他，忽然壓低聲音問：「你知不知道聽竹小院裡住的是什麼人？」

陸小鳳搖搖頭。

彭長淨道：「是少林鐵肩。」

陸小鳳手心已好像冒汗。

他認得鐵肩，這老和尚不但有一雙銳眼，出家前還是一個名捕，黑道上的勾當，他沒有一樣不精的，最精的據說就是易容，連昔年江湖中的第一號飛賊「千面人」，都栽在他手裡。

彭長淨冷冷道：「他若看出你易容改扮過，你就完了。」

陸小鳳苦笑道：「我能不能不去？」

彭長淨道：「不能。」

陸小鳳道：「爲什麼？」

彭長淨道：「因爲派給你這件差使的人，就是宋長清，他已經在注意你。」

幸好聽竹小院並不難找，依照彭長淨的指示走過碎石小徑，就可以看見一片青翠的竹林。

他走過去的時候，有個人正在他前面，一身藍布衣服已洗得發白，還打著十七八個大補釘。

他認得這個人，用不著看到這個人的臉，就可以認得出。

丐幫的規矩最大，丐幫弟子背後揹著的麻袋，叫做品級袋。

你若有了七袋弟子的身分，就得揹七口麻袋，多一口都不行，少一口也不行，簡直比朝廷命官的品級分得還嚴。

七袋弟子已是丐幫中的執事長老，幫主才有資格揹九口麻袋。

走在陸小鳳前面的那個人，背後的麻袋竟有十口。

丐幫建立數百年來，這是唯一的例外，因爲這個人替丐幫立的功勳實在太大，而卻又偏偏功成身退，連幫主都不肯做。

爲了表示對他的尊敬和感激，丐幫上上下下數千弟子，每個人都將自己的麻袋剪下一小塊，連綴成一個送給他，象徵他的尊榮權貴。

這個人就是王十袋。

陸小鳳低下了頭，故意慢慢的走。

王十袋今年已近八十，已是個老得不能再老的老江湖，江湖中的事，能瞞過他的已不多。

陸小鳳實在不願被他看見，卻又偏偏躲不了，他顯然也是到聽竹小院中去的，有很多朋友已經在那裡等著他，他的朋友都是身分極高的武林名人。

木道人、高行空，和鷹眼老七都在，還有那高大威猛的老人——這人究竟是什麼身分？

一個修飾整潔，白面微鬚的中年道者，正是巴山小顧。

一個衣著樸素，態度恬靜，永遠都對生命充滿了信心和愛心的年輕人，卻是久違了的花滿樓。

沒有人能看得出他是瞎子，他自己彷彿也忘了這件事。

他雖然不能用眼睛去看，可是他能用心去看，去了解，去同情，去關懷別人。

所以他的生命永遠是充實的。

陸小鳳每次看見他的時候，心裡都湧起了一陣說不出的溫暖。

那不僅是友情，還有種發自內心的尊敬。

雲房中精雅幽靜，陸小鳳進去的時候，他們正在談論木道人那天在酒樓上看見的事。

對這個話題陸小鳳無疑也很有興趣，故意將每件事都做得很慢，盡量不讓自己的臉去對著這些人。

他們對他卻完全沒有注意，談話並沒有停頓。

「西門吹雪說的是真話。」木道人的判斷一向都很受重視：「能接得住他一輪快攻，絕不會超出三個人。」

「你也看不出那黑衣蒙面劍客的來歷？」問話的是巴山小顧。

他自己也是劍法名家，家傳七七四十九手迴風舞柳劍，與武當的兩儀神劍、崑崙的飛龍大九式，並稱爲玄門三大劍法。

「那人的出手輕靈老練，功力極深，幾乎已不在昔年老顧之下。」木道人目中帶著深思之色：「最奇怪的是，他用的竟彷彿是武當劍法，卻又比武當劍法更鋒銳毒辣。」

「你看他比你怎麼樣？」這次問話的是王十袋，只有他才能問出這種話。

木道人笑了笑：「我這雙手至少已有十年未曾握劍了。」

「你的手不會癢？」

「手癢的時候我就去拿棋子和酒杯。」木道人笑道：「那不但比握劍輕鬆愉快，而且也安全得多。」

「所以那天你就一直袖手旁觀。」

「我只能袖手旁觀，我手裡不但有酒杯，還提著個酒壺。」

「你說的那位以酒爲命的朋友是誰？」

「那人據說是個告老還鄉的京官，我看他卻有點可疑。」鷹眼老七搶著說。

「可疑？」

「他雖然盡量作出老邁顢頇的樣子，其實腳下的功夫卻很不弱，一跤從樓上跌下去，居然連一點事都沒有，看他的樣子，就像是我們一個熟人。」

聽到這裡，陸小鳳的一顆心幾乎已跳出腔子，只想趕緊開溜。

「你看他像誰？」

「司空摘星。」

陸小鳳立刻鬆了口氣，又不想走了。

他們又開始談論那四個行跡最神秘的老頭子。

「那四個人非但功力都極深，而且路數也很接近。」木道人苦笑著道：「像那樣的人，一個已很難找，那天卻忽然同時出現了四個，簡直就像是忽然從天上掉下來的。」

高行空沉吟著，緩緩道：「更奇怪的是，他們的神情舉動看來都差不多，就連面貌好像都有點相似，就好像是兄弟。」

「兄弟？」鐵肩皺了皺眉：「像這樣的兄弟，我只知道……」

他沒有說下去，他一向不是個輕易下判斷的人，他的身分地位，也不能輕易下判斷。

可是在座的這些老江湖們，顯然已聽出了他的意思：「你說的是虎豹兄弟？」

鐵肩沒有承認，也沒有否認。

木道人又笑了：「就算他們還在人世，也絕不會帶著『滿翠樓』的姑娘去喝酒的。」

「滿翠樓的姑娘？」王十袋搶著道：「你對這種事好像滿內行的，你是不是也去過滿翠樓？」

「我當然去過。」木道人悠然而笑：「只要有酒喝，什麼地方我都去。」

王十袋也大笑：「這老道說話的口氣，簡直就跟陸小鳳一模一樣。」

話題好像已轉到陸小鳳身上。

陸小鳳又準備開溜。

鷹眼老七忽然道：「還有件事我更想不通。」

木道人道：「什麼事？」

鷹眼老七道：「一個告老還鄉的京官，怎麼會忽然變成了火工道士？」

陸小鳳手腳冰冷，再想走已太遲。

鷹眼老七已飛身而起，擋住了他的去路，冷冷道：「你不能走。」

陸小鳳好像很吃驚：「我為什麼不能走？」

鷹眼老七道：「因為我想不通這件事，只有你能告訴我。」

高行空也跳了起來：「不錯，他就是那位以酒爲命的朋友，他怎麼會到這裡來的？」

幽雅的雲房，忽然充滿殺氣。

無論誰做了十二連環塢的總瓢把子，一個月中總難免要殺三五個人的。

高行空陰鷙冷酷，也是江湖中有名的厲害人物。

只要他們一開始行動，就有殺機。

他們一前一後，已完全封死了陸小鳳的退路，陸小鳳就算能長出十對翅膀來，也很難從這屋子裡飛出去。

只不過世上假如還有一個人能從這屋裡逃出去，這個人一定就是陸小鳳。

他忽然大笑：「我好像輸了。」

鷹眼老七冷冷道：「你輸定了。」

陸小鳳道：「我生平跟別人打賭不下八百次，這一次輸得最慘。」

鷹眼老七道：「打賭，賭什麼？」

陸小鳳道：「有個人跟我賭，只要我能在這屋裡耽一盞茶功夫，還沒有被人認出來，他就輸給我一頓好酒，否則他從此都要叫我混蛋。」

鷹眼老七冷笑。

他根本不信那一套，卻還是忍不住要問：「跟你打賭的這個人是誰？」

陸小鳳道：「他自己當然也是個混蛋，而且是個特大號的混蛋。」

鷹眼老七道：「誰？」

陸小鳳道：「陸小鳳。」

這名字說出來，大家都不禁聳然動容：「他還沒有死？」

陸小鳳道：「死人怎麼會打賭？」

鷹眼老七道：「他的人在哪裡？」

陸小鳳抬起頭，向對面的窗戶招了招手，道：「你還不進來？」

大家當然都忍不住要朝那邊去看，他自己卻乘機從另一邊溜了。

兩邊窗子都是開著的，他箭一般竄了出去，一腳踹在屋簷上。

屋簷塌下來的時候，他又已藉力掠出五丈。

後面有人在呼喝，每個人的輕功都很不錯，倒塌的屋簷雖然能阻攔他們一下子，他們還是很快就會追出來的。

陸小鳳連看都不敢回頭去看。

道觀的建築古老高大而空闊，雖然有很多藏身之處，他卻不敢冒險。

今天已是十三，該到的人已全都到了，到的人都是高手。

無論藏在哪裡，都可能被人找到，無論被誰找到，要想脫身都很難。

他當然也不能逃下山去，今天的事，他既不能錯過，也不願錯過。

三五個起落後，對面已有人上了屋脊，後面當然也有人追了過來。

接著，左右兩邊也出現了人影，前後左右四路包抄，他幾乎已無路可走。

他只有往下面跳。

下面的人彷彿更多，四面八方都已響起了腳步聲。

他轉過兩三個屋角，忽然發現前面有個人在冷冷的看著他，馬臉上全無表情，竟是彭長淨的師弟，火工道人的副總管長清。

陸小鳳吃了一驚，勉強笑道：「你好。」

長清冷冷的道：「我不好，你更不好，我只要大叫一聲，所有的人都會趕到這裡來，就算你能一下子打倒我，也沒有用。」

陸小鳳苦笑道：「你想怎麼樣？」

長清道：「我只想讓你明白這一點。」

陸小鳳道：「我已經明白了。」

長清道：「那麼你就最好讓我把你抓住，以後對你也有好處。」

陸小鳳嘆了口氣，道：「好吧，反正我遲早總是逃不了的，倒不如索性賣個交情給你。」

長清眼睛亮了，一個箭步竄過來。

陸小鳳道：「你下手輕一點好不好？」

長清道：「好。」

這個字是開口音，他只說出這個字，已有樣東西塞入他嘴裡，他揮拳迎擊，脅下的穴道也已被點住。

陸小鳳已轉過前面的屋角，他只有眼睜睜的看著。

可是他知道陸小鳳是逃不了的，因爲再往前轉，就是大殿。

當今武當的掌門人，正在大殿裡。

二

大殿前是個空曠寬闊的院子，誰也沒法子藏身，大殿裡光線陰黯，香煙繚繞，人世間所有的糾紛煩惱，都已被隔絕在門檻外。

陸小鳳竟竄了進去。他顯然早已準備藏身在這裡。

他知道人們心裡都有個弱點，藏身在最明顯的地方，反而愈不容易被找到。

現在早課的時候已過，大殿中就算還有人，也應該被剛才的呼喝驚動。

他實在想不到裡面居然還有人。

一個長身玉立的道人，默默的站在神案前，也不知是在爲人類祈求平安，還是在靜思著自己的過錯。

他面前的神案上，擺著一柄劍。

一柄象徵著尊榮和權力的七星寶劍。

這個人竟是石雁。

陸小鳳更吃驚，腳尖點地，身子立刻竄起。

大殿上的橫樑離地十丈。

沒有人能一掠十丈。

他身子竄起，左足足尖在右足足背上一點，竟施展出武林中久已絕傳的「梯雲縱」絕頂輕功。

他居然掠上了橫樑。

石雁還是默默的站在那裡，彷彿已神遊物外。

陸小鳳剛剛鬆了口氣，王十袋、高行空、鷹眼老七、巴山小顧都已闖了進來。

「剛才有沒有人進來過？」

石雁慢慢的轉過身，道：「有。」

這個「有」字聽在陸小鳳耳裡，幾乎就像是罪犯聽見了他已被判決死刑。

「人在哪裡？」

「就在這裡。」石雁微笑著：「我就是剛才進來的。」

人都已走了，連石雁都走了。

如果武當的掌門人說這裡沒有人來過，那麼就算有人看見陸小鳳在這裡，也一定認爲是自己看錯了。

有很多人都認爲武當掌門的話，甚至比自己的眼睛還可靠。

石雁當然絕不會說謊，以他的耳目，難道真不知道有人進來過？

陸小鳳忽然想起了孩子們捉迷藏的遊戲。

——一個孩子躲到叔叔椅子背後，另一個孩子來找，叔叔總是會說：「這裡沒有人。」

石雁並不是他的叔叔，為什麼要替他掩護？

陸小鳳沒有去想。

橫樑上灰塵積得很厚，他還是躺了下去，希望能睡一下。

現在他已絕不能再露面了，只有在這裡等，「等燈滅的時候」。

等到那一瞬到來，他在橫樑上還是同樣可以出手。

所以他才會選擇這地方藏身，這裡至少沒有醃蘿蔔的臭氣。

只可惜他還是睡不著。他怕掉下去。

不但怕人掉下去，也怕樑上的灰塵掉下去，他簡直連動都不敢動。

等到他想到餓的時候，就開始後悔了，後悔自己為什麼不老老實實的耽在那屋子裡？醃蘿蔔的味道其實並沒有他想像中那麼臭的。

這時大殿中又有很多人進來，打掃殿堂，安排坐椅，還有人在問：「誰是管燈油的？」

「是弟子長慎。」

「燈裡的油加滿了沒有？」

「加滿了，今天清早，弟子就已檢查過一遍。」

問話的人顯然已很滿意，長慎做事想必一向都很謹慎。

奇怪的是，武當弟子怎麼會被老刀把子收買了的？他對於武當的情況，為什麼會如此熟悉？

陸小鳳也沒有去想。

最近他好像一直都不願意動腦筋去想任何事。

打掃的人大多都走了，只留下幾個人在大殿裡看守照顧。

又過了很久，陸小鳳就聽見他們在竊竊私議，議論的正是那個扮成火工道人的「奸細」。

「我實在想不通，這裡又沒有什麼秘密，怎麼會有奸細來？」

「也許他是想來偷東西的。」

「偷我們這些窮道士？」

「莫忘記這兩天山上來的都是貴客。」

「也許他既不是小偷，也不是奸細。」

「是什麼？」

「是刺客！來刺那些貴客的。」

「現在我們還沒有抓住他？」

「還沒有。」

「我想他現在一定早就下山了，他又不是呆子，怎麼會留在山上等死？」

「倒楣的是長淨，據說那個人是他帶上山來的，現在十二連環塢的總瓢把子正親自追問他的口供。」

據說鷹眼老七的分筋錯骨手別有一套，在他的手下，連死人都沒法子不開口。

長淨會不會將這秘密招供出來？他知道的究竟有多少？

陸小鳳正在開始擔心，忽然又聽見腳步聲響，兩個人喘息著走進來，說出件驚人的消息：

「彭長淨死了！」

「怎麼死的？」

「二師叔他們正在問他口供時，外面忽然飛進了一根竹竿，活活的把他釘死在椅子上。」

「兇手抓住了沒有？」

「沒有，太師祖已經帶著二師叔他們追下去了。」

陸小鳳嘆了口氣，這結果他並不意外。

殺人滅口，本就是他們的一貫作風。

只不過用一根竹竿就能將人活活釘死在椅子上的人並不多，就連表哥和管家婆他們都絕沒有這麼深的功力。

除了他之外，還有誰也已潛入了武當？

無虎兄弟和石鶴絕不敢這麼早就上山，來的難道是老刀把子？

他是用什麼身分做掩護的？

難道他也扮成了個火工道士？

下面忽然又有人問：「長淨死了，跟我們又沒什麼關係，你何必急著趕來報消息？」

「跟你雖然沒關係，跟長慎師兄卻有關係……」

「我明白了。」另外一個人打斷了他的話：「長淨死了，長清也受了罰，長慎師兄當然就變成了我們的總管，你是趕來報喜的。」

看來這些火工道人們的六根並不清淨，也一樣會爭權奪利。

陸小鳳心裡正在嘆息，忽然聽到一陣尖銳奇異的聲音從外面捲了進來。

連他都聽不出這是什麼聲音，只覺得耳朵被刺得很難受。

就在這一瞬間，大殿裡已響起一連串短促淒厲的慘呼聲：「是你……」

一句話未說完，所有的聲音又突然斷絕。

陸小鳳忍不住悄悄伸出頭去看了一眼，手足已冰冷。

大殿裡本來有九個人，九個活生生的人，就在這一瞬間，九個人都已死了。

九個人的咽喉都已被割斷，看來無疑都是死在劍鋒下的。

一劍就已致命！

武當的弟子們武功多少總有些根基，卻在一瞬間就已被人殺得乾乾淨淨。

剛才那奇異尖銳的聲音，竟是劍鋒破空聲。

好快的劍！好狠的劍！就連縱橫天下的西門吹雪都未必能比得上。

兇手是誰？

他為什麼要殺這些無足輕重的火工道人？

「是爲了長慎！」陸小鳳忽然明白：「他算準了長淨一死，別人一定會找長慎問話，所以先趕來殺了長慎滅口。」

殺長淨的兇手當然也是他。

這個人竟能在武當的根本重地內來去自如，隨意殺人，他究竟是什麼身分？

「是你……」

長慎臨死前還說出了這兩個字，顯然是認得這個人的，卻也想不到這個人會是殺人的兇手。

陸小鳳又不禁開始後悔，剛才響聲一起，他就該伸出頭來看看的。

也許這就是他唯一能看到這人真面目的機會，良機一失，只怕就永不再來了。

死人已不會開口。

無論鷹眼老七的分筋錯骨手多厲害，死人也不會開口。

所以計劃一定還是照常進行。

所以陸小鳳還是只有等。

等天黑，等燈亮，再等燈滅。

等待的滋味實在不好受。

十五 樑上君子

一

四月十三，黃昏。天漸漸黑了，大殿裡燈火已燃起。

橫樑上卻還是很陰暗，陽光照不到這裡，燈火也照不到，世上本就有很多地方是永遠都沒有光明。

有些人也一樣。難道陸小鳳已變成了這種人，他這一生難道已沒有出頭的機會，只能像老鼠般躲在黑暗中，躲避著西門吹雪？

也許他還有機會，也許這次行動就是他唯一的機會，所以他絕不能失手。可是他並沒有把握。

誰能有把握從石雁頭上摘下那頂道冠來？他連一個人都想不出。

大殿裡又響起了腳步聲，走在最前面的一個人腳步雖然走得很重，腳步聲卻還是很輕。因爲他全身的氣脈血液都已貫通，他雖然也是血肉之軀，卻已和別人不同。他身子裡已沒有渣滓。

陸小鳳忍不住將眼睛貼著橫樑，偷偷的往下看，一行紫衣玄冠的道人魚貫走入大殿，走在最前面的，竟是木道人。

他和木道人相交多年，直到此刻，才知道這位武當名宿的功力，比任何人想像中都要高得多。

石雁還沒有來，主位上的第一張交椅是空著的，木道人卻只能坐在第二張椅子上。

雖然他德高望重，輩份極尊，可是有掌門人在時，他還是要退居其次。

這是武當的規矩，也是江湖中的規矩，無論誰都不能改變。

大廳裡燈火輝煌，外面有鐘聲響起，木道人降階迎賓，客人們也陸續來了。

每個人的態度都很嚴肅，鷹眼老七他們的神情凝重，顯然還不能忘記今天白天發生的那些事。

那高大威猛的老人也到了，座位居然還在十二連環塢的總瓢把子之上。

他又是什麼身分？爲什麼從來不在江湖中露面？此刻爲什麼又忽然出現了？

陸小鳳一直盯著他，心裡總覺得自己應該認得這個人，卻又偏偏不認得。

大殿中擺的椅子並不多，夠資格在這裡有座位的人並不多。

客人們來的卻不少，沒有座位的人只有站著。

鐵肩、石雁、王十袋、水上飛、高行空、巴山小顧、鷹眼老七，他們身後都有人站著，每個人都可能就是在等著要他們的命。

這些人之中，有哪些是已死過一次又復活了的？誰是杜鐵心？誰是關天武？誰是婁老太太？

陸小鳳正在找。他們易容改扮過之後的面貌，除了老刀把子和犬郎君外，只有陸小鳳知道。

犬郎君已將他們每個人易容後的樣子都畫出來交給了陸小鳳——在第一流的客棧裡，廁所總是相當大的，除了方便外，還可以做很多事。

海奇闊殺的那條狗，既然真是條狗，犬郎君到哪裡去了？這秘密是不是也只有陸小鳳知道？

他很快就找到了他們，甚至連那個沒有臉的石鶴，現在都已有了張臉。

他們顯然都在緊緊盯著自己的目標，只等燈一滅，就竄過去出手。

唯一沒有人對付的，好像只有木道人，是不是因爲他久已不問江湖中的事，老刀把子根本就沒有將他當做目標？陸小鳳沒有再想下去，因爲這時候他自己的目標也出現了。

戴著紫金道冠的武當掌門真人，已在四個手執法器的道僮護衛中，慢慢的走了出來。

這位名重當代的石雁道長，不但修爲功深，少年時也曾身經百戰，他的劍法、內力，和修養，都已很少有人能比得上。可是現在他看來竟似很疲倦、很衰老，甚至還有點緊張。

石雁的確有點緊張。

面對著這麼多嘉賓貴客，他雖然不能不以笑臉迎人，可是心裡卻覺得緊張而煩躁。近十年來，他已很少會發生這種現象。今天他心裡彷彿有種不祥的預感，知道一定會有些不幸的事發生。

「也許我的確已應該退休了。」他在心裡想：「去找個安靜偏僻的地方，蓋兩間小木屋，從此不再問江湖中的是非，也不再見江湖中的人。」

只可惜到現在為止，這些還都是幻想，以後是不是真的能及時從江湖上的是非恩怨中全身而退，連他自己都沒有把握，若不能把握時機，很可能就已太遲。

每當他緊張疲倦時，他就會覺得後頸僵硬，偏頭痛的老毛病也會發作。

尤其現在，他還戴著頂份量很重的紫金道冠，就像是鍋蓋般壓在他頭上。

嘉賓貴客們都已站起來迎接他。雖然他知道他們尊敬他，只不過因為他是武當的掌門。

雖然他並不完全喜歡這些人，卻還是不能不擺出最動人的笑容，向他們招呼答禮。

——這豈非也像做戲一樣？

——你既然已被派上這角色，不管你脖子再硬，頭再疼，都得好好的演下去。

大殿裡燈火輝煌。在燈光下看來，鐵肩和王十袋無疑都比他更疲倦、更衰老。

其實他們都已應該退休歸隱了，根本不必到這裡來的。

他並不想見到他們，尤其是王十袋——「明明是個心胸狹窄，睚眦必報的人，卻偏偏要作出遊戲風塵，玩世不恭的樣子。」

——還有那總是喜歡照鏡子的巴山小顧，他實在應該去開妓院的，為什麼偏偏要出家？

——世界上為什麼有這許多人都不能去做自己真正想做的事？

典禮已開始進行，每一個程序都是石雁已不知做過多少次的，說的那些話，也全都不知是他已說過多少次的。無論他心裡在想什麼，都絕不會出一點錯誤，每件事都好像進行得很順利。

接著他就要宣佈他繼承人的姓名了。他用眼角看著幾個最重要的弟子，愈有希望的，就顯得愈緊張。

假如他宣佈的姓名並不是這幾個人，他們會有什麼表情？別人會有什麼反應？那一定很有趣。想到這一點，他嘴角不禁露出了笑意，幾乎忍不住要笑出來。

可是他很快就抑制了自己，正準備進行儀式中最重要的一節。

就在這時，大殿裡有盞永不熄滅的長明燈，竟忽然滅了。

他心裡立刻生出警兆，他知道自己那不祥的預感已將靈驗。

幾乎就在這同一剎那間，大殿內外的七十二盞長明燈，竟突然全都熄滅。

幾縷急銳的風聲響起，神龕香案上的燭火也被擊滅。燈火輝煌的大殿，竟突然變得一片黑暗。

黑暗中突然響起一連串慘呼，一道更強銳的風聲，從大殿橫樑上往他頭頂吹了過來，吹動了他的道冠，竟彷彿是夜行人的衣袂帶風聲。他伸手去扶道冠時，道冠已不見了。

「嗆」的一響，他腰上的七星劍也已出鞘，卻不是他自己拔出來的。

他身子立刻掠起，只覺得脅下肋骨間一陣冰冷，彷彿被劍鋒劃過。

這件事幾乎也全都是在同一剎那間發生的。

大多數人根本還不知道這是怎麼回事，當然更不知道應該怎麼應變。

那些淒厲的慘呼聲，使得這突來的變化顯得更詭秘恐怖。

慘呼聲中，竟似還有鐵肩和王十袋這些絕頂高手的聲音。

然後就聽見了木道人在呼喝：「誰有火摺子？快燃燈。」

他的聲音居然還很鎮定，但石雁卻聽得出其中也帶著痛苦之意。難道他也受了傷？

雖然只不過是短短的一瞬時光，可是每個人感覺中，都好像很長。

燈終於亮了，大家卻更吃驚，更恐懼。誰也不能相信自己眼睛裡看見的事，這些事卻偏偏是真的——

鐵肩、王十袋、巴山小顧、水上飛、高行空、鷹眼老七，還有武當門下幾個最重要的弟子，竟都已倒了下去，倒在血泊中。王十袋腰上甚至還插著一把劍，劍鋒已直刺入他要害裡，只留下一截劍柄。

木道人身上也帶著血跡，雖然也受了傷，卻還是最鎮定。

「兇手一定還在這裡，真相未明之前，大家最好全都留下來。」

事變非常，他的口氣也變得很嚴肅：「無論誰只要走出這大殿一步，都不能洗脫兇手的嫌疑，那就休怪本門子弟，要對貴客無禮了。」

沒有人敢走，沒有人敢動。這件事實在太嚴重，誰也不願沾上一點嫌疑。

奇怪的是，留在大殿裡的人，身上都沒有兵刃，殺人的刀劍是哪裡來的？到哪裡去了？

石雁傷得雖不重，卻顯得比別人更悲哀、憤怒、沮喪。

木道人壓低聲音，道：「兇手絕不止一個人，他們一擊得手，很可能已乘著剛才黑暗時全身而退了，但卻不可能已全都退出武當。」

石雁忍不住道：「既然大家都得留在大殿裡，誰去追他們？」

木道人道：「我去。」他看了看四下待命的武當弟子：「我還得帶幾個得力的人去。」

石雁道：「本門弟子，但憑師叔調派。」

木道人立刻就走了，帶走了十個人，當然全都是武當門下的精英。

看著他匆匆而去，石雁眼睛裡忽然露出種很奇怪的表情。

那高大威猛的老人已悄悄到了他身後，沉聲道：「果然如此。」

石雁點點頭，忽然振作起精神，道：「事變非常，只得委屈各位在此少候，無垢先帶領本門弟子，將死難的前輩們抬到聽竹院去，無鏡、無色帶領弟子去巡視各地，只要發現一件兵刃，就快報上來。」

高大威猛的老人道：「你最好讓他們先搜搜我。」

石雁苦笑道：「你若要殺人，又何必用刀劍？」

老人道：「那麼我也想陪你師叔去追兇。」

石雁道：「請。」

老人拱了拱手，一擰腰，就已箭一般竄出。

群豪中立刻有人不滿：「我們不能走，他為什麼能走？」

「因為他的身分和別人不同。」

「他是誰？」

「他就是那……」

一聲騷動，淹沒了這人的聲音，兩個紫衣道人大步奔入，手裡捧著柄長劍，赫然竟是武當掌門人的七星劍。可是他佩帶的另一件寶物紫金冠，卻已如黃鶴飛去，不見影蹤了。

十六 人皮面具

一

四月十三，午夜。

夜涼如水。

此時此刻，只有一個人知道紫金冠在哪裡，這個人當然就是陸小鳳。

他也不知從哪裡買了頂特大號的范陽氈笠戴在頭上，遮住了他大半邊臉。

紫金冠就在他頭上，也被氈笠蓋住了。

這是他用他那兩根無價的手指從石雁頭上摘下來的，他總算又沒有失手。

可是就在他剛才出手的那一瞬間，他全身的衣衫都已濕透。

他知道這次行動已完全成功，掠出大殿時，他就聽見鐵肩他們的慘呼聲。

現在他身上衣服早已乾了，他已在附近的暗巷中兜了好幾個圈子，確定了後面絕沒有跟蹤的人，然後才從後院的角門溜入滿翠樓。

後園中靜悄悄的，聽不見人聲，也看不見燈光。

「那些人難道還沒有回來？」

他正想找個人問問，忽然聽見六角亭畔的花叢裡有人輕輕道：「在這裡。」

這是柳青青的聲音。

看見陸小鳳的時候，她的表情很奇怪，又像是驚訝，又像是歡喜：「你也得手了？」

陸小鳳點點頭，道：「別人呢？」

柳青青道：「大家差不多都已回來了，都在等老刀把子。」

她咬著嘴唇，用眼角瞟著陸小鳳：「可是我真想不到這次真會成功的。」

陸小鳳道：「爲什麼想不到？」

柳青青道：「因爲我總有點疑心你，尤其是犬郎君的那件事，還有那個替你溜狗去的堂倌，葉家那個挖蚯蚓的人……」

陸小鳳笑了：「這只能證明一件事，證明你的疑心病至少比別人大十倍。」

柳青青也笑了，剛拉起他的手，花叢裡忽然有道燈光射出來。

小翠正在燈光後瞪著他們：「好呀，大家都在下面等，你們卻躲在這裡拉著手說悄悄話。」

陸小鳳直到現在才知道，他們聚會的密室，竟是在這一叢月季花下。

這計劃的每一個細節雖然早就全都安排好了，可是不到最後關頭，除老刀把子外，還是沒有人能完全知道。

直到現在，還是沒有人能看見他的面目。

可是他一定很快就會來了。

寬大的地室，通風的設備良好，大家的呼吸卻還是很急促。

參加這次行動的人，現在都已到齊，竟完全沒有意外的差錯，也沒有傷損。

只是當時那一瞬間的緊張和刺激，卻絕不是很快就會平靜的，大家還是顯得很興奮，幾乎沒有人開口說話的。

有些人衣襟上還帶著血，想必是因爲出手時太用力，刺得太猛，有的人甚至連臉上都被濺上了血跡。

他們本該高興的，因爲他們今天晚上做的事，無疑必將會改變天下武林的歷史和命運。

「這裡爲什麼沒有酒？大功已告成了，我們爲什麼還不能喝兩杯慶祝慶祝？」

「因爲老刀把子還沒有回來。」

「他爲什麼還沒有回來？」

「因爲他還有很多事要做。」聲音來自地室外：「他還要替你們阻擋追兵，清點戰果。」

老刀把子終於出現了，戰果無疑很輝煌，連他的聲音都已因興奮而顯得有些嘶啞。

然後他就正式宣佈：「一擊命中，元兇盡誅，天雷行動，完全成功！」

二

慎重周密的計劃，迅速準確的行動，只要能做到這兩點，無論什麼事都會成功的。

但是老刀把子卻好像忘記了一件事。

他並沒有問陸小鳳是否得手，怎麼會知道這次行動已完全成功？除非燈亮後他還在大殿裡，已看見紫金冠不在石雁頭上。

陸小鳳忍不住道：「你是不是忘了問我要樣東西？」

他忽然摘下氈笠，紫金冠立刻在燈下散發出輝煌美麗的光彩。

老刀把子卻只看了一眼，道：「我不急。」

陸小鳳笑了：「你當然不急，因爲你要的本就不是這頂紫金冠，而是那把七星劍。」

這些話他不想說的，卻忽然有了種忍不住要說出來的衝動：「我去摘紫金冠時，石雁一定會伸手到頭上去扶，你才有機會奪他腰下的劍。」

老刀把子冷冷的看著他，等著他說下去。

陸小鳳道：「那秘密雖然一直都在劍柄裡，石雁卻從來沒有用它要脅過任何人，但你卻還是不放心，因爲那其中最大的一個秘密，就是你的秘密，所以你一定要親手奪他的劍，絕不讓這秘密再經過第二個人的手。」

老刀把子居然並不否認：「可是他的手一直都扶在劍柄上，所以我才用得著你，以後他一定會認爲這次行動的主謀就是你。」

陸小鳳道：「爲什麼？」

老刀把子道：「因爲你剛才出手，一定很用力，紫金冠上一定已被你揑出了兩個指痕，能用兩根手指摘下他頭上道冠的人，除了陸小鳳外，世上只怕還沒有第二個，這就是最好的證據。」

陸小鳳嘆了口氣，道：「原來你不但要我去分散他的注意力，還要我去替你揹黑鍋。」

老刀把子道：「這就叫一石二鳥之計。」

這一點才是整個計劃中最後的關鍵，陸小鳳直到現在才完全明白。

他只有苦笑：「但我還是不明白，你既然已奪下他的劍，爲什麼不索性殺了他？」

老刀把子道：「因爲他反正已活不長了。」

陸小鳳吃驚道：「爲什麼？」

老刀把子道：「因爲他已得了絕症，他的壽命最多只有兩三個月。」

陸小鳳道：「這就難怪他急著要提前冊立繼承他的人了。」

老刀把子冷冷道：「只可惜現在能夠擔當重任的武當弟子，都已死在我們手裡。」

陸小鳳盯著他，道：「所以他現在只能將掌門之位傳給你。」

老刀把子的手突然握緊，冷笑道：「你是個聰明人，這些話你本不該說出來的。」

陸小鳳苦笑道：「只可惜我忍不住要說。」

老刀把子忽然大聲道：「婁金氏，關天武，杜鐵心，高濤，海奇闊，顧飛雲。」

他叫出一個人的名字，這個人立刻就站了出來，瞪著陸小鳳。

老刀把子冷冷道：「你看這六個人能不能制得住你？」

陸小鳳道：「只要兩三個就足夠了。」

老刀把子冷笑道：「你難道還要他們出手？」

陸小鳳道：「我不想要他們出手。」

老刀把子道：「那末你爲什麼不束手就縛？」

陸小鳳道：「因爲我知道他們絕不會出手的。」

老刀把子厲聲道：「拿下他！」

他叫的聲音雖大，這六個人卻好像忽然變了聾子，連動都不動。

老刀把子瞳孔收縮。

陸小鳳卻笑了，他微笑著道：「現在他們若是出手，只會去拿一個人。」

老刀把子道：「誰？」

陸小鳳道：「你！」

六個人果然同時轉身，面對著老刀把子，同時道：「你難道還要等我們出手？」

老刀把子全身僵硬：「若沒有我，現在你們連屍骨都已爛光了，你們竟敢背叛我？」

陸小鳳搶著道：「他們並不想背叛你，只怪你自己做錯了事。」

地室中居然一直都很安靜，除了柳青青和小翠外，每個人都顯得出奇鎮定，這些驚人的變化，竟似早就在他們意料之中。

難道這些人已全背叛了他？

老刀把子的手握得更緊，道：「我做錯了什麼事？」

陸小鳳道：「你的計劃周密巧妙，卻有個致命的漏洞。」

老刀把子不信。

他的確無法相信，這計劃他已反覆思慮過無數次。

陸小鳳道：「這計劃中最巧妙的一點，就是你派出來參加這次行動的本就都是死人，你再將他們改扮成另外一個根本不存在的人，江湖中當然沒有人會注意他們的行動。」

他笑了笑：「只可惜這一點偏偏也就是你計劃中最大的漏洞。」

老刀把子不懂。

這些話的確並不是很容易就能讓人聽懂的。

陸小鳳道：「你若將高濤扮成水上飛，犬郎君的易容術縱然妙絕天下，還是有人認出他來的，至少水上飛的朋友和親人認得出。」

他拍了拍「管家婆」的肩：「可是你將他扮成了這樣子，世上根本就沒有這麼樣一個人存在，當然也就沒有人能認得出他。」

這些話說得就比較容易讓人聽懂了。

老刀把子當然也懂，這本是他計劃中最基本的一個環節。

陸小鳳道：「可是你忽略了一點。」

老刀把子忍不住問：「哪一點？」

陸小鳳又指了指「管家婆」的臉：「高濤能扮成這樣子，別人當然也能扮成這樣子。」

老刀把子承認。

只要有一張製作精巧的人皮面具，再加上一個易容好手，任何人都能扮成這樣子。

陸小鳳道：「高濤扮成這樣子，沒有人能認得出他，別人若扮成這樣子，當然也是沒有人能認得出來的。」

因爲世上根本就沒有這麼樣一個人存在，所以也沒有人會去注意他，連老刀把子都不例外。

老刀把子的手突然開始發抖，道：「難道這個人已不是高濤？」

陸小鳳道：「你總算明白我的意思了。」

這「管家婆」也笑了笑，用力撕下臉上一張人皮面具，竟是個年紀並不太大的女人。

這個人當然不是高濤。

陸小鳳笑道：「這位姑娘就是昔年公孫大娘的好姐妹，也是我的好朋友，我一時找不到高濤那樣不男不女的管家婆，只好找她來幫忙了。」

老刀把子怔住。

陸小鳳道：「你能將高濤扮成這樣子，我當然也能請人將她扮成這樣子。」

老刀把子恨恨道：「是不是犬郎君出賣了我？」

陸小鳳點點頭，道：「因爲他也是人，並不是狗，連狗被逼急了也會跳牆，何況人？」

老刀把子道：「他還沒有死？」

陸小鳳道：「他若死了，我們怎麼能將這位姑娘扮得和那管家婆一模一樣，連你都看不出？」

老刀把子道：「這張面具也是高濤臉上的？」

陸小鳳道：「是從他臉上剝下來的。」

老刀把子道：「高濤呢？」

陸小鳳道：「他管的事太多了，已經應該休息休息。」

柳青青忽然道：「就是那天晚上，在葉凌風的山莊裡，你做的手腳？」

現在她才想到，那天晚上燈滅了的時候，爲什麼找不到他們的人。

陸小鳳已趁著黑暗，將高濤、顧飛雲、海奇闊制住，將另外三個人改扮成他們的樣子，而且是用同一張人皮面具，經同一人的手改扮的。

柳青青道：「那天犬郎君也在？」

陸小鳳道：「他一直都在那裡等著。」

他微笑著道：「我們下山的第二天，我已叫人找了條同樣的狗來，乘著溜狗的時候便將他掉了包。」

狗的樣子都差不多的，除了很親近牠的人之外，當然更不會有人能分辨得出。

柳青青嘆道：「我早就覺得替你溜狗的那個堂倌可疑了。」

陸小鳳笑道：「你的疑心病一向很重。」

柳青青道：「那個挖蚯蚓的人呢？」

陸小鳳道：「他就是那個替我溜狗的堂倌。」

柳青青道：「他究竟是誰？」

陸小鳳道：「司空摘星！」

當然是司空摘星。

這名滿天下的獨行俠盜，不但輕功高絕，機智過人，而且他自己也是個易容好手。

柳青青道：「難道這裡所有的人都已不是原來那個人了？」

陸小鳳道：「只有兩個人還是的。」

柳青青道：「哪兩個？」

陸小鳳道：「一個我，一個你。」

柳青青道：「那天你們爲什麼沒有對我下手？」

陸小鳳道：「因爲你和老刀把子太接近，我們怕他看出破綻來……」

柳青青咬著牙，忽然一拳往他鼻子上打了過去。

陸小鳳沒有閃避，她也沒有打著。

她的手很快就被人拉住了，可是她的眼睛卻還在狠狠的瞪著陸小鳳，大聲道：「我只想要你明白一件事。」

陸小鳳道：「什麼事？」

柳青青道：「現在唯一跟我最接近的人就是你！」

陸小鳳心裡有點酸，也有點疼。

可是一個人若是要做一件對很多人都有好處的事，總不能不犧牲一點的。

他盡量裝作沒有看見她眼中的淚痕，盡量不去想這件事。

就算要懺悔流淚，也可以等到明天，現在還有很多別的事要做。

有人撥亮了燈光，地室中更明亮。

老刀把子這時反而鎮定了下來，又問道：「你們既然早已控制了局面，爲什麼還要按照我的計劃去行事？」

陸小鳳道：「因爲我們還不知道老刀把子究竟是誰，所以一定要誘你入甕。」

這才是他整個計劃的關鍵，直到現在，他還沒有看見老刀把子的真面目。

還沒有人看見過。

老刀把子冷笑道：「現在，你們總算很快就可以知道我是誰了，只可惜鐵肩、王十袋他們已經永遠無法知道。」

陸小鳳忽又笑了笑，道：「你真的以爲他們已全都死了？你看看這些人是誰？」

地室的入口忽然打開，一行人慢慢的走下來，正是剛才已倒在血泊中的鐵肩、王十袋、高行空、水上飛、巴山小顧、鷹眼老七，和武當弟子中的五大高手。

那高大威猛的老人居然也在其中。

石雁走在最後。

他剛走下來，地室的門還開著。

陸小鳳正在說：「有了王老前輩、司空摘星，和犬郎君這樣的易容好手，要假死當然並不是件很困難的事，何況……」

他的話還沒有說完，老刀把子突然竄起，箭一般竄了出去。

他掌中已有劍，出了鞘的劍。

他的人與劍似已合爲一體，閃電般擊向石雁。

石雁也有劍。

劍柄中的秘密被取出，七星劍又重回他手裡。

他想拔劍，可是脅下忽然一陣刺痛，新傷和舊疾同時發作。

老刀把子的劍已擱在他咽喉上，人已到了他背後，用一隻手拗住他的臂，道：「你們誰敢動，我就殺了他！」

沒有人敢動。

雖然他已有了絕症，還是沒有人能眼看著武當的掌門人，這忠厚正直的長者死在劍下。

所以大家只有眼看著老刀把子往後退。

老刀把子冷笑道：「我的計劃雖未成功，你們的計劃看來也功虧一簣。」

陸小鳳苦笑道：「我們若答應讓你走，你能不能讓我們看看你的真面目？」

老刀把子道：「不能。」

他大笑，又道：「永遠沒有人再能看見我的真面目，永遠沒有……」

笑聲突然停頓。

他的人突然向前栽倒，滾下七八級石階，仆倒在地上，背後鮮血泉水般湧出。

他的竹笠也滾了出去。

一個人慢慢的從石階上走下來，手裡一柄長劍，劍尖還在滴著血。

陸小鳳臉色忽然變了。

若不是因爲他臉上還有面具，大家一定會大吃一驚的。

因爲他臉色實在變得太可怕。

十七　功虧一簣

一

最後從石階上走下來的，並不是西門吹雪，是木道人。他才真正是走在最後面的一個，老刀把子卻顯然想不到石雁身後還有人在，螳螂捕蟬，黃雀在後，世上豈非本就有很多事都是這樣子的？

陸小鳳竟似也想不到他會來，吃驚的看著他，再看看倒在血泊中的老刀把子，忽然道：「你爲什麼殺了他？爲什麼不留下他的活口？」

木道人道：「他的秘密我們早已知道，就算再問，也問不出什麼來，我出手雖重些，卻絕了後患。」

木道人笑了笑，道：「人死了之後，還是一樣能看得出他本來面目的。」

陸小鳳怔了怔，也笑了：「這幾天我實在太累，連頭都累暈了。」

木道人笑道：「每個人都有暈頭的時候，怕只怕沒有頭可暈。」

——每個人死了之後，都一樣能看得出他本來的面目。

——怕只怕他本來根本沒有面目。

陸小鳳翻過老刀把子的臉，又怔住。

他看見的竟是一張沒有臉的臉，黑洞般的眼睛裡卻帶著說不出的譏誚，彷彿還在說：「永遠沒有人能看見我的真面目，永遠沒有……」

每個人都怔住，連柳青青都怔住。

石雁卻長長吐出口氣，道：「他雖然沒有臉，我也認得出他。」

木道人黯然道：「你當然認得出，我也認得出。」

他抬起頭，看來彷彿更衰老：「這個人就是本門的叛徒石鶴。」

二

「不對。」陸小鳳說：「不是石鶴。」

他的口氣很堅決，很有自信，對他說的這件事，顯得極有把握。

沒有把握的話，他絕不會對屋子裡這些人說。

這是間高雅安靜的書房，在一個絕對安全穩秘的地方。

無論誰要進入這間書房，都必須先通過七道防守嚴密的門戶。

防守在外面的人，幾乎每一個都是當今武林中的一流高手，其中包括了武當、少林、雁蕩，和巴山門下最優秀的弟子，還有長江水寨和十二連環塢中最精明幹練的幾位舵主。

沒有得到屋子裡這些人的允許，絕對沒有任何人能闖進來。

他們在這裡說的話，也絕對不會有一點風聲走漏出去。

他們將這個地方叫做「鷹巢」，這次對付「幽靈山莊」的計劃，就是他們三個月以前在

「鷹巢」中決定的。這是絕對機密的計劃。

計劃中的第一步，就是先說服西門吹雪參加，造成他和陸小鳳之間的衝突仇恨，讓江湖中的人，都以爲他非殺陸小鳳不可。這本不是件容易事，西門吹雪絕不是個容易被打動的人。

誰知這一次西門吹雪居然並沒有拒絕，他顯然覺得能追殺陸小鳳是件很有趣的事，所以他唯一的條件是——「你一定要真的逃，因爲我是真的追，你若被我追上，我也許就會真的殺了你。」

所以陸小鳳在逃亡的時候，的確隨時都在捏著把冷汗。

計劃中的第二步，就是安排陸小鳳逃亡的路線，一定要讓他能在無意間和「幽靈山莊」中的人接觸，而不被懷疑。在逃亡的過程中，他還得自己獨力去應付一切困難，絕不能和任何人接觸。

陸小鳳是不是真的能混入幽靈山莊，他們並沒有把握。可是他願意冒這個險。

他們對於「幽靈山莊」這個組織已知道了很久，卻一直都抓不到一點線索，只不過從一個垂死的陌生人口中，知道這組織最近就要做一件驚天動地的大事。所以他們也非開始行動不可。

因爲他們已查出這個垂死的陌生人，竟是多年前就已應該死在西門吹雪劍下的顧飛雲。

他從幽靈山莊中逃出來，被石鶴逼入了萬丈深壑，雖然僥倖沒有死，兩條腿卻已斷了，只憑著一雙手和一股堅強的意志，在絕谷中爬了五天四夜，才遇見一個在深山中採藥的道士。

這道士正是武當弟子，他總算能活著說出了幽靈山莊的秘密。

只可惜他知道的也不多，而且已剩下最後一口氣。

所以陸小鳳一開始就已知道「表哥」並不是顧飛雲。

最先開始策劃這件事的是武當石雁，他第一個找的人就是陸小鳳。

——如果世界上還有一個人能完成這次艱鉅的任務，這個人無疑就是陸小鳳。

可是陸小鳳卻知道，單憑自己一個人之力，是絕對無法成功的。

他一定還要找幾個好幫手，他認爲其中最不能缺少的就是司空摘星。

要說服司空摘星簡直比說服西門吹雪還困難，幸好他有弱點。

他好賭，尤其喜歡跟陸小鳳賭，而且隨便陸小鳳賭什麼都行。

所以陸小鳳就跟他賭：「我若不成功，你就得替我挖蚯蚓。」

等到司空摘星發現這是個圈套時，後悔已來不及，爲了不想輸，他只有全力幫助陸小鳳完成這件事。

他一向是個言而有信的人。可是他也堅持要找一個不能缺少的幫手，他要陸小鳳替他找花滿樓。

花滿樓的思慮周密，無人能及，也許就因爲他看不見，所以思想的時候比別人多。

最原始的計劃，就是他們四個人在「鷹巢」中決定的。

他們四個人的力量當然不夠，所以他們又拉入了六個人。

那就是少林鐵肩、丐幫王十袋、長江水上飛、雁蕩高行空、巴山小顧和十二連環塢的鷹眼老七。

因爲這六個人門下都有人在幽靈山莊。他們的勢力，也正好分佈在幽靈山莊到武當的路上。

最重要的一點是，他們都是絕對守口如瓶的人，絕不會洩露這計劃的機密。

從外表看來，這只不過是鬧市中一棟很普通的樓房，是用鷹眼老七門下一個分舵舵主的名義買下來的，用樓下的三間門面，分別開了一家藥舖、一家酒肆，和一家棺材店。

三家店舖中的伙計，當然都是他們門下最忠誠幹練的子弟

知道這次計劃的人，卻只有他們十個，其餘的人，只不過是奉命行事。

現在他們十個人之中已到了八個。

陸小鳳看著他們，將剛才說的話又重新強調了一遍：「不是石鶴，絕不是。」

石雁沒有來，顯然病得很嚴重，唯一見過石鶴的就是鐵肩。

當年武當另立掌門，石鶴自毀面目時，這位少林高僧也在座。

他看見過那張沒有臉的臉，無論誰只要看過一眼，都永遠不會忘記。

所以他反對：「我看過他的臉，他絕對就是石鶴。」

陸小鳳道：「死在木道人劍下的當然是石鶴，石鶴卻不是老刀把子，絕不是。」

司空摘星搶著道：「你怎麼能確定？」

陸小鳳道：「因為我知道老刀把子是誰。」

司空摘星道：「是誰？」

陸小鳳道：「是木道人。」

司空摘星吃了一驚，每個人都吃了一驚。

過了很久，鐵肩才慢慢的搖了搖頭，道：「不對，不會是他。」

陸小鳳道：「為什麼？」

鐵肩道：「多年前他就可以做武當掌門的，但他卻將掌門人的位子讓給了他師弟梅真人，由此可見，他對名利和權位看得並不重，他怎麼會做這種事？」

陸小鳳道：「本來我也不相信的，本來我還想將他也拉入鷹巢來。」

鐵肩道：「難道有人反對？」

陸小鳳點點頭，道：「石雁反對，花滿樓也不贊成。」

鐵肩道：「為什麼？」

這次他問的是花滿樓。

花滿樓遲疑著，緩緩道：「當時我並不是懷疑他，只不過覺得他和古松居士太接近，很難對古松保守秘密。」

鐵肩道：「你認為古松可疑？」

花滿樓道：「他的武功極高，可是他的師承和來歷卻從來沒有人知道。」

鐵肩道：「他是個隱士，隱士們本來就通常都是這樣子的。」

花滿樓道：「隱士在歸隱之前，也總該有些往事的，可是他沒有，就像一生出來就是個隱士似的。」

鐵肩沉吟著，又問道：「石雁為什麼要反對木道人？」

陸小鳳道：「因為他知道木道人並不是真心情願讓位給梅真人的。」

鐵肩皺眉道：「難道他也像石鶴一樣，是因為做了件有違教規的事，所以才被迫讓位？」

陸小鳳道：「想必是的。」

鐵肩道：「他做了什麼事？」

陸小鳳道：「石雁不肯說。」

家醜不可外揚，不管怎麼樣，木道人總是他的師叔，又是武當門下碩果僅存的長老。

陸小鳳道：「石雁雖然不肯說，現在我卻還是已大致猜出來了。」

巴山小顧也忍不住問道：「木道人當年究竟做了什麼違背教規的事？」

陸小鳳道：「他不但在外面娶了妻室，而且還生了兒女。」

鐵肩沉下臉，道：「人言不可輕信，有關他人名節的話，既不可輕易聽信，更不可輕易出口。」

陸小鳳道：「是。」

司空摘星又搶著道：「可是他既然已說出口，就一定有把握。」

鐵肩道：「不但要有把握，還得要有證據。」

陸小鳳沒有證據。可是他的分析和判斷，就連鐵肩大師都不能不承認極有道理。

——沈三娘是葉凌風的妻子，卻爲老刀把子生了兒女，她對不起的是葉凌風，並不是他，老刀把子爲什麼反而恨她？而且還殺了葉凌風？

因爲老刀把子就是木道人，就是沈三娘的表哥，也就是沈三娘真正的丈夫。

陸小鳳道：「木道人當時正在盛年，沈三娘也正是荳蔻年華……」

在鐵肩大師面前，他說得很含蓄，但是他的意思卻很明顯。

「這表兄妹兩人，無疑有了私情，怎奈木道人當時已是武當的長門弟子，當然不能光明正大的和她結成夫妻，所以他就想出了個李代桃僵之計，讓沈三娘嫁給葉凌風，做他子女的父親。」

「他爲什麼要選上葉凌風？」

「因爲葉凌風也曾在武當學過劍，而且是他親自傳授的，爲了授業的恩師，做弟子的當然不能不犧牲了。」

但是後來木道人老了，又長年雲遊在外，沈三娘空閨寂寞，竟弄假成真，和葉凌風有了私情。

等到木道人發現他又有了個本不該有的女兒，也就發現了他們的私情，當然對他們恨之入骨。

「但是他更恨武當，因爲他的弟子石鶴，也遭受了他同樣的命運，被迫讓出了掌門之位。」

他本來已將希望寄託在石鶴身上，現在所有的希望都成了泡影，他只有別走蹊徑。

「報復」和「權力」這兩樣事，其中無論哪一樣都足已令人不擇手段，鋌而走險了。

「可是這還不足以證明木道人就是老刀把子。」

「我還可以舉出幾點事實證明。」

典禮進行時，只有他才能接近石雁，也只有他知道劍柄中的秘密。

「那秘密很可能就是他當年被迫讓位的秘密，所以他勢在必得。」

對武當內部的情況，只有他最熟悉，所以他才能佈置事後安全撤退的路線，而且將群豪留在大殿裡，想追都沒法子去追。長淨和長清都是他門下的直系子弟，只有他才能收買他們。

石鶴一向孤僻驕傲，也只有他才能指揮命令。

這幾點雖然也只不過是推測，卻已足夠接連成一條很完整的線索。

何況陸小鳳手裡還掌握著最重要的一個環節：「我雖然早就知道表哥不是顧飛雲，卻一直看不出他的真正來歷。」

鐵肩忍不住問：「現在你已查出來？」

陸小鳳點點頭，道：「表哥就是古松。」

這句話說出來，大家又吃了一驚。

陸小鳳道：「近年來木道人和古松一向形影不離，經常結伴雲遊，而且行蹤飄忽，只因爲他們經常要回幽靈山莊去。」

巴山小顧道：「這次武當盛會，大家都以爲古松一定會到的，他卻偏偏沒有露面。」

陸小鳳道：「那只因爲他已被我囚禁在葉氏山莊的地窖裡。」

鐵肩道：「你有證據能證明他就是古松？」

陸小鳳道：「我見過他出手，他的劍法極精，而且極淵博，和古松的劍法很接近。他的身材和臉型更像古松，只要加一點鬍鬚，添幾根白髮，再染黃一點，就完全和古松一模一樣了。」

司空摘星道：「難怪我總覺得古松有點陰陽怪氣的樣子，原來他一直都沒有以真面目見人。」

鐵肩沉思著，忽然道：「還有一點漏洞。」

陸小鳳道：「哪一點？」

鐵肩道：「如果木道人真的就是老刀把子，爲什麼不依約到滿翠樓去跟你們會合？」

陸小鳳嘆了口氣，道：「那只因爲他已知道事情有了變化，已有人洩露了我們的機密。」

鐵肩道：「是誰洩露了機密？」

陸小鳳苦笑道：「當然是平空多出來的那個人。」

多出來的人，當然就是那高大威猛的老人。

陸小鳳道：「這件事本來絕不能讓第十一個人知道的，你們爲什麼要多帶一個人去？」

巴山小顧反問道：「你知道那個人是誰？」

陸小鳳不知道。

巴山小顧道：「你知不知道我有個師叔，是滇邊苗人山三十六峒的峒主，也是世襲的土司？」

陸小鳳忽然跳了起來，道：「你說的是龍猛龍飛獅？」

巴山小顧微笑道：「他足跡久未到中原，難怪連你都不認得他了。」

陸小鳳道：「你們讓他也參與了這秘密？」

巴山小顧道：「他世代坐鎮天南，貴比王侯，富貴尊榮，江湖中無人能及，你想他怎麼會出賣我們？洩露我們的機密？」

陸小鳳閉上了嘴。可是他終於想起這個人是誰了，也已想起自己爲什麼總覺得見過這個人。

他忽然覺得嘴裡又酸又苦，就好像剛吃了一大鍋臭肉。

鐵肩道：「現在我們只有一個法子能證明你的推測是否正確。」

巴山小顧道：「什麼法子？」

鐵肩道：「要石雁說出劍柄中的秘密。」

每個人都同意：「木道人讓位，若真是爲了他和沈三娘的私情，也就證明了他是老刀把子。」

鐵肩道：「石雁雖然不願洩露他本門尊長的隱私，可是在這種情況下，他已不能不說。」

陸小鳳道：「他已回武當？」

鐵肩道：「天還沒有亮就已回去。」

陸小鳳道：「木道人是不是也在武當？」

鐵肩道：「我們也想到很可能會有人對他不利，所以特地要王十袋陪他回去。」

巴山小顧道：「那麼我們也應該盡快趕到武當去問個清楚。」

陸小鳳嘆了口氣，喃喃道：「我只希望現在趕去還來得及。」

突聽門外有人道：「現在已來不及了。」

王十袋先坐下來，擦乾了臉上的汗，喘過一口氣，才緩緩道：「武當十三代掌門人石雁，已於四月十四午時前一刻仙逝，享年四十七。」

沒有人動，沒有人開口。

大家的心都已沉了下去，過了很久，才有人問：「他怎麼死的？」

王十袋道：「他有宿疾，而且很嚴重。」

鐵肩道：「是什麼病？」

王十袋道：「病在肝膈之間，木道人早已看出他的壽命最多已只剩下百日。」

陸小鳳動容道：「木道人替他看過病？」

王十袋道：「木道人的醫道頗精，我也懂得一點醫術。」

陸小鳳道：「你看他真的是因爲舊疾發作而死的？」

王十袋道：「絕無疑問。」

陸小鳳慢慢的坐了下去，竟彷彿連站都已站不穩了。

鐵肩的臉色也很沉重：「他有沒有留下遺言，指定繼承武當掌門的人？」

王十袋道：「我們本來以爲他一定有遺書留下的，卻找不著。」

鐵肩的臉色沉重。他深知武當的家法門規，掌門人若是因特別事故去世，未及留下遺命，掌門之位，就由門中輩份最尊的人接掌。

武當門下輩份最尊的，就是木道人。

鐵肩長長嘆息，道：「想不到三十年後，他還是做了武當掌門。」

陸小鳳苦笑道：「這只怕早已在他意料之中。」

他們心裡都明白，現在若沒有確切的證據，更不能動他了。

武當的掌門，是絕不容任何人輕犯的。

現在他們連一點證據都沒有，就算木道人真是老刀把子，他們也無能爲力。

王十袋黯然道：「石雁自己雖然也知道死期不遠，卻還是想不到會如此突然。」

陸小鳳道：「他臨死時難道連一句話都沒有說？」

王十袋道：「只說了一句。」

陸小鳳道：「他說什麼？」

王十袋道：「他要我告訴你，你猜得不錯。」

陸小鳳霍然站起，又慢慢的坐下，喃喃道：「沒有用了，就算我猜得不錯，也沒有用了。」

他問過石雁，木道人當年是不是因私情而被迫讓位的。石雁沒有說，等到說的時候已太遲。

劍柄中的秘密，現在無疑已落入木道人手裡，他們已拿不出證據。

鐵肩道：「你猜得雖不錯，卻做錯了。」

陸小鳳道：「錯在哪裡？」

鐵肩道：「你既然知道有人要奪劍，就不該讓石雁將那秘密留在劍柄裡。」

陸小鳳道：「我們這樣做，只不過因爲要誘他依約到滿翠樓去，我們才能當面揭穿他的真面目，劍柄中的秘密若不是原件，他一定看得出，一定會疑心。」他嘆息著，又道：「當時我們怎麼想到消息會走漏，他竟忽然改變了主意！」

鐵肩嘆道：「無論他是誰，都實在是個了不起的人，他的計劃雖然一敗塗地，可是到了最後關頭他還是沒有敗。」

大家默默的坐著，心情都很沮喪。他們的計劃雖然周密巧妙，想不到最後還是功虧一簣。

巴山小顧道：「現在我們對他難道真的已完全無能爲力？」

陸小鳳沉吟著，緩緩道：「也許我還能想出一兩個法子來。」

巴山小顧道：「什麼法子？」

陸小鳳道：「你師叔是不是也在武當？」

巴山小顧道：「他不在。」

陸小鳳道：「你知道他在哪裡？」

巴山小顧道：「我知道全福樓的主人是他昔年的舊屬，特地宰了條肥牛，請他去大快朵頤，這種事他是絕不會錯過的。」

陸小鳳眼睛裡發出了光，道：「他喜歡吃肉？」

巴山小顧道：「簡直不可一日無肉。」

陸小鳳道：「他吃得多不多？」

巴山小顧道：「多得要命。」

三

四月十四，午後。

全福樓的門上貼著張紅紙：「家有貴客，歇業一日。」

雖然歇業，門板並沒有上起來，一走進門，就可以看見威武高大，氣吞斗牛的龍猛龍飛獅。

三張桌子併起來，擺著一大鍋肉。

他吃肉不喜歡精切細膾，花樣翻新，要吃肉，就得一大塊一大塊的吃。

偌大的廳堂裡，只有一個堂倌遠遠的站著侍候，連主人都不在。

他吃肉的時候，不喜歡別人打擾，也不喜歡說話。可是他並沒有叫人攔阻陸小鳳。

陸小鳳就大步走過去，搬了張椅子，在他對面坐下，微笑道：「你好。」

龍猛道：「好。」

陸小鳳道：「我認得你。」

龍猛道：「我也認得你，你是陸小鳳。」

陸小鳳道：「但我卻不認得龍猛，我只認得你。」

龍猛大笑：「我難道不是龍猛？」

陸小鳳道：「你是飛獅土司，難道就不是吃肉的將軍？」

龍猛不笑了，一雙環目精光暴射，瞪著陸小鳳。

陸小鳳道：「將軍並沒有死，將軍還在吃肉。」

龍猛道：「肉好吃。」

陸小鳳道：「犬郎君既然能將你扮成將軍的樣子，當然也能將別人扮成那樣子，何況人死了之後，樣子本就差不多。」

龍猛道：「將軍為什麼會死？」

陸小鳳道：「因為我去了。」

龍猛道：「你去了將軍就要死？」

陸小鳳道：「將軍的關係重大，除了老刀把子之外，絕不能讓任何人看出他的真正面目，早一點死，總比較安全些。」

龍猛道：「不錯，死人的確最安全，誰也不會注意死人。」

陸小鳳道：「只可惜最近死人常常會復活。」

龍猛舀起了一杓肉，忽然問：「你吃肉？」

陸小鳳道：「吃。」

龍猛道：「吃得多？」

陸小鳳道：「多。」

龍猛道：「好，你吃。」

他先將一杓肉倒入嘴裡，就將木杓遞給了陸小鳳：「快吃，多吃，肉好吃。」

陸小鳳也舀起一杓肉：「肉的確好吃，好吃得要命，只可惜有時竟真會要人的命。」

龍猛道：「將軍吃肉，你也吃肉，大家都吃肉，吃肉的未必就是將軍。」

陸小鳳承認。

龍猛眼睛忽然露出種詭異的笑意，忽然壓低聲音，道：「所以你永遠也沒法子證明我就是將軍了。」他又大笑：「所以你只有吃肉。」

陸小鳳想笑，卻也笑不出。

他只有吃肉。肉的確燉得很香，可是他剛吃了一口，臉色就變了。

龍猛笑道：「今天你好像吃得不快，也不多。」

陸小鳳道：「你吃了多少？」

龍猛道：「很多，多得要命。」

陸小鳳苦笑道：「這次只怕真的要命。」

龍猛道：「要誰的命？」

陸小鳳道：「你的。」

他的人在桌上輕輕一按，人已掠過桌面，閃電般去點龍猛心脈附近的穴道。

只可惜他忘了中間還有一鍋肉，一鍋要命的肉。

將軍的動作也極快，突然掀起這鍋肉，肉汁飛濺，還是滾燙的。

陸小鳳只有閃避，大聲道：「坐著，不要動！」

龍猛當然不會聽他的，身子已掠起，往外面竄了出去。

他不但動了，而且動得很快、很劇烈。所以久已潛伏在他腸胃裡的毒，忽然就攻入了他的心。

他立刻倒了下去。

陸小鳳道：「肉裡有毒，一動就……」他沒有說下去，因爲他看得出龍猛已聽不見他的話了。

這鍋肉真的要了他的命。他倒下去時，臉已發黑，臉發黑時，已經變成了個死人。

死人既不是飛獅土司，也不是將軍。

死人就是死人。

這鍋肉是誰煮的？這裡的主人呢？

遠遠站在一旁侍候的堂倌，早已嚇呆了，陸小鳳一把揪住他：「帶我到廚房去。」

煮肉的人當然應該在廚房裡。可是廚房裡卻只有肉，沒有人。

爐子上還煮著一大鍋肉，好大的鍋，竟像是武當山上，香積廚裡的煮飯鍋，裡面滿滿的一鍋肉，還沒有完全煮熟。

陸小鳳臉色又變了，竟忍不住開始嘔吐。

他忽然發現了一樣可怕的事——難道肉在鍋裡，人也在鍋裡？

四

現在還能夠爲陸小鳳作證的，很可能已只剩下一個人。

不管他是表哥也好，是古松也好，陸小鳳只希望他還是個活人。

現在這個人在哪裡？幸好只有陸小鳳知道。

葉家凌風山莊的地窖，當然絕不是個安全的地方，他早已將這個人送到一個任何人都想不到的秘密所在——棋局已將終了，這已是他最後一著殺手，他當然要爲自己留一點秘密。

暮春的下午，陽光還是很燦爛，他慢慢的走在長街上，好像一點目的都沒有。

街道兩旁有各式各樣的店舖，店舖中有各式各樣的人，他看得見他們，他們也看得見他，但他卻不知道那其中有多少人是在偷偷的監視著他。

長街盡頭，忽然有輛馬車急馳而來，幾乎將他撞倒，彷彿有個人從車裡伸出頭來看他一眼，彷彿有雙很明亮的眼睛。

如果他也能仔細看看，一定會認得這個人的，只可惜他要去看的時候，馬車已去遠。

可是直到他走出這條長街後，他心裡彷彿還在想著那雙明亮的眼睛，甚至還因此覺得不安。

一個陌生人的匆匆一瞥，爲什麼就能讓他提心吊膽？難道這個人並不是個陌生人？

他盡量不再去想這件事，走過街角的水果攤時，他買了兩個梨，一個拋給攤旁發怔的孩子，一個拿在手裡慢慢的啃。現在他一心只想抓住木道人致命的要害，現在木道人是不是也想殺了他？

剛才那鍋要命的肉，他雖然只咬了兩口就吐出來，此刻胃裡還是覺得有點不舒服。

幸好肉裡下的毒份量並不重，份量太重，就容易被覺察。

龍猛並不是反應遲鈍的人，只不過肉吃得太多了些，多得要命。

如果他剛才也多吃幾塊肉，木道人就真的完全用不著再擔心任何事，他自己也用不著擔心任何事了。

——剛才車窗裡那個人好像是個女人，拉車的馬嘴角有很濃的白沫子，好像趕了很遠的路，而且趕得很急。

——她是誰？是從哪裡來的？

陸小鳳雖然盡量不讓自己再去想這件事，卻偏偏還是忍不住要去想。

他心裡竟似有種很奇怪的預感，覺得這個人對他很重要。

真正對他重要的人當然不是她，是古松。

那天燈滅了的時候，是他親自出手制住他的，海奇闊和高濤都被囚禁在後面的地窖裡。

從幽靈山莊來的人，現在都已被囚禁在那地窖裡，下山的那一天，陸小鳳就已將這些人的容貌圖形交給了那個「溜狗的堂倌」，鷹巢中的人立刻分別開始行動，將他們一網打盡，再由犬郎君、司空摘星和王十袋將自己人改扮成他們的樣子。

陸小鳳並不十分關心他們的死活，反正他們也絕不會知道「老刀把子」的真實身分，反正他們都是早已該死了的人。

「表哥呢？」

人。

他將表哥送到哪裡去了？是用什麼法子送走的？他好像根本沒有機會帶走那麼大的一個活人。

陸小鳳忍不住自己對自己笑了，穿過條斜巷，走回客棧——就是四月十一那天，他們剛到這裡來的時候，投宿的那家客棧。

他們卸下了行李，安頓了車馬後，才去喝酒的，喝酒的時候才遇見他的外甥女，才到了滿翠園，車馬和行李都還留在客棧裡，從路上僱來的車伕，還在等著他開發腳力錢。

他好像已經忘了這件事，好像直到現在才想起。

給了雙倍的賞錢，他好像又覺得有點冤枉了，所以又叫車伕套上馬：「今天的天氣不錯，我想到四處去逛逛，你再替我趕最後一次車，我請你喝酒。」

天氣真不錯，趕車的人和拉車的馬都已養足了精神，走在路上也特別有勁。

這裡不但是到武當去的必經之路，也是距離武當山口最近的一個市鎮，走出鬧區後，滿眼青翠，天下聞名的武當山彷彿就在眼前。

他們在山麓旁的一個樹林邊停下來，陸小鳳才想起忘記帶酒。

「我答應過請你喝酒的。」他又給了車伕一錠銀子：「你去買，多買一點，剩下來的給你。」

這裡離賣酒的地方當然不近，可是看在銀子份上，車伕還是興高采烈的走了。

現在正是黃昏，夕陽滿天，晚霞瑰麗，這道教的名山，武林的聖地，在夕陽下看來也就更瑰麗雄奇。

只不過這附近並沒有上山的路，距離山上的道觀和名勝又很遠。

所以無論往哪邊去看，都看不見一個人，陸小鳳忽然一頭鑽進了車底。

車底下更沒有東西可看了，他鑽進去幹什麼？難道想在下面睡一覺？

可是他並沒有閉上眼睛，反而好像在喃喃自語：「只不過餓了三天，無論什麼人都不會餓死的，何況隱士們通常都吃得不太多的。」

他又好像並不是在喃喃自語，難道車底下還有別的人？

人在哪裡？他敲了敲車底的木板，裡面竟是空的，車底居然還有夾層。

京官們告老回鄉，帶的東西總不少，當然要僱輛特別大的車，車底若有夾層，當然也不小，要將一個人藏在裡面，並不是件困難的事。

那天在淩風山莊裡，柳青青還沒有醒，別人正忙著易容改扮時，他已將「表哥」藏到這裡面了。

將一個人點住穴道，關在這種地方，雖然是虐待，但是他認爲這些人本就應該受點罪的。

「現在你雖然受罪，可是只要你肯幫我一點忙，我保證絕不再爲難你的，你還可以去做你的隱士。」

他卸下了夾層的木板，就有一個人從裡面掉了下來。

一個活人。你用不著檢查他的脈搏呼吸，就可以看得出他是個活人。

因爲他掉下來的時候，全身都在動，動作的變化還很多。

這個人一掉下來，裡面又有個人掉了下來，接著，又掉下了一個。

陸小鳳明明只藏了一個人在裡面，怎麼會忽然變成了三個？

三個人都是活的，三個人都在動，動作都很快，變化都很多。

車底下的地方不大，能活動的範圍更小，陸小鳳一個人在下面，已經覺得很侷促，何況又多了三個人擠進來。

一下子他就已經連動都不能動了，因爲這三個人已像三條八爪魚，壓在他身上，緊緊的纏住了他，五隻手同時點在他穴道上。

三個人爲什麼只有五隻手？是不是因爲其中一個人只有一隻手？

這個一隻手的人難道是海奇闊？

陸小鳳甚至連他們的臉都沒有看見，就已被提了起來，重重的摔在車廂裡，就像是一條死魚被摔入了油鍋。

十八 油鍋

一

健馬長嘶，向前急奔。

三個人都已坐下來，冷冷的看著陸小鳳，一個是高濤，一個是海奇闊。

第三個人卻不是表哥，是杜鐵心。

車底的夾層中本來明明只有表哥一個人的，現在反而偏偏少了他一個。他的人到哪裡去了？

這三個人是怎麼來的？在前面趕車的是誰？是不是那個本來應該在買酒的車伕？

陸小鳳忽然笑了笑，想說話，卻說不出。

他們點穴的手法很重，他臉上的肌肉都已僵硬麻木，非但說不出話，連笑都笑不出。

他們顯然並不想聽他說話，也不想看他笑，可是等到他們要他說話的時候，他想不說都不行。

杜鐵心的手張開，又握緊，指節發出一連串爆竹般的響聲。

高濤看著他的手，忽然問道：「你做刑堂的堂主，一共做了多少年？」

杜鐵心道：「十九年。」

高濤道：「在你這雙手下面，有沒有人敢不說實話的？」

杜鐵心道：「沒有。」

高濤道：「據說你本來有很多次機會，可以做總瓢把子的，你爲什麼不幹？」

杜鐵心道：「因爲刑堂有趣。」

高濤道：「因爲你喜歡看別人受罪？」

杜鐵心道：「不錯。」

高濤笑了，海奇闊也笑了，兩個人的笑聲就像生了鏽的鐵器在摩擦，令人聽得牙齦發軟。

海奇闊笑道：「我倒真想看看他當年的手段。」

高濤道：「你馬上就會看到的。」

海奇闊道：「刑堂已佈置好了？」

高濤點點頭。

海奇闊道：「據說昔年三十六寨裡的叛徒，寧可下油鍋，也不願進他的刑堂。」

高濤道：「一點也不錯。」

海奇闊道：「他是不是有套很特別的法子對付叛徒？」

高濤陰惻惻的笑道：「不但特別，而且有趣。」

陸小鳳閉上眼睛，只恨不得將耳朵也塞住，這話聽來實在讓人很不愉快，卻又偏偏不是假話。

高濤忽又像唱歌一樣唱著道：「將入刑堂，傷心斷腸，入了刑堂，喊爹喊娘。」

海奇闊眨著眼，故意問道：「出了刑堂呢？」

高濤道：「出了刑堂，已見閻王。」

杜鐵心冷冷道：「入了刑堂，就已如見閻王了。」

高濤道：「刑堂裡也有閻王？」

杜鐵心道：「我就是閻王。」

車窗外忽然變得一片漆黑，連星光月色都已看不見，車聲隆隆，響得震耳，馬車竟似已駛入了一個幽深的山洞，在洞中又走了段路才停下。

高濤長長吐出口氣，道：「到了。」

海奇闊道：「這裡就是黑心老杜的刑堂？」

高濤吃吃的笑道：「這裡也就是閻王老子的森羅殿。」

海奇闊將陸小鳳從車廂裡拿了出來，就像是拿著口破麻袋一樣，既不小心，也不在乎，一下子撞上車門，一下子又撞上山壁，撞得陸小鳳腦袋發暈，連骨頭都快散了。

高濤故意嘆了口氣，道：「你手裡鈎著的是個活人，不是破麻袋，你怎麼不小心一點？」

海奇闊道：「我看不見。」

這倒也不是假話，山洞裡實在太黑，簡直伸手不見五指。

他們又往前走了一段，愈走路愈窄，被撞的機會更多。

現在連陸小鳳自己都覺得自己變得像是口破麻袋了。

幸好就在這時，前面山壁上「格格」的在響，忽然有了一塊石壁翻了起來，露出個洞穴，裡面居然有光。

不但有光，還有桌椅。

桌上擺著對死人靈堂裡用的白蠟燭，已經被燃掉一大半。

燭火閃爍，風是從洞穴上一條裂隙中吹進來的，就好像特地爲這裡造出的通風口。

海奇闊隨隨便便的將陸小鳳往桌子前面一摔，嘆息著道：「這真是個好地方。」

高濤道：「就算有十萬個人在附近找上三年六個月，也一定找不到這裡面來。」

海奇闊用鈎子敲了敲陸小鳳的頭，道：「若是找不到，誰來救他？」

高濤笑道：「他就算真的喊爹叫娘，也沒有人會救他的。」

海奇闊道：「那麼他豈非已死定了？」

杜鐵心道：「他不會死得太快。」

海奇闊道：「爲什麼？」

杜鐵心冷冷道：「因爲我一定會讓他慢慢的死，很慢、很慢！」

海奇闊道：「他想死快一點都不行？」

杜鐵心道：「不行。」

海奇闊笑了，發現高濤正低著頭，好像正在研究陸小鳳身體的構造，就問道：「若是由你動手，你準備從哪裡開刀？」

高濤拍了拍陸小鳳的手，道：「當然是從這兩根寶貝手指頭。」

海奇闊道：「若是我，就先拔他的兩條眉毛。」
高濤道：「哪兩條？」
海奇闊道：「當然是長在嘴上的那兩條。」
兩個人愈說愈得意，就像是屠夫在談論著一條待宰的羔羊。
陸小鳳一向是很看得開的人，也很沉得住氣，可是現在心裡的滋味，卻好像整個人都已在油鍋裡。
看起來他的確已毫無希望，能夠快點死，已經是運氣。
誰知就在這時候，外面的黑暗中突然響起了一聲冷笑。
「是什麼人？」
高濤、海奇闊、杜鐵心，三個人同時竄了出去。
三個人都是武林中的一流高手，不但反應快，動作快，而且身經百戰，能擋得住他們聯手一擊的人，並沒有幾個。
外面來的彷彿只有一個人，這個人簡直就像是來送死的。
他們一竄出去，就採取了包抄之勢，無論來的這人是誰，他們都絕不會讓他再活著走出去。
海奇闊驃悍兇猛，手上的鐵鈎更是件極霸道的武器，以五丁開山之力，搶在最先。
杜鐵心單掌護胸，右掌開路，緊貼在他身後。
又是一聲冷笑，黑暗中突然有劍光一閃，就像是雷霆震怒，閃電生威，卻比閃電更快，更可怕。

只聽「叮」的一響，一柄鐵鈎打上石壁，火星四濺，鐵鈎上還帶著一條鐵臂。

杜鐵心已仰面而倒，一股鮮血，泉水般從咽喉間湧出。

兩個人連慘呼聲都沒有發出，就已氣絕。

好快的劍！

劍鋒還在黑暗中閃著光，閃動的劍光中，彷彿有條人影。

高濤看見了這個人，一步步向後退。

他的臉已完全扭曲，就好像忽然看見了厲鬼出現，退出幾步，一跤跌在地上，鼻涕、口水、大小便一起流了出來，整個人都跌成了一灘泥，竟活活的被嚇死。

誰能讓他怕得這麼厲害？

誰能有這麼快的劍？

西門吹雪？

一個人慢慢的從黑暗中走出來，穿著身灰布長袍，戴著頂簍子般的竹笠。

不是西門吹雪，是老刀把子。

陸小鳳的人剛從油鍋裡撈出來，又掉進冰窖裡，全身都已冰冷。

他一心想抓住這個人的致命要害，這個人當然也想要他的命。

就算他寧可進油鍋，也不願入杜鐵心的刑堂，可是現在他寧可進刑堂，也不願落入老刀把子的手裡。

老刀把子的聲音卻很溫和，居然在問：「他們有沒有對你無禮？」

陸小鳳苦笑。

剛才被撞了那麼多下，他血脈總算被撞得比較暢通了，已經能說得出話。

可是此時此刻，他還有什麼好說的？

老刀把子道：「不管怎麼樣，我都不能讓你受到他們的委屈，他們還不配。」

陸小鳳忍不住道：「我現在才知道，你早就準備在事成之後殺了他們的。」

老刀把子並不否認，道：「斬盡殺絕，連一個都不留！」

陸小鳳道：「也許滿翠樓那地窖，本來就是他們的葬身之地。」

老刀把子道：「凌風山莊的地窖也一樣。」

——潮濕陰暗的地窖、呼號著想逃命的人、血肉模糊的屍體。

陸小鳳忍不住想嘔吐，但他忍住了，道：「他們本就是要死的，雖然沒有殺死鐵肩那些人，你的計劃還是沒有失敗。」

老刀把子笑了笑，道：「我早就說過，我絕不會失敗。」

陸小鳳也只有承認，現在看起來，最後的勝利的確屬於他。

老刀把子道：「這就好像攻城一樣，就算你已攻破了九道城，外面雖然已血流成渠，我卻還是太太平平的高臥在城裡。」

他微笑著道：「因為我的思慮比你更周密，你能攻破九道城，我早已建立了第十道，到了這道城外，你已筋疲力竭，倒下去了。」

陸小鳳道：「你算準了我已沒法子揭穿你的真面目？」

老刀把子道：「現在世上已沒有一個人能爲你作證，你說的話，還有誰相信？」

陸小鳳道：「還有一個人。」

老刀把子道：「誰？」

陸小鳳道：「你自己。」

老刀把子大笑。

陸小鳳道：「只有你自己知道我說得不錯，所以你一定要殺我滅口。」

老刀把子道：「你呢？你自己是不是完全絕對相信你自己的想法？」

陸小鳳道：「我……」

老刀把子道：「我知道你自己也不能絕對相信的，除非你能夠摘下我這頂竹笠來，親眼看見我的真面目。」

陸小鳳無法否認。

老刀把子道：「還有件事你也錯了。」

陸小鳳道：「什麼事？」

老刀把子道：「我並不想殺你。」

陸小鳳道：「你不想？」

老刀把子又笑了笑，道：「我爲什麼要殺你？你現在跟死人有什麼兩樣？」他微笑著轉身，施施然走了出去：「不值得我殺的人，我絕不會動手的。」

陸小鳳忍不住大聲道：「現在你能不能讓我看看你究竟是誰？」

老刀把子頭也不回，道：「不能。」

二

燭光閃動，已將熄滅。

老刀把子已走了，入口處那塊巨大的石壁，也已密密闔起。

就算陸小鳳能夠自由活動，也一定沒法子活著從這裡走出去。

現在這地方就好像是個密封的罐子，連一隻蒼蠅都飛不出去。

——我爲什麼要殺你，現在你跟一個死人又有什麼兩樣？

沒有兩樣，這密封的罐子，就是他的墳墓。

每個人遲早都要進墳墓的，只不過活生生的坐在墳墓裡等死，還不如索性早點死了的好。

最悲哀的是，現在他連死都沒法子死。

燭淚已將流盡了，他的生命，豈非也正如這根殘燭？

直到現在他才發現，原來自己並不是無往不利，無所不能的超人。

他能從以前那些危機中脫身，也許只不過全憑一點運氣。

可是遇見老刀把子這種可怕的對手時，運氣就沒有用了。

——我知道你自己也不能絕對相信的，除非你能親眼看見我的真面目。

現在他已永遠看不到了，他已只有帶著這疑問下地獄去。

——為什麼要下地獄？

——連自己都不能相信自己的人，不下地獄還能到哪裡去？

燭光滅了，他卻還活著。

世上唯一比活生生坐在墳墓中等死更糟的事，就是活生生的坐在黑暗裡等死。

他想起了很多事，也想起了很多人，甚至還想起了車窗中那雙發亮的眼睛。

此時此刻，他為什麼還會想到她？

難道這個有一雙發亮眼睛的過路女人，和他也有某種奇異而神秘的關係？

密室中忽然變得很悶熱。

他已開始流汗，一粒粒汗珠，就像是螞蟻般在他臉上爬過。

他忽然發現自己的手已經能動了。

——你有隻天下無雙的手，你這兩根手指，就是無價珍寶。

每個人都這麼說，可是現在，他這兩根手指唯一能做的事，就是用力捏一捏他自己的腿，讓他清醒清醒，不要總以為自己了不起。

只不過清醒了反而更痛苦。

「如果能睡著多好。」

一覺醒來，發現自己已經在地獄裡，豈非也痛快得很？

他睡不著。

隨著黑暗和悶熱而來的，是疲倦和飢渴，尤其是渴更難忍受。

這種罪要受到何時爲止？

到死爲止。

什麼時候才能死？

他忽然大聲唱起歌來，唱的還是那首兒歌：

「妹妹揹著泥娃娃，

要到花園去看花……」

黃金般的童年，甜蜜的往事，就連往日的痛苦，現在都已變得很甜蜜。

原來生命竟是如此可愛，人們爲什麼偏偏總是要等到垂死時才知珍惜？

忽然間，黑暗中發出「格」的一聲響，那塊巨大的山壁忽然翻起。

燈光照人，一大群人擁了進來，其中有鐵肩、有王十袋、有花滿樓，走在最前面的一個白髮老道士，赫然竟是木道人。

在垂死時突然獲救，本是最值得歡喜的事，陸小鳳卻忽然覺得一陣怒氣上湧，竟氣得暈了過去。

三

四月十五，午後。

將近黃昏。

雲房中清涼而安靜，外面竹聲如濤，正是武當掌門接待貴賓的聽竹小院。

這次來的貴賓就是陸小鳳。

他動也不動的躺在床上，看著屋頂，看來也跟一個死人沒什麼分別。

「若不是木道人想起後山有那麼樣一個洞窟，這次你就死定了。」

說話的是鐵肩：「那本是昔年武當弟子負罪去面壁思過的地方，現在他們的門規已不如昔日的嚴厲，那地方也已很久沒有人去過，這次你實在是運氣。」

——運氣？見鬼的運氣！

「但是你也不能完全感激運氣，帶我們到那裡去找你的，就是木道人。」

這位少林高僧說得很含蓄，意思卻很明顯。

他顯然已不再懷疑木道人就是老刀把子：「否則他爲什麼要帶我們去救你？」

別人想法當然也一樣，這道理本就和「一加一等於二」同樣簡單。

所以木道人就變成了木真人。

但是陸小鳳心裡卻很明白這是怎麼回事。

木道人若殺了他滅口，大家就算找不出證據，心裡也必定難免懷疑。

但是現在他救了陸小鳳。

那不但能證明他絕不會是老刀把子，而且還可以獲得大家對他的感激和尊敬。

陸小鳳只有承認，這的確是他平生所知道的最狡黠縝密的計劃，木道人的確是他平生所遇見過最可怕的對手。

這件事無疑也是他平生最大的挫折，現在他已只有認輸。

他心裡雖然很明白這是怎麼回事，卻不能說出來，因爲他就算說出來，也沒有人會相信。

他只問過一句話：「你們怎麼會知道我已遇險的？」

「在這種情況下，我們知道你絕不會無緣無故失蹤的，我們又在武當後山一個險坡下，找到了你那輛馬車，車上還留著你一件外衣，衣襟被撕破，上面還有在泥土上掙扎過的痕跡。」

這幾點已足夠證明他已有了危險，所以他連一句話都沒有再說。

暮色漸臨，外面忽然響起了清悅的鐘聲。

「今天是木真人正式即位的大典，無論如何，你都應該去道賀的。」

看著一個本該受到懲罰的人，反而獲得了榮耀和權力，這種事當然不會讓人覺得很好受的。

但他卻還是不能不去。

他不願逃避。

他要讓木道人知道，這次挫敗的經驗雖慘痛，卻並沒有將他擊倒。

就算他已非認輸不可，他也要面對面的站在那裡認輸。

窗外風吹竹葉，夜色忽然間就已籠罩大地。

大殿裡燈火輝煌。

戴著紫金冠，佩著七星劍的木真人，在燈光下看來，更顯得尊嚴高貴。

四

昔日那遊戲風塵，落拓不羈的木道人根本已不存在了。

此刻站在這裡的，是武當的第十四代掌門教主木真人，是絕不容任何人輕慢的。

陸小鳳在心裡告訴自己，一定要記住這一點。

然後他就整肅衣冠，大步走上去，長揖到地：「恭喜道長榮登大位，陸小鳳特來賀喜。」

木真人微笑，扶住了他的臂，道：「陸大俠千萬不可多禮。」

陸小鳳也在微笑，道：「道長歷盡艱難，終於如願已償，陸小鳳卻還是陸小鳳，不是陸大俠。」

他的態度雖恭謹客氣，言詞中卻帶著尖針般的譏誚之意。

尤其是「如願已償」四個字。

他忍不住還是要讓木真人知道，他雖然敗了，卻不是呆子。

木真人微笑道：「既然陸小鳳還是陸小鳳，那麼老道士也依舊還是老道士，所以我們還是朋友，是不是？」

他雖然在笑，目光中也露出了尖刀般的鋒芒。

陸小鳳忽然覺得有股不可抗拒的力量，從他手上傳了過來。

就在這一瞬間，尊貴榮華的武當掌門也不存在了，又已變成了陰鷙高傲，雄才大略的一代梟雄老刀把子。

他彷彿故意要告訴陸小鳳：「我就算讓你知道我是誰又何妨？你又能拿我怎麼樣？」

他雙手扶在陸小鳳肘間，上托之勢忽然變成了下壓之力。

這一壓很可能造成兩種結果──雙臂的骨頭被壓斷，或者是被壓得跪下去。

陸小鳳寧可斷一百根骨頭，也不會在這個人面前下跪的。

幸好他的骨頭也沒有斷，他的兩臂上也早已貫注了真力。

以力抗力，力弱者敗，這其間已絕無取巧退讓的餘地。

制敵取勝的武功也有很多種的，有的以「氣」勝，有的以「力」勝，有的以「勢」勝，有的以「巧」勝，陸小鳳的武功機變跳脫，不可捉摸，本來是屬於最後一種。

可是現在他的真力已發，就正如箭在弦上，人在虎背，再想撤回，已來不及了。

因爲對方的力量實在太強，他的真力一撤，就難免要被壓得粉身碎骨。

「噗」的一響，他站著的石板已被壓碎，臉上也已沁出豆大的汗珠。

站在他們附近的人，臉色已變，卻只有眼睜睜的看著。

兩個人的力量已如針鋒相對，若是被第三者插入，力量只要有一點偏差，就可能害了他們其中一個人，也可能被他們反激的力量摧毀。

誰也不敢冒這種險。

其實陸小鳳也不必冒這種險的，在木真人力量將發未發的那一瞬間，他已感覺到，本來還有機會從容撤退。

可是他已退了一次，他不願再退。

現在他只覺呼吸漸重，心跳加快，甚至連眼珠都似已漸漸凸出。

唯一讓他支持下去的力量是，他看得出木道人也很不好受。

這一戰無論是誰勝，都必須付出慘痛的代價，木道人本來也不必這麼做的。

也許他想不到陸小鳳會有這種寧折不曲的勇氣，也許他現在已開始後悔。

就在這時，大殿外忽然有個年輕的道人匆匆奔入，神色顯得很焦急，若沒有極嚴重的事發生，他絕不敢這麼樣闖入大殿。

木真人忽然笑了笑，滑出兩步，陸小鳳臂上的千斤重擔竟似忽然就變得無影無蹤，這使得他整個人都像是要飛了起來。

他實在想不到他的對手在這種情況下還能從容撤回真力，看來這一戰他又敗了。

他還沒有完全喘過氣來，木真人已能開口說話，正在問那年輕的弟子：「什麼事？」

「西門吹雪來了！」

「貴客光臨，爲什麼還不請上來？」

「他一定要帶劍上山。」年輕道人的手還在發抖：「弟子們無能要他解劍，留守在解劍岩的師兄們，已全都傷在他劍下。」

這的確是件很嚴重的事，數百年來，從來沒有人敢輕犯武當。

「他的人在哪裡？」

「還在解劍池畔，八師叔正在想法子穩住他。」

木真人的手已握住劍柄。

他的手瘦削、乾燥、穩定，手指長而有力。

——若是握住了一柄合手的劍，這隻手是不是比西門吹雪更可怕？

他忽然大步走了出去。

看著他走出去，陸小鳳心裡忽然有了種說不出的恐懼。

只有他看見過這個人的劍，如果世上還有一個能擊敗西門吹雪的人，無疑就是這個人。

解劍池中的水，立刻就要被鮮血染紅了。是誰的血？

陸小鳳沒有把握能確定，他絕不能再讓西門吹雪死在這個人手裡。

他一定要想法子攔阻這一戰。

木道人已穿過廣闊的院子，走出了道觀的大門，陸小鳳立刻也趕出去。

道觀外佳木蔥蘢，春草已深，草木叢中，彷彿有雙發亮的眼睛。

陸小鳳的心一跳，一個穿著白麻孝服的人，忽然從草木叢中竄出來，手裡提著出了鞘的劍，一劍向木真人心口刺了過去。

木真人的手握著劍柄，本來很容易就可以拔劍擊敗這刺客，很容易就可以要她死在劍下。

但是也不知爲什麼，他的劍竟沒有拔出來。

看見這穿著白麻孝服的女人，他竟似忽然被驚震。

就在這一刹那間，這白衣女子的劍，已毒蛇般刺入他的心。

他還沒有倒下，還在吃驚的看著她，好像還不相信這是真的。

他臉上的表情不僅是驚訝，還帶著種無法形容的悲哀和痛苦。

「你……你殺了我？」

「你殺了我父親，我當然要殺你！」

「你父親？」

「我父親就是死在你劍下的老刀把子。」

木真人的臉突然扭曲，這句話就像是一根釘，又刺在他心上，甚至比那致命的一劍還鋒利。

他臉上忽然露出種無法形容的恐懼。那絕不是死的恐懼。

他恐懼，只因為天地間所有不可思議、不可解釋的事，在這一瞬間忽然全都有了答案，所有他本來絕不相信的事，在這一瞬間，都已令他不能不信。

他忽然嘆了口氣，喃喃道：「很好，很好……」

這就是他最後說出的四個字。

然後他就倒了下去。

陸小鳳看著那柄劍刺入他心臟，也看著他倒下去，只覺得全身冰冷，臉上也露出種無法形容的恐懼。

天網恢恢，疏而不漏。

冥冥中竟彷彿真的有種神秘的力量，在主宰著人類的命運，絕沒有任何一個應該受懲罰的人，能逃過「祂」的制裁。

這種力量雖然是看不見、摸不到的，但是每個人都隨時感覺到「祂」的存在。

木道人的恐懼，就因爲已經感覺到「祂」的存在。

現在陸小鳳也已感覺到，只覺得滿心敬畏，幾乎忍不住要跪下去，跪在這黑暗的穹蒼下。

別的人也都被驚震，過了很久之後，才有武當子弟衝過去圍住那白衣刺客。

她立刻大喝：「你們退下去，我自己做的事，我自己會解決。」

她蒼白的臉在夜色中看來顯得無比美麗莊嚴，就像是復仇的女神：「我叫葉雪，我就是老刀把子的女兒，若有人認爲我不該替父親報仇的，儘管過來殺了我！」

她忽然撕開衣襟，露出晶瑩潔白的胸膛。

可是沒有人過去動手。每個人都似已被她那種神聖莊嚴的美麗所震懾，尤其是陸小鳳。

只有他才知道她真正的父親是誰，因爲——

「木道人才是老刀把子。」

他不能說，不忍說，也不願說——何況，他說出來也沒有人相信。

這結果本是木道人自己造成的，現在他已自食惡果，他的計劃雖周密，卻想不到還有張更密的天網在等著他。

「我本來已該死在沼澤裡，可是我沒有死。」

她是個獵豹的女人，她遠比任何人都能忍耐痛苦和危難，她早已學會等待，所以才能等到最好的機會出手。

「我沒有死，只因爲老天要留著我來復仇。」她的聲音冷靜而鎮定：「現在我心願已了，我不會等你們來動手的，因爲……」

直到現在，她才去看陸小鳳，眼睛裡帶著種誰都無法解釋的表情，既不是悲傷，也沒有痛苦，可是無論誰看見她這種表情，心都會碎的。

陸小鳳的心已碎了。

她卻昂起頭，能再看他一眼，彷彿就已是她最後的心願。

現在她心願已了，她絕不會等別人動手。

「因爲我這一生中，只有一個男人，除了他之外，誰也不能碰我！」

五

應該流的血都已流盡，解劍岩下的池水依舊清澈，武當山也依舊屹立，依舊是人人仰慕的道教名山，武林聖地。

改變的只有人，由生而死，由新而老，這其間轉變的過程，有時竟來得如此突然。

所有的情愛和仇恨，所有的恩怨和秘密，現在都已隨著突來的轉變而永遠埋葬，埋葬在陸小鳳心底。

現在他只想找個沒有人的地方，靜靜的過一段日子，讓那些已經埋葬了的，埋得更深。

他乘著長夜未盡時下山，卻不知山下還有個人在等著他。

一個人獨立在解劍岩下，白衣如雪。

陸小鳳慢慢的走過去：「現在已到了曲終人散的時候，你爲什麼還不走？」

西門吹雪道：「人雖已散，曲猶未終。」

陸小鳳道：「你還準備吹一曲什麼？」

西門吹雪道：「我追蹤八千里，只爲了殺一個人，現在這個人還沒有死，我還準備吹一曲爲他送喪的死調，用我的劍吹。」

陸小鳳道：「你說的這個人就是我？」

西門吹雪道：「是你！」

陸小鳳道：「你難道忘了你並不是真的要殺我？」

西門吹雪冷冷道：「我只知道江湖中人一向不分真假，你若活著，就是我的恥辱。」

陸小鳳看著他，忽然笑了：「你是不是想逼我出手，試試我究竟能不能破得了你那天下無雙的出手一劍？」

西門吹雪並不否認。

陸小鳳笑道：「我知道你很想知道這問題的答案，我也知道這是你的好機會，只可惜你還是試不出的。」

西門吹雪忍不住問：「爲什麼？」

陸小鳳的笑容疲倦而憔悴，淡淡道：「只要你的劍出鞘，你就知道爲什麼了，現在又何必問？」

難道他已不準備抵抗閃避？難道他真的已將生死榮辱看得比解劍池中的一泓清水還淡？

西門吹雪盯著他看了很久，池畔已有霧升起，他忽然轉身，走入霧裡。

陸小鳳大聲道：「你爲什麼不出手？」

西門吹雪頭也不回，冷冷道：「因爲你的心已經死了，你已經是個死人！」

「我的心是不是真的已死？」陸小鳳在問自己：「我是不是真的已像死人般毫無作爲？」

這問題也只有他自己知道答案。

晨霧淒迷，東方卻已有了光明，他忽然挺起胸膛，大步走向光明。

《幽靈山莊》完，相關情節請續看《鳳舞九天》

古龍精品集 28

陸小鳳傳奇（四）幽靈山莊

作者：古龍
發行人：陳曉林
出版所：風雲時代出版股份有限公司
地址：10576台北市民生東路五段178號7樓之3
電話：(02) 2756-0949　　傳真：(02) 2765-3799
封面原圖：明人出警圖（原圖爲國立故宮博物館典藏）
封面影像處理：風雲編輯小組
執行主編：劉宇青
行銷企劃：林安莉
業務總監：張瑋鳳
出版日期：古龍80週年紀念版2019年1月
ISBN：978-986-146-415-2

風雲書網：http://www.eastbooks.com.tw
官方部落格：http://eastbooks.pixnet.net/blog
Facebook：http://www.facebook.com/h7560949
E-mail：h7560949@ms15.hinet.net
劃撥帳號：12043291
戶名：風雲時代出版股份有限公司

風雲發行所：33373桃園市龜山區公西村2鄰復興街304巷96號
電話：(03) 318-1378　　傳真：(03) 318-1378
法律顧問：永然法律事務所 李永然律師
　　　　　北辰著作權事務所 蕭雄淋律師

行政院新聞局局版台業字第3595號 營利事業統一編號22759935

定價：240元　

國家圖書館出版品預行編目資料

陸小鳳傳奇.四, 幽靈山莊／古龍作. -- 再版.
-- 臺北市：風雲時代, 2007.11
面；　公分.
ISBN: 978-986-146-415-2（平裝）
857.9　　　　96019982